v

也许

太 千 ◎ 著

花山文艺出版社

河北·石家庄

图书在版编目（CIP）数据

也许 / 太千著. -- 石家庄：花山文艺出版社，2023.4
ISBN 978-7-5511-6248-7

Ⅰ.①也… Ⅱ.①太… Ⅲ.①长篇小说－中国－当代 Ⅳ.①I247.5

中国版本图书馆CIP数据核字(2022)第146044号

书　　名：	也　许
	Ye Xu
著　　者：	太　千
责任编辑：	于怀新
责任校对：	杨丽英
封面设计：	晏钧设计
美术编辑：	陈　淼
出版发行：	花山文艺出版社（邮政编码：050061）
	（河北省石家庄市友谊北大街330号）
销售热线：	0311-88643299/96/17
印　　刷：	石家庄市西里印刷厂
经　　销：	新华书店
开　　本：	700毫米×1000毫米 1/16
印　　张：	21.5
字　　数：	276千字
版　　次：	2023年4月第1版
	2023年4月第1次印刷
书　　号：	ISBN 978-7-5511-6248-7
定　　价：	58.00元

（版权所有　翻印必究·印装有误　负责调换）

序一

Apple 小时候是个奇怪的小狗，它选择在沙发上小便，然后在地上铺了报纸可以小便的地方睡觉，来京后添置的第一个家具——拐角沙发就那么牺牲在了它成长的路上。终于忍不住愤怒，我狠狠教训了它，可它还是喜欢要我抱。晚上只有我抱过它，它才肯安然入睡一觉到天亮，否则半夜一定醒来挠门固执求抱。

一个没有拥抱的夜晚会成为它沉重的心事。

也许，这个拥抱非比寻常，所以就连勇敢拦下我给它教训的敦厚爸爸也替代不了。被我抱在怀里不出三个数，它的鼾声就响起了。让人羡慕，它入睡竟然这么快，更让人嫉妒的是，它的世界如此纯粹，纯粹的喜欢、不喜欢，认定一个人，百折不挠要求一个拥抱就是安全感的全部。

长大的 Apple 很骄傲。认定家里的地面包括地面上的东西非其莫属。掉在地上或者不幸垂到地上的丝巾、毛衫一不小心就成为它的便榻，躺得心安理得。

偏偏又爱掉毛，那一身土色的皮草毁了父母的几多爱物啊。

但它从未对拖鞋感兴趣，更不曾暴力撕扯过任何东西。

就是常常横挡在任何它想待的门口。从它身上跨过这家伙连眼都不眨一下。不再到处方便，当然，睡前也不再纠缠我的拥抱。

倒是有点儿怀念从前那个小小的无赖。

发表过的所有文字最初都是在单张的白纸写，不喜欢写在本子上。而且坐在桌边全无灵感，在桌子以外的任何地方却大有可能，仿佛只有这样思维才能恣意游走。坐着卧着随时会写，所以我在纸的下面垫了块包床单的纸板，方便随时使用。

很快这块纸板有了新用途——对抗 Apple 的爪子。

洗完澡的 Apple 兴奋而自信，坚持让我陪它。看我躺在沙发上它用力拉下我的胳膊，像攀爬一棵树，丝毫不管我正用心安排着主角叶荫和霄的偶遇。

码字对我而言是愉悦的，但眼睛经常叫苦。Apple 的游戏是我的保健操。可若正写得兴起，游戏又是急于摆脱的了。在地上扔了十多颗榛子让它嗑，它有了事情做终于不再要我注意。

当然，就我自己而言，也确实爱极了有 Apple 时时捣蛋的沙发写作。

只是，作为一个典型的金牛座，难免天生自带持之以恒和懒惰的平衡系统，经常害怕完成这本书的时间跨度有可能要比照小说本身了。聊以自慰的是停笔的日子又仿佛与人物同在，游荡于门里槛外。也许，这是对爱的执念，或对渴望的意淫。

因为完稿时间跨度长，这本书在写作初期网上还没有很多心理学资料可以阅读，所以我经常会去协和医院图书馆和解放军医学图书馆查找心理学书刊。现在还常常想起那些厚重的木质长桌旁静谧的时光。知识像阳光普照，被阳光照耀过做不到知一万毕，略行灿灿勉力可及，这就是小说的细节。只要不一直举着遮阳伞就一定看懂了我的答复，毕竟有人乐于把书中角色关联至生活中的个体便于发出会心一笑。虽然那些人物对我来说就像是真实存在的，我行走于他们之中，旁观了一切。

提前看过这本书而且十分了解我经历的朋友曾问我，关于彦的职业设定为什么是木匠，毕竟我并不了解木匠这个职业。确实，我的爸爸是经济师、妈妈是医生，生活中两人也都不擅长任何手工。我仔细追溯这个灵感的源头，应该是有位儿时的邻居会些木工活，非常遥远的记忆，我已想不起他的职业是不是木匠。小时候我没有观察过他的手，那些让我的朋友感动的关于彦的手和工具的段落，大概因为我曾经做过五官科医生，要使用手术刀，还要时时关注自己的指甲长不长。

其实，像也好，是也罢，似曾相识的场景、那年那月的情绪却是人间并不陌生的排列组合。

仔细想想，谁在回忆时不曾走神地说过那两个字——如果，而如果之后的也许却未必来得及出口，因为它常常不堪重负地载着无法实现的美梦呼啸而过……

清醒过来时不妨说声：许也。

序二

前一本小说《爱着》写的是医科大学几个女研究生的故事，描述的是我成年后熟悉的场景，但它对大多数人来说是相对比较特殊的环境。所以在《也许》中，我刻意淡化故事的环境，希望无论生活背景怎样的人都有愿望去探访小说中人物的灵魂家园。

《也许》中有些细节一直在童年的记忆中，但除了些特殊的画面很多都已经模糊了。在几乎每家都有三四个孩子的年代，我妈妈是为数不多的独生女，我作为她的独生女被姥姥、姥爷格外珍惜。为了照顾我，姥姥四十几岁就办了病退，及至晚年姥姥常常拿了工资条跟我开玩笑说比同时入厂的同事少了好些钱。更不要说幼年常生病而又好动淘气的我是多么让人操心。对幼儿园的记忆似乎只有一两天，那时在父母身边，然后就是在姥姥、姥爷身边自由的时日，姥姥、姥爷的家与父母的家在两个城市，这种自由力度完全满足了我。由此多了很多趴在房顶的花盆间写作业和独自到河边寻找小蟾蜍的经历。最近和我妈妈提到我那时多次自己步行半个多小时到河边玩耍，她呆住然后生气地说如果知道我这样早就把我接回家了。哈哈，我没有撒谎只是没有告诉她们而已。姥姥做家务，她看到我去了邻居家玩。我是从那里出发的。后来玩得特别开心的某次和姥姥讲起，就被牢牢地看住再没自己去过。

夏天已行远，却依然没过够，似乎对炎热有着同样温度的热爱。回忆里很多握紧不放的场景仿佛都在知了轻唱的夏天。姥姥、姥爷亲手磨玉米做的碜子，一只叫虎子的猫，几羽优雅的画眉百灵，满园姥爷精心修剪的盆栽，可以随意推门就入一栅之距的隔壁和几步之遥的对门……是的，那是所有无关青春容颜也想留住岁月的原因。是的，如果能许一个愿……

谨以此书献给我的姥姥。那些听她绘声绘色讲《西游记》的日子是常常遥望的回忆，也是无数斑驳的梦境，与生共存。希望我的 Apple 此刻惬意地趴在她的膝上，我无数次渴望牵住的她那瘦削的手正抚过它的头。

目 录

第一章　青梅斜雨蕊平枝　/　1

第二章　竹马暗风蝶纵翅　/　77

第三章　浮生万隅千旬烟　/　167

第四章　也许薇莳许舍离　/　249

第一章 青梅斜雨蕊平枝

1

叶荫出生在1973年春天的一个下午。

作为厂里最年轻的劳模，已到临产期的荣脚肿得只能穿丈夫彦四十二码的鞋子，却还是一直坚持上班。那天中午她觉得实在挺不住才去了医院，去了就被留下住院。

荣闭着眼睛觉得自己疼得快没了意识，隐约听到一个人说："脐带绕颈太紧，必须在孩子整个娩出前将脐带剪断。"另一个叫道："来不及了，孩子要出来了！"

之后俩人一起喊道："快找林老师！"

听到"林老师"三个字，荣的心安稳了些。

当时的林眉雅正在扫走廊。

那个年代，大概所有的学术权威都遭遇了不公，林眉雅这个妇产科主任当然也没能例外，她每天的工作就是打扫妇科病房的卫生。

林眉雅走进产房时，孩子的头部已经穿过脐带的缠绕娩出来了，她连忙平稳地托住，边利落地操作边轻声对那两个医生做讲解，跟以往一样。

突然，旁边的两个医生觉得这个小婴儿像被谁用力推了一下似的蹦了出来。

是个女婴。

她似乎并不乐意来到这个世界，林眉雅把她抱在怀里时她几乎没了呼吸。脐带在女婴细细的脖子上竟然绕了五圈！

林眉雅顾不上讲解了，在女婴身上尝试各种急救办法。她修长优雅的手指虽然经常拿拖把而显得粗糙，但此刻它们丝毫未受影响，灵活地动作着，从容镇定。

没人记得这个女孩儿离开母体的时间。当她终于哭了出来，屋里的人都松了一口气。

疲惫不堪的荣瞄了一眼墙上的钟，十六点十分，而这个时间被当作孩子的出生时间似乎也没什么不对。

病房在一楼，外面长着一棵高大的泡桐树，也许是因为阴天，叶子稠成乌亮的老绿色，浓浓密密地遮住了窗户。

于是，在和彦说起给孩子取名字时，荣立刻想到了"荫"字。

之前荣认准自己会生个儿子。怀孕五六个月时孩子在肚子里动得厉害，她想女孩子哪有这个力气，而且她喜欢吃酸的东西，娘家腌的酸菜被她一个人吃了一半。常言道酸儿辣女，她猜这一定是个男孩儿，见到她的人也都这么说。所以荣给想象中的儿子取名"尊"。

现在的结果让她很失望。但想想自己也是女的，却比懦弱没有担当的弟弟强多了，而且头胎生女儿也好，可以带弟弟妹妹。彦很喜欢女儿的样子也让她安心，他觉得"荫"是和自己的姓最相配的名字。"叶荫叶荫叶荫"，彦反复念叨，欢喜地说："真好听。"

彦把荣照顾得妥妥帖帖，让同屋其他几个产妇羡慕不已，要知道有个女人因为生了女儿，丈夫直到她出院都没再出现。

一个女人如果有个流泪的月子，她的一生恐怕也会有流不完的眼泪。荣暗自庆幸。

只是当荣翻看着她让彦从家拿来的皇历时，她的心情立刻低落下来，叶荫的阴历生日竟然和荣的奶奶同一天，连时辰都一样！

那是个不喜欢自己、自己也不喜欢的人。

因为是家族里在世最年长的人，老太太被奉为老祖宗，每年生日时都很隆重。荣的父亲去世后荣作为家里的长女每年必须代表一家人出现在她的面前，所以不得不记住那个特别的日子。去年生日后，据说因为生日当天贪嘴吃了几块蛋糕导致胃肠不好，老太太没几天就在睡梦里仙逝了。虽然这年景不能大操大办，但毕竟是老喜丧，家里还是偷偷守了两天灵，荣跪得膝盖着实疼了几天，心里却庆幸讨人嫌的事情终于结束了。

荣把皇历扔到床头柜上，彦不知就里的安慰被她生硬地打断。

第二天，荣又见到了林眉雅，林眉雅没资格查房，是来打扫卫生的。

荣依然叫她林主任，问自己的孩子没事吧。

林眉雅说她刚看过了，孩子都正常。提到孩子，林眉雅忧郁的脸上挂上了淡淡的笑意，说："六斤九两还多点儿，快七斤了，很少有女孩儿这么重。不胖但身长比别的婴孩儿要长些。"

荣放心了，健康的孩子总能让人省心些。她对林眉雅道谢说多亏了她。

这倒是真的，没有林眉雅，叶荫十有八九会被那条近乎一米长的脐带勒死。

来过妇产医院的人都知道，打扫卫生的林眉雅仍然是医院的灵魂。医院里所有的人一如既往尊重她。从这个角度讲她是幸运的。

其实，竞相标榜自己最革命的两个造反派头目本来都争着想批斗她。但其中一个头目的老婆坚决反对，因为他们的两个孩子都是林眉雅接生的，大儿子的名字还是她央求林眉雅给取的；另一个头目也暗自庆幸没采取行动，因为他的老妈竟然做了高龄产妇，在五十岁上给他添了个妹妹，如果没有林眉雅，别说妹妹可能连妈都没了。

所以，林眉雅可以安心地扫地。而且往往在她扫地之前，地已经被同事们扫过了。

叶荫就这样侥幸地来到了这个世界。

　　也许本着既来之则安之的态度，叶荫只在保温箱里观察了一夜就没什么事了，和其他婴儿住到了一起，而且不哭不闹，尿了饿了只是皱皱眉，婴儿室的医生护士都很喜欢这个不费事的孩子。

　　一个小护士抱起叶荫洗澡，叶荫黑亮的眼睛定定地望着她，小护士笑道："都说这么大的孩子还看不清东西呢，可为什么我觉得这孩子很认真地在看我啊！"她贴贴叶荫的小脸，用手去捋叶荫的额头，又道，"为什么这么小的娃娃就爱皱眉呢！"旁边的老护士指着叶荫胸前一颗明显的红痣说："知道吗，胸前有痣的女人都是不肯喝孟婆汤，带着前世记忆来寻找旧情人的。"小护士笑起来，根本不信，但还是接了老护士的话说："看来还是个勇敢的女娃，可不是谁都敢不喝孟婆汤，得记着多少闹心事啊！"

　　林眉雅来看叶荫，仔细检查了一下那颗鲜红的痣是不是因为发炎才是这种颜色，然后确定没有问题。却发现这颗下弦月样的大痣旁有颗不明显的小痣，放在一起看就像微微下垂的唇旁有颗美人痣。林眉雅听见护士们的对话，也随着笑笑，想，是啊，活着的人有不少也想喝孟婆汤能忘了今生的苦楚呢，这确实是个勇敢的女娃。她接生的孩子太多，难产差点儿死掉的也不少，此刻她因为老护士无意的一句话记住了叶荫，一个不肯喝孟婆汤的小女娃。

　　林眉雅对彦的印象很深。

　　即使做了这么多年妇科医生，她也很少遇见生了女儿还这么高兴的父亲。

　　那天得知林眉雅救活了叶荫，彦激动得握着她的手说了好些感激的话，谦卑而诚恳，让她恍惚想起年少岁月里身边的男人们，此时此地这样有礼的男人已不多见。

所以当彦送来一枚桃木书签时,她惊奇他原来是个木匠,可细想想也没什么奇怪,就是这样的年代,自己不是也在扫地嘛。

书签很薄,薄得让她惊奇那枝兰花是怎样雕上去而不破坏木质。而彦的细心也让她感动,他一定是看到了她衣领上的兰花。

桃木上的兰花和衣领上的那朵兰花一模一样。

彦说桃木能辟邪。

说的人和听的人都无奈地笑笑,无须言明,对林眉雅来说,辟邪也是种祝福吧。

2

对着一个不会说话的孩子太无趣,荣更喜欢自己的工作。孩子像是个玩意儿,偶尔逗逗还好。何况,叶荫除非不哭,哭了就不容易停下来。荣觉得这真是只倔牛,多次感慨自己为什么要在牛年生孩子,而且又偏偏是那样的日子和时辰。有几次荣实在烦了,就把哭着的叶荫扔在屋里,自己去别人家聊天了。不是人家提醒,她几乎要把孩子忘了。因此邻居里的女人们对荣的印象都不太好,当然只是背后说说,在她面前还是说些好话。

住在这条胡同的人大多在一个系统工作。荣虽年轻在单位却是有点小权的。外来专家的生活起居由她负责照顾管理,所以食堂的师傅们会隔三岔五地送她点儿剩下的面包块,有时小灶里多添两勺菜也给她装起来。邻居们都吃过这些东西,在那个年代绝对是不可多得的稀罕物。虽然,这不是荣挨家送的,而是谁去找彦时碰上了一定被彦拉住吃点儿才让走。

只有隔壁李姥姥家会收到荣主动送来的这类小礼物,倒不是因为李姥姥的儿子树是荣的中学同学,而是因为在荣和彦工作忙时,李姥姥会帮他们照看家里。

荣以前多多少少有点儿喜欢树，树不仅帅气而且成绩一直是年级第一。但树不喜欢荣，他后来爱过的瑾、娶了的萍都不是荣这种类型。他们也没成为异性好友。当然还是因为树不喜欢荣。荣虽然为人不坏，可她的豪气和担当总是拔尖儿好胜的成分多些。

比如，树的文笔好，喜欢写东西，每次演出的串联词总是由他来写。荣和另一个女孩儿都擅长朗诵，所以荣做主持另一个女孩儿领诵诗歌是最合理的安排，但荣偏偏不同意，她既要主持又要领诵。班主任一向喜欢荣的能干聪明便迁就她了。树看着另一个委屈的女同学不能不觉得荣太霸道。

出尽风头的荣并不介意别人的感受，女同学的眼泪只是更让她认定胜者为王。树对班里另一个男生讲，他觉得荣像成长时出了差错的蔷薇，带刺的枝条格外强壮，而花儿就那么两朵。

荣行为大大咧咧，心可不是那么大气。知道了树的话心里很气，又不好当面去问，每次见了树都是冷冰冰的，树也不像有些男生那么迁就她，两个人互相都是爱搭不理的样子，偏偏俩人因为演出又要经常合作，这种情况很是尴尬。好在读高中的树很快就下乡了，荣因为读中专留在了城里。

无论如何，比起在那些年的运动里骂长辈打老师的女生，荣还是好的。那时荣和树都是瞪着惶惑的眼睛，心比身体更想远离那些不堪的场面。

树走前偷偷去看白天挨了批斗的班主任，刚要出老师家的门，荣闪了进来，手里拿了个小小的包裹，估计是吃的，两个人都吓了一跳，连招呼都没打就该走的走、想留的也没多留，树走出不远回头看荣已经出来了。两个人仍是分头各回各家没有说话，并且彼此守口如瓶。

也许因为共守着一个秘密,两个人再见时虽然只是点头微笑却胜过千言万语。

后来荣嫁给了彦,单位分给俩人的房子就在树家的隔壁。彦在后勤,树做了司机。

也许在评判善恶方面的标准一致,成了邻居的荣和树倒能和平共处。尤其是荣,因为有了彦,或许已经忘了少女时树带给她的不快。

树也结婚了,娶了来自乡下的萍,一个温顺的女人。那是个整条街都公认的好女人。

一次树喝醉了,对正给他擦脸的萍说,自己这辈子唯一一件顺利的事就是娶了她。但清醒时他总是淡淡的,像所有大男子主义的男人一样。萍在树说那句话的时候太感动了,没有细想为什么是顺利而不是庆幸不是幸福甚至不是知足。能守候在这个自己看了第一眼就想嫁的男人身边,萍无论如何都是满足的。

萍的存在对荣很不利,参照物太好时离参照物很近不是好事。

3

彦和萍一样,都来自农村。

但怎么看彦都不像干粗活的木匠,更像个白面书生,甚至比荣还要白净些。

彦和树长得有一点点像,却说不出是哪里像。荣暗自有点儿小庆幸,或者是得意。荣喜欢好看的男生。

树有双漂亮的杏壳眼,和李姥姥很像。彦是细长的丹凤眼,据彦说也是随了自己的母亲。

树的眼睛看人总像戏谑似的，仿佛在告诉你他知道你喜欢他而他并不在意。当年，对于荣这种心高气傲的女孩子实在是大不敬。而彦不同，他的眼睛望着你的时候，如同已经牵起了你的手，让你不得不溜号、不得不遐想。许多年轻女工喜欢他，有事没事找他，但他总是一本正经从不开玩笑的样子让荣觉得放心。

有人说树是漂亮，彦更有味道。荣觉得树是英挺，彦虽好看未免文弱，有点儿退而求其次的感觉。

彦的毛笔字写得好极了，过年时邻居们都让他写对联，钢笔字都写不好的人们在那一刻对彦简直有种膜拜，荣就是在那个时刻看上他的。

然而，好多年后荣半开玩笑半幽怨地说："怀春的少女遇上的可不一定是春天。"

其实，彦最初不答应做荣的对象，对荣说自己配不上她，一个美好的托词竟让骄傲的荣有了被追求的感觉。荣后来从不肯承认是自己主动，并且颇费了些周折才逼彦就范。

甚至彦答应荣时自己都觉得有些意外。那天，荣被家里安排去老家给奶奶上坟，婶婶无意间提起她小时差点儿和堂弟互换，虽然荣嘴上不吃亏，但心气得发抖，回来看见彦痛哭了一场，彦耐心听她说完整件事非常同情她，安慰她许久。那天俩人的关系有了质的飞跃。

即使是自己主动也不影响荣良好的自我感觉，彦怎么会不喜欢自己——漂亮能干根红苗正，多少人家都盼望着娶自己进门呢。不得不说这想法也许有几分道理。荣在娘家那条街，甚至包括周边的几条街，都可以说是最美的，因为姓乔，好事者叫她小乔，又平添了几分妩媚。父母都是极普通的长相，荣不像父母，或者说是挑了父母最精华的部分长了出来。如果不是出生在家里的土炕上，真的要让人怀疑是不是抱错了。而且荣自小便表现得精明能干,不像有点儿窝囊的父母,倒很像颇有主事才干的奶奶,可惜荣和奶奶并不亲,而且无论后来她如何得势也未管过大伯家的事情。亲戚都谴责荣冷漠,倒是奶奶想得通,说若换了自己也是这样,不管就不管吧!

那个年代人们还不习惯说"秀外慧中"这种词。每次邻居夸荣时只会说生这个姑娘真比养个儿子还强。荣的得意就布满全身。

这得意来得并不容易。

母亲因为第一胎生了荣这个女儿受了婆家许多气,荣永远记得母亲常常呆呆望着她说,你要是个男孩儿多好。但后来母亲从不承认自己说过这话,也许她觉得一个两三岁的孩子不会记住这些。还有一件让荣与母亲之间永远有了距离的事情,她更是记得清清楚楚。荣四岁的时候因为母亲生她之后一直没再怀孕,奶奶竟然想把荣和大伯家的弟弟换了,大伯家在农村有两个男孩儿,换了之后两家就都有了男孩儿,而且换来的男孩儿可以享受城市户口带来的很多便利。

荣清楚记得母亲竟然答应了。倒是邻居们纷纷来劝阻,恰在这时母亲发现自己又怀孕了,换走荣的事才暂缓。荣在成长的岁月多次想到幸好生下的是个弟弟,否则自己不知在哪个穷乡僻壤过着砍柴烧火的日子吧。只是随着年龄渐长想到这句话时会伴着不同的表情,从最初的恐惧到后来的轻轻一声冷笑。

母亲从没承认自己曾经答应换走她,自然,她也就没有等到一句道歉。

荣知道对母亲来说,无论自己多能干,母亲的荣誉感也在生弟弟安那天享尽了。所以荣偏要活出个样子来。她看得出邻里们对母亲的羡慕是真实的,母亲的受用也是真实的。对于这些她常常在心底轻哼一声。

成年后的荣对安——这个家里唯一的男丁很照顾,但小时候却极不待见。叶荫从小到大听姥姥不止一次说起五岁的荣拖着刚出生没多久的弟弟在炕上来回走,一副要拖死他的样子。

稍有能力的人都会随着年龄渐长接受的赞美越来越多,有些人越来越自信同时也会更加谦逊,荣不属于这种。彦包容而温厚的性格,让荣越发相信自己是上天掉在这个刚进城的男人身上的大馅儿饼。对一个被馅儿饼砸到的幸运儿,荣的态度自不是初识的样子。

两个人结婚了,荣的本性更一览无余,一次她为点儿小事发火,彦笑笑,说:"我想起来一句诗'人生若只如初见'。"不通诗词但聪明的荣对这句话领悟得倒是极快,她瞪彦一眼,不再说话。

其实,彦一直有点儿怕她那走路都雄赳赳、气昂昂的样子,美则美矣,可彦从来不太喜欢斗霜傲雪的蜡梅。

花终归是花,不必有荆棘的精神。

这似乎也是树当年的意思。

如果问彦喜欢荣什么,彦一定会说喜欢她单纯。不说荣没有看低他在厂里只是临时工,并且帮他解决各种生计难题,单就荣的喜怒形于色,彦就觉得她单纯。荣开心时会笑得很大声,这种爽朗得接近放肆的笑声彦从来没有听过。总是眉头微蹙的母亲没有过,村里其他年轻女孩儿也没有。荣的笑并不能感染彦,但笑声中的肆意却可以让他憋闷的心胸一过性地疏朗。不过人们往往很难认清简单和纯洁其实没什么必然联系,谁没有因为幼稚单纯过呢,而纯洁永远值得赞美,尤其是对成年人。

每当荣提起小时候,总会流露出与平常截然不同的样子。单纯而无助。彦就会抱住她轻轻地拍她的背,荣感觉暖暖的,很安心,有时会呜咽着靠在彦的肩上睡去。彦不爱说自己的事,就算提起,荣也不太感兴趣。

和树一起立两家栅栏时，荣又是一副明察秋毫不肯吃亏的气势，树望着荣突然笑起来，荣讨厌他的笑，那笑和中学时一模一样。

树大声感叹道："彦真是好人。"荣眨着眼睛一下子不知该回些什么话才能占得到上风。一个来树家帮忙的男同事先笑弯了腰。

仔细想想，树表达了好几个意思：彦确实是好人；有荣对照着，彦很厚道是好人；彦竟然娶了荣这种女人他当然是好人。

荣实在不明白被很多人称赞的自己为什么偏偏在树的眼里就变了样。突然，荣对树怒道："你的眼睛是哈哈镜吗？"树一本正经地对荣说："我欣赏你的直率。"满脸毫不意外的表情。荣望着树似笑非笑的眼睛很清楚这仍然不是什么好话。

是的，又聪明又能干还这么好看的荣在有的人眼里仿佛走过一面哈哈镜。在荣心里这些人就算不是恶人也是讨厌的人，自己干吗要想他们为什么会这样呢。

4

荣的奶水不足，只好给叶荫订牛奶喝，但过了一阵子荣对彦说牛奶不能订了，她要攒钱买料子裤，总不能别人都穿只有她没有。

听完荣的话愣住的彦张了张嘴，想说那么贵的裤子怎么会别人都有呢，终于还是什么都没说，他知道管不了。不夸张地说，工资哪怕有一分钱不交给荣，她的吼声就会令四邻不安。

也许年轻的彦并未想到只喝米汤会给叶荫的身体造成怎样的影响，只是担心荣的愤怒会不会吓坏叶荫。更不会多想一个不负责任的母亲在孩子漫长的成长岁月有着怎样的破坏力。

或者，那个时候彦不认为荣不负责任，一个脾气不好的人很多时候反而占有优势，那就是别人很容易把他们的过错归咎为脾气不好，而放弃其他判断标准。

叶荫不爱喝米汤，饿得常常哭。

墙壁隔音不好，家家都没什么秘密，后来叶荫大了，有人指着荣的料子裤告诉叶荫，那是她的奶粉钱。

叶荫即使小也隐隐觉得不是什么好话，但她从来没有问过荣。甚至很多年里从来没有仔细想想为什么，这点像极了彦。

叶荫总是饿哭。萍觉得她可怜，有时喂她点儿自己的奶，可森是男孩子，萍也没有多余的奶水经常给叶荫吃。

想到自己的母亲为了自己可以不要尊严拼了命，彦想不明白荣的行为。不知彦是不是因为这件事对荣的态度淡了些。荣看出彦的倦怠，就拿叶荫撒气，襁褓中的叶荫已经开始为母亲的情绪承担责任。彦虽然心疼还是隐忍。生活的奔波本就耗费心力，大多数人都明白家人拧成一股绳的重要。

父亲死后自小就当家的荣因为母亲懦弱，从来没有被人厉声呵斥好好教育过，也许她身边真的缺少一个能这么做的人。彦不是这样的人，他觉得母爱是个自觉自愿的责任，强求不来。也许，他的委曲求全还有自身成长经历的原因。换作是树绝不会容忍荣这么做妈妈。

彦和荣的话更少了。好在荣很快就上班了，白天俩人谁也顾不上谁，晚上家里如果没有叶荫的咿呀学语，空气就仿佛冻结了般。

那时李姥姥帮一户养羊的人家剪羊毛，人家偶尔给她点儿羊奶，其实森也爱吃，但哭闹的叶荫总因为李姥姥的不忍喝去了一半。

也许因为总吃不饱，叶荫没能继续保持婴儿时胖胖的样子，明显瘦了下来，有些娇弱，总是怯怯地坐在大人身边很长时间不说不动，只有看到装了羊奶的瓶子才会急着去够。

那时森就懂得让着叶荫，把奶瓶推给她。

森只比叶荫大一岁。

荣懒得给叶荫买衣服，理由是小孩长得太快。也懒得洗洗涮涮，只有彦得闲时给叶荫收拾。男人带的孩子，再用心也少点儿什么，尤其是女孩儿，总让人觉得不透溜。

好在叶荫长得干干净净，是个沉默乖巧的孩子，有人和她说话，她会垂下头，再用大眼睛偷偷地看人，和彦一样漂亮的丹凤眼，羞涩而温和，让人不自觉地想亲亲抱抱。遇到喜欢叶荫的人，彦也会比平日话多些。

李姥姥和萍都很喜欢叶荫，萍有时给叶荫洗脸洗头，扑上粉编个小辫，彦回来见了高兴极了，说真是个漂亮娃娃。树不在家时，彦会到隔壁帮忙搬煤倒脏水。两家处得很是融洽。

见叶荫没什么衣服，李姥姥用各色旧毛线给叶荫织了件毛衣，叶荫穿上后萍笑道："荫荫真的跟花猫一样了。"原来叶荫因为吐字不清把"姥"发成"袄"的音，听到的人都笑说是狸猫来了吧。

李姥姥的巧手是远近闻名的，谁家的破毛线她都能掂量着织出漂亮的东西。叶荫有个好看的娃娃，就是李姥姥用了几家的废线织出来的。

得空时彦做了两个小车，叶荫和森可以推它们走路。也许这是最早的学步车。

叶荫的姥姥只给荣的弟弟安带孩子。安比荣晚一年结婚，孩子却只比叶荫小两个月。是那个年代不常见的奉子成婚，而且是早婚。荣气得跟妈妈埋怨了几次，她觉得安这婚结得太早，就是因为自己不在家，不然比安大了两岁的惠怎么敢来这儿丢人现眼。荣的话让妈妈很不自在，因为荣的爸爸也比自己小两岁。何况一个巴掌拍不响，总不能全怪惠，而且惠除了没正式工作也没什么不好，彦最初也是临时工。

荣说："这就是最大的不好。"

所以，倒不是姥姥不愿意带叶荫，或者叶荫的舅妈刁蛮容不下叶荫，而是荣瞧不起弟妹，懒得经常见她。

荣的娘家没一个是她喜欢的人，都是她上辈子亏欠了的人，这辈子来讨债的。

他们也未必愿意见荣，只是离不开她的帮助。

5

所以，叶荫在姥姥家待了一段时间就回到了自己家，之后是李姥姥帮忙照看。

邻居们都知道，李姥姥带叶荫是因为善良，萍能同意也是因为善良。李姥姥不是个计较得失爱占便宜的人，也许萍是计较的，但李姥姥同意的事情，萍就不会再说什么。

邻居们因为这件事提起荣都会彼此使个眼色心照不宣地笑笑。

一次荣在外面生了气，回到家本来是要和彦倾诉下让他安慰自己，结果彦根本没时间听，说自己赶一个活儿现在就得走，他亲亲熟睡中的叶荫跟荣打个招呼就走了。

望着彦的背影荣气得发疯，这样的时候叶荫就成了出气筒。

李姥姥和萍听见荣大叫就急忙跑过来，原来荣竟然把睡着的叶荫打醒，叶荫吓得昏厥了过去。

李姥姥很生气，对吓哭了的荣说："你要是后妈早被那些气不过的人捶死了。"萍虽没说话，心里却很瞧不起荣。李姥姥问也没问荣就把叶荫抱走了。

哭归哭，荣还是荣。

叶荫那晚睡在了李姥姥家。

白天虽然叶荫在李姥姥家，但之前晚上从来没住下过。萍怕森不愿意，还想哄他答应，没想到森主动把自己刚得到的一把玩具木枪递给叶荫玩。叶荫不喜欢木枪没有接，森有点儿失望，自己抱着木枪睡了。

李姥姥给叶荫擦擦脸，发现叶荫左侧内眼角有颗小小的痣，不仔细看看不出来。李姥姥说："这么个小人儿就爱皱眉，都是这颗哭痣闹的，什么时候点了去。"

其实，叶荫虽常常蹙眉却是不爱哭的。

那夜，萍怕她再抽搐就搂着叶荫睡，在萍的怀抱里叶荫睡得还算安稳，只是小眉头始终皱着，简直不像一个小孩子的脸。

萍叹口气，摸摸叶荫的头，还好没有发烧。听人说如果孩子受了惊吓发起烧，后果就不太好了。

那夜萍没睡好。叶荫握紧她的一根手指，她不敢松开手，怕弄醒叶荫。

从那天起，晚上如果只是荣一个人在家，叶荫就希望留在李姥姥家不愿意回家睡，荣高兴时一定接她回去，不管叶荫愿不愿意，不高兴了就随她睡在李姥姥家。

李姥姥和萍之所以能在荣发火时及时赶到并把叶荫带走，是因为彦离开家的那个下午请求萍和李姥姥晚上也帮忙照顾叶荫，他心疼女儿甚至流泪了，她们也明白他忙起来时确实顾不上叶荫。而荣是个怎样的母亲不用他说。

李姥姥和萍立刻答应了。李姥姥说："这不还有森嘛，一只羊也是赶两只羊也是放，没什么累不累的。"萍也跟着点头让他放心。彦千恩万谢地离开，无须他嘱咐，婆媳俩也知道该对荣守口如瓶。

萍和李姥姥不可能告诉荣，彦对她有多失望。

早上醒来，叶荫对正坐在她身边盯着她看的森笑了。

森那时还缠着萍要奶吃，但萍的奶水已经不太多了，就着他，他不怕，拉住萍的裤子不肯松手，李姥姥逗他把奶让给叶荫吃因为叶荫快饿哭了，森点点头松开了妈妈的裤腿。

叶荫贪婪地吸吮着萍的乳头，森馋得吧嗒嘴却不再要，大家看着这场面止不住笑。

然后，森把自己的宝贝狸猫"虎子"抱给叶荫。这是一只头上长着"王"字的猫，颇有点儿老虎的架势，森从来不肯给别人抱。那猫也怪，竟然肯听森的，就乖乖待在叶荫的怀里。若森不让抱有人强抱，虎子便张牙舞爪的一脸凶悍。

一个邻居奇道："瞧，肯让叶荫抱，乖得……像只猫。"

这语无伦次的话引得大家哄堂大笑。

因为总在一起，森像哥哥一样对叶荫，有了明显的保护欲。哪个男孩儿抢了叶荫的东西，森都会拦住，说："她是女孩子你欺负她干吗?!"

森极淘气，有时李姥姥怎么说他都不肯听，打他就像给他拍打衣服上的灰尘，他毫不在意。叶荫在旁看着根本不说话，过去用力推森一把，森就势坐在地上立刻老实了。大家哄笑说森将来一定是个怕媳妇的。

问叶荫将来给森做媳妇好不好，叶荫想想认真地回答："可他是我哥哥呀。"萍说："哪有孩子这么小你们大人就开这种玩笑的。"但还是有人常常逗两个可爱的小人儿。

一次彦听见大家的玩笑，他摸摸叶荫的头对叶荫说："是的，荫荫说得对，森是你的哥哥，要记住了。"

6

李姥姥的老伴儿是个卖烧酒的老头儿。他走街串巷卖酒时会从人家扔掉的青菜里拣些好的，或者隔三岔五去钓鱼来改善伙食。他们家似乎很少需要买东西，毕竟一家五口只有树一人有正式工作。虽然贫穷，一家人总是和和气气让邻居们觉得暖暖的。

不知荣在心里有没有羡慕过树一家的和美。彦明白，对于需要听者仔细辨别乡音的李姥姥和在街道做些零工常常难得说句话的萍，荣打心眼儿里瞧不起。她们帮忙带叶荫，荣虽然嘴上说着感谢的话，心里却是没办法将就的意思并没有真心的感激。

荣挑不出萍的毛病，一个乐于帮助人又常常沉默的女人几乎是完美的，但她并不喜欢萍。

好在不用给李姥姥钱，只是送些米面过去或者把从单位里带回来的东西分给他们些。

也许，在荣心里这样已经足够。

就像彦，荣生完孩子彦一直给荣洗衣服，但出了月子后荣还是让彦洗，这本是彦的体贴，荣看到的却只是顺从。

有些人习惯了不付出会以为付出是件简单平常的事情，因而看轻友善和给予友善。

时间久了，荣忙起来时甚至会忘了家里还有个孩子。

叶荫是那个年代少有的独生女。本来彦想再生个孩子，正赶上这时单位决定送荣去学习，在提升自己还是生孩子的选择上，荣挑了前者，偷偷打掉了一个已成形的男胎。因为是男孩儿荣也偷偷掉了几次眼泪。

术后荣长时间地流血，彦终于从别人那里知道了真相，他非常失望，但什么也没说。发生这件事他并不奇怪。因为荣常常念叨自己如果没生孩子，做事情还会更顺些。就像她自己的妈妈，如果没有孩子可能早就摆脱了奶奶和大伯一家的欺负，活得肯定轻松许多。而且，荣认定自己儿女运差，生叶荫也没选个好时机。因为坐月子她错过了一次可能提干的机会。叶荫听了数次这个说法，从她听不懂到听得懂，她认定自己欠了荣很多。

森和叶荫一样是独生子，大家都猜是树酗酒的缘故。每当有人问起萍为什么不再生一个，李姥姥就抢着说："我不是也只生了树一个嘛，有几个娃是命里注定的，自己哪儿做得了主。而且我们森结实得顶两个男娃呢。"萍只是红了脸，低下头，谁都看不见她的眼睛。

没人敢问荣。

7

小孩子的好处是即使你不管，他也会如期长大，像荒野里的树。

叶荫五岁了。

荣没给叶荫过过生日。彦为了避免麻烦也不会刻意提起。因为荣只要想起和叶荫同一天生日的奶奶，就会像遇见劲敌的刺猬，全身的刺都会竖起来。

只有李姥姥想着，到时候给叶荫下碗面条煮个鸡蛋。

叶荫长大一点儿后完全没有了在娘胎里的活跃，经常长时间坐着一动不动，荣失望极了，怀疑是不是脐带绕颈使这孩子智力出了问题，才总这么木雕泥塑般呆呆的。

其实，叶荫不过是喜欢静静地观察身边的一切。一个找食物的蚂蚁或者采蜜的蜂儿她会盯着看很久，然后绘声绘色地讲给爸爸听，但不会讲给荣。她怕荣，荣不生气时声音就很大，生气时就是吼了，叶荫本能地小心翼翼地躲着她。

荣竟然看不出来，只是觉得叶荫呆呆的。

这不影响叶荫爱荣。在她眼里荣是极好的。如果有人问叶荫谁最美，叶荫会发自内心地回答"妈妈最美"。荣听见也是无所谓的样子，因为叶荫只是没说错。

小小的叶荫总想为荣做点儿什么。叶荫喜欢鲜花觉得荣也一定喜欢。她用了一下午时间在几个邻居家的前庭后院找她觉得好看的花，身上被蚊子咬出了包也坚持着。这些不那么漂亮的花并没有讨来荣的欢心，倒是花上的泥土弄脏了地面惹得荣心烦，但荣终于忍住了没有发火，只是让叶荫以后不要再采这些花了。叶荫仔细看着荣的脸色，有点儿失望，讪讪地走开了。

荣在心里感慨为什么怎么看都觉得叶荫和别的孩子不一样，她喜欢那种看见自己就搂住自己亲昵的孩子，叶荫却从来没有过。

叶荫也确实有点儿特别。

叶荫不是个合群的孩子，这并不是说她对哪个小伙伴有明显的爱憎。不合群似乎是种气质，孤独的气质。叶荫不排斥和其他孩子一起，但只有森一个人在的时候她会觉得更放松自在些。

别的小姑娘抱着洋娃娃玩过家家，看到毛毛虫会哭喊着找妈妈，但叶荫不怕毛毛虫，和森一起数毛毛虫有多少条腿。因为喜欢在草木中钻来钻去，叶荫身上常常被树枝戳破皮，森倒是没什么。

每次萍用红药水给叶荫擦拭时都会念叨"到底是女孩子皮肤嫩"，但什么都影响不了叶荫的兴致，萍只好嘱咐森看着叶荫，有时她不得不承认荣说得不错，叶荫确实是个麻烦的孩子。李姥姥却不在意，觉得小孩子还不都是爱玩的天性。

叶荫遇到最危险的一次事故是被车刮倒，飞出去了好几米，起因是那天下雨后她好奇地跟着一只蚯蚓不知不觉离开了人行道。好在除了头破了缝了几针外没有大问题。

从那以后，森每次和叶荫走路都让她走里面。

李姥姥说："这孩子大难不死必有后福。"

从厂里赶回来的荣望着头上缠着纱布的叶荫说："这孩子真是天生磨人。"终归有些心疼，给叶荫买了好些好吃的。

毕竟是小孩子，看见吃的，叶荫开心起来话就多了，不再关注荣的脸色，絮絮地给荣讲白天自己做了什么，还问荣小时候是不是也这样。荣的小时候有很多她刻意逃避的回忆，她觉得叶荫的某个提问像要把她推进泥潭一般。荣突然就怒了，怒得叶荫莫名其妙，也让逐渐懂事的叶荫在那次之后每当和荣说话时都陷入某种紧张情绪。

彦没说话，拿起零食让叶荫坐到院子里吃。

也许荣更需要他的喝止，那种即使遭到顽抗也要制止恶念的无畏。如果做到了，对每个人都有益处。

但彦的正义更多的是洁身自好。如果作为丈夫作为父亲他有缺点的话，也许就是这个。不筑堤坝肯定省些力气，洪水泛滥时却无人幸免。

8

　　被撞伤后好长时间李姥姥不让叶荫到街上玩。森就安静地给叶荫拉皮筋让她跳，另一侧绑在树上。或者陪叶荫跳绳，两个人面对面站着，森用力地抡起绳子，叶荫欢快地数着数。

　　相比这些游戏，叶荫更喜欢吹泡泡。用小木条没完没了地吹，看那些泡泡在阳光照耀下五光十色，一个个连在一起，有种喧闹的美丽，然后，又一个个飘散化作空无。

　　虚幻的繁华总是来得容易。叶荫还体会不到转瞬即逝的悲凉。一个简单的动作就可以不断制造美丽让她非常欢愉。

　　这单调的游戏，森不感兴趣，却愿意陪着叶荫。虽然这一刻叶荫的眼里只有泡泡，他还是喜欢叶荫执着的样子。

　　叶荫在森的眼里不仅美丽，而且神奇。森永远都不会忘记，叶荫能引得蝴蝶落在肩头，即使叶荫轻轻摇晃身体，拎起自己的裙子转圈，蝴蝶也不会飞走。

　　十年后手掌大的蝴蝶早已在城市绝迹，但那画面森总会记起。

　　叶荫不知是不是因为自己的名字，特别喜欢叶子。彦给她一个厚厚的本子，夹着她收集来的叶子。

　　森热心地帮她找各种各样他们叫不出名字的叶子，猴子一样爬到树上问叶荫要哪一片，叶荫拿到叶子笑了，森也笑，叶荫若不满意，森就接着找。

　　虎子有时陪叶荫等在树下，叶荫说："虎子，你去看看森在干吗？"虎子真的跳上树看森，叶荫就会急切地唤虎子下来。森觉得好笑说："你干吗担心一只猫会摔伤？"两个孩子一只猫玩得不亦乐乎。

和萍在院子里包包子的李姥姥看着他俩觉得好笑，对萍说："森真有当哥哥的样子。"萍迟疑一下说："男孩子小时候都对妹妹好，等娶了媳妇，妹妹怕就变成了外人。"顿了顿又小声说，"怎么觉得叶荫不是个有福气的孩子呢，就希望森大了也只把她当妹妹。"李姥姥说："这么小的孩子哪儿看得出来有没有福气呢。"李姥姥似乎很不高兴，声调都变了。萍就不再吱声。

包子蒸好了，萍喊森，说："把这个包子给妹妹吃。"没有说"给叶荫吃"，后来也常常这么说。

萍从不曾因为两个孩子在一起训斥过森，哪怕只有母子俩人，就随着他们玩闹。李姥姥觉得儿媳妇很顺着自己的心意，心想，那句老话真对，孝不如顺，自己真的挑到一个好儿媳。

婆媳的和美似乎比夫妻的和美更能成就一个和美的三代同堂之家。胡同里的人都很羡慕李姥姥。

其实李姥姥不只带着叶荫，常在她家吃饭的孩子大大小小的总有几个，也不是个个给钱，都是赶上吃什么就跟着吃点儿。

萍跟婆婆一样，蒸好了包子馒头会很自然地塞到来家里聊天的邻居手里。别人做了什么好吃的也会想着给他们送来。

叶荫和森从这家串到那家觉得再正常不过，哪家做了好吃的，香味飘了出来早有孩子等在那儿，天经地义似的。胡同里的邻居热络得像常常走动的亲戚。

叶荫觉得妈妈和大家如果也能这样就好了。她在一边默默羡慕着，手里拿着萍给的包子。说是肉包子，其实里面只有一点儿去了油的炸肥肉碎，剩下的都是菜，比荣从单位买来的包子差远了，但叶荫吃得津津有味。

也许因为吃过萍的奶，叶荫和她很亲。萍从不用香粉，叶荫喜欢萍自自然然干干净净的味道。萍的话少，叶荫就静静跟在她旁边。如果和李姥姥在一起，叶荫的话就多起来，问天为什么下雨，为什么打雷，李姥姥就告诉她是龙王布了雨，是雷公又生气了。

李姥姥识字不多却会讲很多故事，比如《西游记》，她几乎可以完整地讲下来。叶荫喜欢听哪吒的故事，他在莲花瓣上复活的情节让她浮想联翩。长大后，见到谁的名字叫"莲生"，叶荫就会猜想起名字的人一定也喜欢哪吒吧。

有阵子森淘气总揪猫的胡子，李姥姥立刻喝止，说："别人揪你的头发疼不疼？己所不欲勿施于人。"邻居不禁笑道："这老太太还文绉绉的呢。"

森常一起玩的一个孩子认了好些字，叶荫和森也跃跃欲试。李姥姥夸他们做得对，这是见贤思齐。叶荫从来没听过"见贤思齐"四个字，要李姥姥教给自己和森。李姥姥有点儿不好意思，说她不会写这几个字，就是听她的姐姐总说。叶荫哦着，想不到去多问为什么。但叶荫会问李姥姥怎么知道那么多故事，李姥姥说是她的姐姐讲给她听的。叶荫问那个姐姐在哪儿，李姥姥摇摇头，叹口气去做活了。

后来叶荫只听故事，不问那个讲故事给李姥姥听的姐姐了，她看出自己的问题让李姥姥很伤感。

叶荫喜欢听瑶品和二丫的故事，她常常被聪明淘气的二丫逗得呵呵笑起来，所以总让李姥姥一遍遍地讲。这时森就像个小大人似的感慨一句"又是二丫啊"。

听着李姥姥的故事，看着明亮亮的日光从自己家的房子扫过栅栏扫过李姥姥家的院子，小小的叶荫觉得如果栅栏上那个斑斑驳驳的光影一直停在那儿该有多好。

9

瑶品和二丫是两个女孩儿。

瑶品的爷爷望是从山东逃荒来到关外的，带着怀孕的老婆和三个年幼的儿子，一根扁担挑着所有的家当。吃了好多苦来到一个村子时，刚好最小的儿子出生了，全家就住了下来。在老婆坐月子那段时间里，望在村子附近找吃食，发现这个临海的小村很适合生存，山上有自然生长的果树，海里时时可以找到小鱼小虾，是典型靠山吃山靠海吃海的福地。望在一座荒山上发誓，自己一定要为四个儿子开出百亩地过上好日子。这个身高近一米九的壮汉，为了自己的梦想早早累弯了腰，家境倒真的逐年好起来。

望八十多岁了还是凌晨就起床出去捡牛粪，更看不得家里浪费丁点儿粮食。瑶品爸爸是望的大儿子，为了父亲的理想同样辛苦劳作。

唯一的遗憾是瑶品的妈妈只生了瑶品一个女娃，在妯娌间有些抬不起头。瑶品的爸爸倒不是很在意。因为幼时家境贫寒自己没上过学堂，所以越发希望女儿多读书。不论谁说一个女孩儿读那么多书干吗，瑶品依然在父亲的支持下读了多年私塾。后来因母亲身体不好，瑶品没有读下去，到外地读大学的梦想就这样破灭了。瑶品偷偷哭过几次，但还是没有跟父亲要求继续去上学。

瑶品在这种极为郁闷的情况下遇到了二丫。

那年又是荒年，二丫是随着逃荒的人到了瑶品他们村子，二丫的爹娘在路上都死了。她到瑶品家要饭时，碰上了年龄相仿的瑶品，瑶品向父亲说情留下了她。外人看她们是丫鬟和小姐，但瑶品对她始终像姐姐待妹妹一样。

可能因为年龄小，二丫很快忘了忧愁，恢复了乐和调皮的天性，她带着瑶品爬树捉知了，偷偷溜出去逛集市，有一次俩人竟然还在天没亮时跑到海边，玩够了又洗了海澡！瑶品妈妈发现后，打了俩人的手心并且罚她们三天在房里不准出来。虽然知道每次闯祸是二丫的主意，但瑶品妈妈从未只打她一个人，骂也是连着瑶品一起骂。

瑶品爱看书，也想教二丫，但二丫不喜欢，她更喜欢追着老奶奶学习绣东西。二丫被瑶品逼着背诵《劝学诗》，记得很牢，可也只有那一首。"富家不用买良田，书中自有千钟粟。安居不用架高堂，书中自有黄金屋。出门莫恨无人随，书中车马多如簇。娶妻莫恨无良媒，书中自有颜如玉。男儿若遂平生志，五经勤向窗前读。"

那时太小了，叶荫和森都没有想到去问李姥姥为什么会把那首《劝学诗》背得那么熟。

叶荫总爱问后来呢后来呢。

后来，瑶品嫁给一个自己喜欢的男人。跟着瑶品陪嫁的二丫嫁给了瑶品丈夫的堂弟，那家因为家道中落，所以没有太强的门第观念，而且瑶品的父母又一再撮合。讲到这儿，李姥姥总爱说："二丫运气好啊，他们都对她好，不嫌弃她。"

听到这儿叶荫就不再问后来呢后来呢。在叶荫和森心里，那应该有着和童话故事一样的结尾，灰姑娘和白雪公主从此和自己的王子过上了幸福的生活。他们知道的童话故事都是讲到这里就结束了。

10

彦一直保持着写毛笔字的习惯。还在他很小的时候，母亲就凭着记忆默写出她喜欢的诗词教彦识字写字，所以彦的字很像母亲，记得的诗词也多多少少有些女性痕迹。彦自己也曾写过很多诗，只不过都散落了。他的梦想他的希望也随着那些字灰飞烟灭。

彦也让叶荫写毛笔字，可叶荫总写不好，彦并不强求，后来叶荫高兴时就和他一起写，不愿意写就在一旁看他写。倒是森很喜欢写字，这让李姥姥开心得嘴都合不上。萍觉得纸墨贵不说，而且森开始时总蹭脏衣服弄脏了脸，所以萍有点儿不愿意森练字，却立刻被李姥姥拦住，大字不识几个的李姥姥认真地说："字写得好是门面。"

至于读诗，叶荫倒是很愿意。

彦给叶荫买各种书，地理、历史、小说、诗歌都有。叶荫很早就不看童话书了，彦买什么她就看什么，和森一起看。

叶荫长大了喜欢写诗，应该就是遗传吧。而森在读高中时选择了文科也许同样是小时候受了彦的影响。这些都是后话了。

森的记忆力非常好，彦教的东西森很快就能记住。叶荫记得也快，可和森比就差了一些。彦觉得森可以媲美小时候的自己。彦记得老师曾经非常吃惊他的过目不忘，彦提起自己的父亲，老师叹了口气说那就不奇怪了。

想到这儿彦有些溜号，叶荫拉拉他的袖子，狡黠地说："天凉好个秋。"彦愣了下，女儿准确说出自己的心境让他慰藉，不过这小小女娃的敏感也着实吓了他一跳。

彦读诗颇有韵味，森只是念出来，即使他心里的感受是彦读出的感觉，他却无法同样表现出来，森的心里有点儿小遗憾。但这不影响他记忆的速度。

那天，荣从外面回来准备换了衣服化上妆再出去。

彦刚刚教会叶荫背晏殊的《采桑子》。也许，这不是适合叶荫这个年龄孩子读的词，但这是彦的母亲最喜欢的一首。曾经也是这样一句一句教彦读，仿佛那样的日子那样的情景不时让彦恍惚，在恍惚中他感觉到了久违的温暖自在。

小小的叶荫竟然读得很有味道："时光只解催人老，不信多情，长恨离亭，泪滴春衫酒易醒。梧桐昨夜西风急，淡月胧明，好梦频惊，何处高楼雁一声？"

荣很希望彦能学会人情交际这些实用的东西，就不用自己一个人去应付外面的事情，但彦永远做不来，就像此刻彦一定不会答应一起去同事家坐坐，他宁愿在家陪着叶荫念这些她烦透了的无用的长吁短叹。虽然最初认识彦时她那么着迷他的文学修养。

彦是高中毕业，那个年代高中毕业算是文化程度比较高的。厂里本来想把彦调到销售科，他不愿意去，再后来想让他管理后勤，他还是不愿意。荣吵了多次，对于彦说的种种理由根本不能赞同，她认为再好的木匠也是木匠，管人总比被人管强，何况人都是往前走的，为什么不能把过去的事都放下。可彦只愿意做木匠。荣也不得不承认当他专注地雕刻着，眉头就会舒展开，平静而愉快。但她不甘心，却又无计可施，好脾气的彦有着非常顽固的底线。荣常常无奈地对彦说："也许一切从开始就是错的，我总以为我能改变你。"

荣不耐烦地打断叶荫，说彦只知道教叶荫一些没用的东西，又挖苦彦一个木匠用不着这么诗情画意。

叶荫看彦的脸白了，连嘴唇都没了颜色，她害怕地躲到彦的身后，不敢看妈妈也不敢看爸爸。

荣满脸鄙夷地说："对着那样的穷山恶水怎么能读出这么做作浪漫的东西呢。"看见彦的脸色陡然白了，荣仍然无所顾忌接着说，"你觉得爱孩子就是天天陪着她念那些没用的东西？等她上学时你穿着你的破工装去接她让她的同学看你的一手老茧？"叶荫觉得彦握着自己的手在颤抖，却什么也没说。

对一个孩子比打骂更残忍的是告诉她她的父亲不好、无能、不够爱她。荣一样没落下全说了。那应该是叶荫生命里最早的混乱。

在叶荫的记忆里，荣似乎没有赞美过彦。

荣拍粉的手因为动作太大打翻了粉盒，新买的紫罗兰香粉全扣在了地上。荣心疼地叫了起来，这东西常脱销，她好不容易才托人买到。

叶荫只觉得屋里一下子味道刺鼻，竟然吐了起来。

彦什么也没说，抱着叶荫走出去转了很久才回家，看他们回来荣没再说什么。

叶荫记得很清楚，那天自己第一次去了河边，彦教她认识了梧桐树。

从那天晚上开始，彦睡到了里间的床上。偶尔荣也睡在那儿。平时荣让叶荫跟自己睡大屋。

但彦再没有回到大屋。

孩子也许觉得父母是生来就在一起的，哪怕荣时常抱怨下嫁，叶荫也从来没有问过什么。叶荫只知道爸爸当年跟一个老乡到城里做活，租了姥姥家的偏厦住时认识了妈妈。

倒是舅舅安有次喝多了酒当着彦的面对叶荫说："你爸爸不知用什么方法把你妈妈迷得五迷三道的，非嫁他不可。当年有多少条件特好的人喜欢你妈妈啊，他们厂长的儿子就很喜欢她。"

叶荫虽然小，听着这话也很不开心。叶荫搞不懂的是妈妈竟然没有制止舅舅反而一脸笑意。安接着说："如果不是你妈妈能办事把你爸爸一步步办到城里来，可能就没有你了。"姥姥也说："那时候你爸爸把家里攒的几百斤粮票都吃光了。"是打趣的口气，但荣不爱听了，说："那也是我攒的。"

安其实清楚姐姐和姐夫认识到结婚的经过。

彦住进他家时，荣刚和一个新毕业的大专生相完亲。这不知是荣的第几次相亲了。同龄女孩儿大多已经结婚。荣看上的最后人家都没答应，看上荣的荣都不愿将就。

大专这个学历在当时的小城非常优越。这个男孩儿和荣领导的爱人是同事，领导认为一个圈子的人自然该相亲相爱所以安排了相亲。男孩儿比荣更局促不安，荣不断找着话题，像每次接受任务一样认真对待这个谈不上有什么特殊感觉的人，之后一个话题终于让她下决心终止谈话。荣问他是否看过《钢铁是怎样炼成的》这本书。男生说："我是牙医不是工科生。"

安甚至想那个男生是不是没看上荣故意这么说，但他不敢问荣。他总拿彦开心是因为彦脾气好，而荣听见这个话题很高兴，他不过是讨好姐姐而已，这样聊天总比姐姐教训他和惠好些。

回到家彦没说什么，荣知道他不太高兴，说："安就是开玩笑嘛。"彦仍旧不说什么，荣很没趣。叶荫疑惑地望着父母，也不知该说什么。舅舅和姥姥的好些话叶荫听不懂。

彦却明白，虽然荣是自愿嫁给自己，但心里还是希望他知道自己是高攀了，所以不仅荣自己说，别人如果也这么想那就证明荣说对了。

彦也曾配合过荣的虚荣，因为希望妻子高兴。可是要靠贬损自尊来成全的宠爱一定不长久。

选自己所爱不容易，爱自己所选就更难了。对每个人都一样。

也许，对荣和彦来说，分开是最好的选择，但那个年代离婚是丑闻，何况有了孩子。

无论有多少备选答案，人往往还是觉得无从选择。

不知对荣而言，彦算不算根鸡肋。

至于彦，完整的家当然是他从小的梦想，但，如果说家是他为叶荫艰难保全的爱的礼物，也许那是个魔术盲盒，打开时很难说清里面是什么。

11

许多时候，叶荫能清楚感觉得到，彦更喜欢和他那些工具相伴。彦和它们的相处时间甚至超过了与所有人的交流时间。有一把小刀，彦告诉叶荫它比叶荫的年龄还大。刀柄的握持处早已从浅淡的木色变成深棕，上面还有些小伤痕和残胶，那是岁月的痕迹，也记载着陪伴。

叶荫很喜欢摸彦手上的茧子。彦常常一脸满足的笑意，摊开双手让叶荫小小的手指轻轻划过。

荣常带着半玩笑的表情挖苦："若说叶荫不是木匠的孩子都没人信。"

彦的手巧极了，无论多么普通的一块木头经过他手里的刀雕雕刻刻，总能变成另一副样子，仿佛恢复了枝繁叶茂时的生命力。

叶荫似乎遗传了彦对树木的热爱，她的小手总喜欢轻轻抚摸彦的作品，认真地看那些她懂或不懂的花样，带着与生俱来的虔诚。

彦看到了就摸摸叶荫的头，或者抱着叶荫一起看，叶荫就伏在彦的胸口，问："为什么心会扑通扑通地跳？"彦说："因为它在和手一起劳动啊。"

稍大一点儿叶荫想，爸爸的刀一定就是爸爸的马，给了他驰骋的感觉。问彦，彦笑笑说："还是我闺女了解我。"停停又说，"人到了一定年龄，驰骋不再重要，它需要的条件太多了。当然，你说得也对，想象可以驰骋。"这是爸爸说得最诗意的话。

这一幕许多年以后叶荫还是清楚地记得。

每当彦雕刻时，就会投入得忘了身边的一切，甚至包括叶荫。

叶荫在旁边看着，总觉得这个时候的爸爸离自己非常遥远。但她喜欢。

彦休息时偶尔也拉拉二胡。想教给叶荫，叶荫不是很喜欢学所以拉得不太好，彦也并不勉强她。

有时荣出差了，彦刻东西会忘了时间。他在停下来时突然意识到叶荫在一旁待了许久还没吃东西，于是有点儿歉意地对她笑笑，起身去给她做饭。这时父女两个没有语言交流，却和谐温馨。

叶荫戴着的手串就是爸爸在这样的饭后给她刻出来的。

手串的原料是些边角料。彦告诉叶荫，所有的木材都是森林送给人的礼物，不应该浪费。叶荫安静地看着那些小木块在彦手里变成各种形状的东西，这个过程漫长而有趣。

荣出差倒是让父女俩度过了俩人都喜欢的静谧时光。

一次荣出差说好第二天回来，叶荫下午早早就坐到胡同口那个因为总有人坐而磨得发亮的大石头上等荣回来。森领着男孩子们绕着几个胡同跑了好多圈回来，叶荫还望着公交车来的方向出神，最后被森硬拉回了家。

晚上彦下班回来告诉叶荫荣打电话说要晚回来两天，叶荫偷偷哭了，彦还是看到了，什么也没说，只是叹口气。

12

因为彦和叶荫隐忍的性格,三口之家大多数时间还是平静的。惹荣情绪急躁的更多是叶荫舅舅家的事情。

惠的妈妈在医院去世,办完手续惠把被子暖壶都拿回了家,荣当时没说什么,回到家就和彦抱怨弟妹眼皮子浅,什么都是好东西。彦认为惠是想东西都没怎么用,觉得扔了可惜吧。荣和他吵了一架,质问他为什么向着别人说话。叶荫躲到角落里,觉得舅妈和爸爸一样可怜。

叶荫自己也常遭殃,不说话还是会遭殃。她太小,也实在说不了什么,是荣嘴里的木头疙瘩。叶荫倒真希望自己是个木头疙瘩,危险来了可以随时滚到角落里。

荣在外人面前脾气还好些,在家里随时都会发作。像个带着炸药的高效发动机,强而有力地驱动自己的生活,有随时爆炸的可能。

叶荫和荣去舅舅家,姥姥端来了绿豆水,荣说自己待不了多长时间,叶荫姥姥看着荣风风火火的样子说:"你的屁股下是长了钉子的,坐不住。"本意也没什么,不过是家常闲话,荣喝着绿豆水头都不抬哼了一声说:"你们不找我办事我就坐住了。"大家都不说话了。

其实,安家怎么也不至于揭不开锅,虽然只有安一个人上班,但惠给别人做衣服都是收钱的,可叶荫姥姥跟荣说起的时候总是哭穷。荣虽然知道,偶尔还是会把钱摔到桌子上,毕竟她清楚没有退休金的母亲跟弟弟一家在一起,只是那些被忽视的童年岁月荣总会想起。

拿未必比给愉快,拿也是无奈的。

常常,叶荫看到舅妈的脸一阵红一阵白,晴晴的脸没一点儿笑意,姥姥面无表情。

一碗饭养个恩人，十碗饭养个仇人。荣也看得出弟弟一家的不快，自然觉得这句老话没什么错。个中情由却不容易说清楚。

当然对舅妈一家来说，一次嗟来之食也许是个意外，谁都有个心烦脾气不顺的时候，十次这个概率未免太高了。

舅妈惠对外很厉害，想占她便宜白做衣服的人肯定碰一鼻子灰，但在家里，她总是笑模笑样地让人舒服。荣在外面大方和气，冷脸子都丢到家里。

所以，叶荫觉得舅妈似乎比妈妈好些。

叶荫只是偶尔和妈妈去姥姥家。荣不提带她她就不会要求去。她不太喜欢和表妹晴晴玩。晴晴总是抢了她的玩具或者头花藏起来，她走的时候还是找不到，等她下次去的时候看见，表妹就一口咬定是自己的，不肯还她。舅妈不管表妹，最多让表妹不要闹了，表妹根本不听。好在荣自己也不常去。

为了强调荣的地位，晴晴的名字是荣取的。

后来再大一点儿晴晴自己把名字改成了清清，说这样听着洋气。

荣知道了，什么都没说。只有叶荫感觉她还是在意的。荣的特点是同意胜者为王，她觉得晴晴是个强大的女孩子，甚至当有人说晴晴像姑姑时她还有些得意。晴晴改成了清清后，叶荫还是习惯叫晴晴。其实家里人都没改过来。

晴晴的嘴很甜，见到荣总是亲亲热热，不像叶荫跟荣分开时间长了见面时还会羞答答的。别的孩子叫姑姑，而晴晴叫荣"姑姑妈"，也许觉得有意思，她自己边叫边笑得前仰后合，荣也高兴，说："这孩子喜庆。"

叶荫非常羡慕晴晴。姥姥逗她说："瞧荫荫的眼睛要冒火了。"其实叶荫不会冒火，她也喜欢晴晴开心的样子。

大一点儿了，晴晴更会说话了，经常说："姑姑妈，你知道吗，人家都说我长得像你，我太高兴了，因为我觉得你长得最好看了。"这时舅妈就会附和说："是啊，那还用说，当年你姑姑可是这几条街上最漂亮的姑娘。"说得荣喜笑颜开。

叶荫觉得，因为晴晴，妈妈似乎和舅妈的关系都好了些。

晴晴和荣的相似度确实比叶荫和荣高些，尤其鼻子和眼睛。

荣高高的鼻梁非常骨感，有着男人的刚毅，圆而深陷的眼睛在幼儿时期洋娃娃似的可爱，成年后却因为眼神的犀利让人不敢直视。晴晴的眉眼极像荣，但不同的是，晴晴虽然还是个小女孩儿，但有种骨子里的娇媚，全不像荣的凛冽气质。只有她发起火来才能见到她身上荣的影子。这时候惠就告诉她再好看的人生气也不好看。如果说惠对晴晴教育最多的，便是不容许她随意发火。也许她已经敏锐地觉察到，自己若不好生调教，女儿就会长成自己大姑子的样子。

如果说叶荫和荣有什么相像，那就是头发。叶荫贴近额头的发质非常蓬松，有些自来卷，多年以后流行直发时有经验的发型师都不同意给叶荫烫直发，因为耗时费力后头发还是老样子。和荣的头发一样。而荣的这个特点来自她的奶奶。荣最听不得自己像奶奶，说过这话的人都被荣怼了回去。所以荣前额的头发都被梳到脑后，用发夹紧紧地别住，而叶荫的刘海儿不管她愿不愿意总是被荣剪得很短，显不出本来很美丽的蓬蓬的样子。

从姥姥家回来的路上，荣说："你舅舅和舅妈这辈子没什么能耐就是生了个好女儿。"叶荫听得出妈妈的话里对她的失望，叶荫对自己也很失望。荣再冲她发火时,她想自己是真的不够好吧。

后来叶荫听到晴晴偷偷对惠说:"我叫姑姑妈是对了,姑姑简直就是个一生气就大肚子的癞蛤蟆,总是气鼓鼓的样子。"叶荫才明白晴晴口中的"姑姑妈"是"咕咕蟆",心里很替荣不高兴,但也没找晴晴理论,因为惠立刻厉声制止了晴晴,不许她再说下去。叶荫想晴晴的比喻似乎没错。

当然叶荫也不会告诉荣。

13

彦带叶荫去过河边后,叶荫就喜欢上了那个地方。后来她常去,有时和森一起,告诉森哪种树是梧桐。那些树太过笔直粗壮,森爬不上去没法给叶荫摘叶子,森有点儿遗憾。

森更喜欢河边拴着的那个铁船。大多数时候叶荫安静地坐在岸上看着森跳上跳下,或者和森牵着手看船一侧黑漆漆的漩涡,听大人们说起过那个漩涡很危险,据说掉下去的人即使水性再好也根本上不来,所以俩人的手紧紧抓着彼此。多数时候森会拦住叶荫不让她去看。

在河边叶荫第一次看见了林眉雅。

这在叶荫的记忆里当然是她们的第一次见面。

林眉雅爱穿绿色的衣服。那个年代男男女女都是清一色的蓝褂子,林眉雅也一样,不同的是衬衫,她常穿的是一件墨绿色的衬衣,颜色浓得像天黑时梧桐树上的叶子。

走近林眉雅,叶荫发现那件衬衣是有条纹的,她想这是不是叶子上的脉络呢。

看着叶荫专注地望着自己,林眉雅笑了,轻声问她:"你是谁呀？"

叶荫呆呆地望着林眉雅，突然也笑了，很少笑的叶荫看起来可爱极了。已经养成的怯懦让叶荫不知怎么跟林眉雅交流，她转身跑掉了。

在河边见过几次后，叶荫的胆子大起来，先是给林眉雅背了那首《采桑子》，然后指着旁边的树告诉林眉雅这是词里的梧桐。一直微笑着听她背诵的林眉雅听见这句话摇摇头，叶荫有点儿失望，她希望听见林眉雅的肯定。

林眉雅笑道："准确地讲我也不知道这是不是词里的梧桐，但我知道这是泡桐树，词里或许是青桐，当然也有可能是泡桐，我不能确定。梧桐还叫青桐，是梧桐科梧桐属。它的树冠是卵圆形的，树干很直，树皮青绿看上去很平滑。而泡桐是玄参科，什么属我忘了。"林眉雅的回答明显带着自然科学工作者的严谨。

叶荫听糊涂了，她还不了解植物的科、目、属的概念。

也许林眉雅想到了叶荫听不懂就不再讲下去，但还是说了句："其实我了解的是法国梧桐。"之后她陷入了沉思。

因为这看不到词里的梧桐，叶荫很失望。

过了一会儿林眉雅回过神，解释道："梧桐是阳性树种，喜欢温暖湿润的气候，因为耐寒性不强，所以北方很少见。"

叶荫眨眨眼，问："就像牡丹吗，李姥姥说咱们这个地方种不活牡丹。"

林眉雅夸她聪明，说："差不多是一个道理。"

叶荫也觉得林眉雅聪明，她懂得真多。其实，林眉雅聪明不假，但叶荫的问题不能够说明林眉雅的聪明，只能说明她的记忆力好，因为她多年不见的未婚夫是一个植物学博士。

后来，河边就成为叶荫最喜欢去的地方，甚至不要求森同去。她常常一个人坐在梧桐树下发呆，希望遇见林眉雅。

也确实常常遇见林眉雅，林眉雅有时只是对她笑笑，什么都不说，叶荫也会很高兴，安心地在林眉雅身边坐上许久。

梧桐树下，留下一大一小没有任何关系却美丽投契的身影。

有次突然下雨，林眉雅领叶荫到自己的住处避雨，帮叶荫擦干身体时她看到叶荫胸前的痣，不禁想起了多年前医院里老护士的话，只是突然有同事因为急诊来找她，她没来得及告诉叶荫她是这个世界上第一个见到叶荫的人。

因为林眉雅喜欢穿绿色的衣服。深深浅浅的绿，像不同季节的叶子。

所以叶荫在心里叫她绿妈妈。

林眉雅很喜欢叶荫却不叫她荫荫，而是直接叫叶荫。叶荫喜欢这样，让她觉得受重视。

叶荫从没当面叫过她绿妈妈，长大后叶荫一直在想为什么始终没告诉林眉雅自己叫她绿妈妈，叶荫自己也想不起来为什么。

14

森喜欢冬天，可以堆雪人、打雪仗、滑冰车。叶荫不喜欢，她怕冷。森说年可是在冬天过的呀。因为叶荫总盼着过年，不仅有新衣服穿，还有好看的烟花。

彦会给叶荫买各色烟花。树也给森买。森和叶荫会把俩人的放在一起跟别的小朋友比谁的花色多，也常常等不及除夕，提前几天就开始放一点儿。当然，还是会忍着好奇心把最喜欢的留在年三十晚上。

森只放红色的鞭炮，把五光十色的烟花都留给叶荫放。

森觉得叶荫兴冲冲的笑脸在烟花的映衬下像年画上最美的娃娃。他看着她就莫名地笑了。

那年冬天出奇地冷，几棵泡桐树冻死了。

叶荫觉得很难过。

春天来了，徘徊的林眉雅似是在寻找那几棵树。

叶荫递给她一支早开的迎春花，林眉雅接过花自语道："花太脆弱，树也并不绝对地强大。冬天太冷，它们还是等不到春天了。"

林眉雅非常清瘦，和以往有些不同，叶荫却又说不出有什么不同。但林眉雅始终是叶荫心里喜欢的绿妈妈。

有了林眉雅的对比，叶荫对着荣的时候总有些失落。林眉雅的声音很低，和叶荫认识的其他人完全不同，叶荫觉得那声音糯糯的，仿佛有种清甜的味道。荣的声音本来清脆悦耳但随着分贝的升高总让叶荫不自觉地皱眉。而叶荫轻轻地说话也让荣恼火，"像蚊子叫"，荣说。

同样是妈妈，叶荫从没有拿萍和荣比较过。大了以后叶荫也想过这个问题，百思不得其解，也许，她比较的不是两个同为妈妈的女人，而是描摹她心目中母亲的形象。

荣数次说起自己怀叶荫时呕吐的痛苦，一次叶荫自言自语又像问荣："这是不是我在胎儿时不喜欢来这里？"让荣莫名地光火。荣真的搞不懂这个小女孩儿到底是怎么回事儿每天都在想些什么。她给了叶荫几巴掌，叶荫竟然一滴眼泪也没有。这让荣很吃惊，但只要眼前没有坏的后果，那对荣来说就不算什么。如果可以的话，荣有时真希望手握生杀大权，举起叶荫摔在地上一了百了。

但换个时候，若心情好，荣也会给叶荫编各式好看的辫子或盘发。

叶荫盘发很好看，可那得等荣心情不错的时候。每次梳盘发，叶荫就会很骄傲地和伙伴们炫耀妈妈的手有多巧。一个小伙伴问叶荫为什么不天天编漂亮的辫子，叶荫说："我妈妈忙啊，没有时间。"

小孩子的世界总需要有些自豪来支撑，甚至假装被宠爱。成人的世界还是会延续这种谎言，比如，假装幸福。

不知哪天起叶荫想到荣不太喜欢自己，那么自己是不是要来的孩子？她去问李姥姥，李姥姥说不是，问萍，萍也说不是。她不信，觉得大人骗了她。偶然听荣提起她是林眉雅接生的，叶荫迫不及待去问林眉雅，林眉雅毫不犹豫地回答是她接生的。叶荫信了，她只信绿妈妈的话。

林眉雅没有像李姥姥和萍听见叶荫的问题觉得好笑，她问叶荫为什么这么想，叶荫描述不到根本，林眉雅还是猜到了一点，说了句英语："Hang in there，I'm sure things will work out."这是叶荫第一次听到英语，她呆呆地望着林眉雅，林眉雅笑了，说："等你长大了就都会好起来。"叶荫隐隐感觉到林眉雅说完那句自己听不懂的话后，心情不是很好。所以叶荫对自己长大就会好起来也没有产生更多憧憬。但她还是信任地对林眉雅点点头。

叶荫有点儿失望。她无数次想象自己是被林眉雅送人的孩子，像大人们讲的类似故事里的情节一样。她没和任何人说过，包括森。这个想象让她觉得安慰，荣的辱骂也不那么难受了。荣生气时，会用最难听的话骂叶荫，在一个生理卫生课都要男女生分开上的年代，荣毫无顾忌地骂出那些字眼，叶荫吃惊得忘了害怕。荣这种样子会反复出现在叶荫的梦里，甚至在大学时还会梦到。一次又做了噩梦的叶荫被同寝室的同学喊醒问她怎么了时，叶荫回答没什么，只是个经典的梦。

人生最大的痛苦莫过于所欲不遂。

喜欢的只存于想象，不喜欢的却如影相随，而其间伴随的所有情绪纠葛足够折损人生本该有的快乐。

叶荫如此，荣何尝不也如此。

无论如何，林眉雅带给叶荫的想象还是让她在逼仄的现实里感到一丝舒展。

事实上，林眉雅一生未婚，更没孩子。甚至，小城里的人们说不清她的具体年龄，只知道她来自上海，因为家庭成分不好毕业分配来了这里。

没人说得清她的故事。

她寂寞来去，小城里没有和她走得很近的人。虽然很多家庭受惠于她。

前一年冬天反常地冷，泡桐树好些得了病，到了夏天，有一夜雨特别大，雷声震得小孩子们钻进大人的怀里，最大的那棵泡桐树倒向了河边。也许因为长得太高，它的心越来越空。

和大泡桐树一起离开的还有林眉雅。

谜一样的林眉雅，谜一样地离开了。有人说她是失足落水，有人说不是。总之，她就这样离开了。

虽然知道再也见不到林眉雅，叶荫还是在河边树下坐了好久，就像以前等待偶遇林眉雅时一样。直到下起大雨叶荫才往家跑，夜里发起高烧接连几天不退。彦本来是安慰叶荫，告诉她死亡并没有什么可怕，所有人都会死，包括自己。叶荫听到立刻大哭起来。这让本来心疼她病了的荣感到烦躁，她不懂一个小小的孩子为什么会这么多愁善感这么麻烦。

许久之后还会有人说起林眉雅，叶荫都会很认真地听着但什么也不说。

被大家记得也好忘记也罢，一切终归云淡风轻。也许，林眉雅从未在意。

但叶荫永远记得林眉雅，她是给了叶荫很多很多想象和慰藉的绿妈妈。

一次叶荫梦见林眉雅是河边那棵最高大的梧桐树，而自己是树上的叶子。

15

叶荫的爷爷去世前，彦带她回了趟老家。这年叶荫七岁了。

长大后叶荫听荣说爸爸的命是奶奶磕破了头才从同村一个男人手里救下，当时那双大手已把彦高举过头顶对准了石头。

叶荫没见过奶奶，只见过奶奶后来嫁的爷爷恩，也是木匠，爸爸的手艺就是他教的，他还给了爸爸一个能挺直腰杆的好出身，让爸爸可以进城、做工。

奶奶是打水时跌到井里淹死的。有人说这个地主婆死了还糟蹋了口井，一辈子憨厚得连牲口都不轻易打一下的爷爷拎了斧子站到那个人面前，终于没人再敢说什么。

已经卧病在床的恩见了彦和叶荫竟然精神起来。叶荫特别喜欢被爷爷那双布满老茧的大手抱着，她用她小小的手摸他沟壑纵横的脸时，他高兴得胡子颤颤的。

恩对彦说："这个小女娃真好看，越长越像你妈妈年轻时的样子。"他低着头像是自言自语，"那时我在你姥爷家给她打嫁妆，她的性子好极了，字也写得好极了。"叶荫盯着爷爷的眼睛，里面装满了笑意。彦赔着笑不打断他，但爷爷的眼里的笑意还是很快逝去了，他闭上了眼睛，低声说："你妈她不是不小心，她是熬不下去了，她的心熬不下去了，她去找她的亲人们去了。我一直没跟你说，你妈死后，我偷偷让人写了你爸的招魂牌和你妈葬在一起。如今我要去了，你把我埋在小溪旁边就行，不用碑了。过几年要是没人说什么了，你就给你妈那换个碑，把你爸的名字写上。"

几天后恩在彦的陪伴下平静地离开了。

叶荫不怕，她轻轻地摸摸那大手上的老茧，像往常一样。

彦没把恩埋在小溪边，而是埋在了母亲的墓旁。

叶荫知道了自己有两个爷爷，他们和奶奶永远在一起了。她没有想为什么会这样，所以没有问彦，只是小小的心充满悲哀。

跪在坟前的彦和叶荫一样高。叶荫吃惊地发现只几日彦两鬓斑白，她摸摸彦的头发，怵然哭了起来。

离别是那么感伤。爸爸的眉头一直扭成一个疙瘩，叶荫不去烦他，小小的她对离别有了自己的理解，离别让有些人分开，也让有些人分开后又在一起了。她太小，表达不清自己的意思，于是这个想法像个小秘密。她守口如瓶。

后来，叶荫问爸爸，奶奶的墓碑不换吗，爸爸说不换了，爷爷会理解的。爸爸嘴里的爷爷是哪个爷爷呢，叶荫没有问。

这不是叶荫第一次见到恩。两岁时彦就带她回过老家，只不过叶荫记不住了。她只记得五岁时她在爷爷家待过三个月，那是叶荫记忆中非常美丽甚至旖旎的一页。

爷爷家的房子上有两朵碗口大的粉色的花。爷爷说那是大葱花。叶荫偷偷爬上屋顶，摸了又摸，是真的花，于是一整天都在屋顶看着花儿发呆，她从没见过那么漂亮的花。之前叶荫也从来没到过任何房子的上面。坐在屋顶吹着清凉的山风，旁边还有美丽的花，真是太好了。

傍晚时爷爷从田里回来，看到叶荫的样子笑了起来，他拿了一把大剪刀上了房，把花齐根剪下，让叶荫拿着，把她抱了下来。爷爷的胳膊很瘦但非常有力，稳稳地让叶荫觉得安全。

那个画面清晰得像电影的特写镜头定格在叶荫的脑海里，一个清瘦的老人把两朵碗口大的粉花递给自己。他缺了几颗牙齿，嘴笑得大大地张开，叶荫觉得那牙和自己的牙一样。叶荫的年龄越大那画面越清晰，想起时会让她泛起泪光。

爷爷家旁边是一条小溪，清得连水底柔润细腻的沙都粒粒分明。叶荫长大后时常想起那里，她甚至记得因为水流得缓慢，被一块大石挡住的那部分水流显得格外饱满晶莹，浓润得像块果冻，小蝌蚪仿佛是嵌在上面的一粒粒果实。叶荫最痴迷的游戏是抓住它们再放回去，二黄就在旁边耐心地等她。

二黄是只极通人性的黄色土狗。它可以独自带叶荫到水边玩再把她领回家，天色渐黑时，叶荫如果不想回去，二黄就跳到水里拱她的腿推她上岸。叶荫后来遇到的狗和二黄比起来都有些娇气，锦衣玉食却少了二黄的灵气。一块玉米饼子就会让二黄非常满足。

长大后叶荫一直喜欢"林溪"两个字就是和这段记忆有关。

后来是爷爷把叶荫送回家的，又在叶荫家住了一周。荣对他很好，是对善良纯朴的敬重。并且给老人做了套新棉袄，买了质量非常好的雨衣雨鞋，老人高兴得一直说自己真有福，有这么好的儿媳妇。

彦很感激荣，足以让他担待她素日的暴躁。

荣发愁的是叶荫只在老家待了两个月，就说起了那里的方言，白色的读成"漂白",黑色是"墨盒儿",弄得整个胡同的人都来逗她说话。

叶荫从爷爷家拿回了一张老照片。是叶荫没见过的亲爷爷和奶奶的合影。照片里的人是那么好看,像旧画报上的明星。叶荫一直觉得爸爸好看,但照片上的爷爷因为西装笔挺、眉目舒展显得更精神些。奶奶穿着叶荫从未见过的旗袍,叶荫觉得她美极了,那是一张和爸爸极为相似的脸。

有时叶荫望着彦想,如果爸爸不是总锁紧眉头肯定会更好看些,所以她常常用小手去抚平彦两眉间的"川"字。并且多次告诉彦自己长大了要给他买西服,带他去照相,彦每次都听得笑嘻嘻的。

后来学了遗传学的叶荫懂了,一次美丽是意外,世代美丽一定伴随着某种积累,这是大多数人眼里不那么公平的社会法则对美丽的成全。

那时还不流行仿古家具,但叶荫家的家具都古色古香,非常好看。上面雕着葫芦、凤凰、桃子,来家里的人都夸漂亮,叶荫骄傲地说都是爸爸做的。后来叶荫在爷爷家看到一张黑紫色的桌子,非常像自己家里的那个。问彦,彦说那是奶奶用过的。叶荫再问其他的事情,彦摇头,不再回答。

长大后叶荫知道那是奶奶陪嫁的东西,后来被分给村里的其他人家,爷爷恩费好大的劲要了回来。因为对奶奶来说它很重要,荣告诉叶荫她的奶奶和亲爷爷在那张桌子上喝的交杯酒。荣念叨奶奶真不容易,又很认真地评价恩是个好人,还嘱咐叶荫要尊重爷爷对爷爷好。

这一刻叶荫突然觉得妈妈又温柔又善良,不像有些人瞧不起农村人。妈妈还提出恩以后来家里一起住,但他不肯。叶荫有点儿遗憾,问为什么，荣说："可能因为你的奶奶在那边。"叶荫似懂非懂，却不再问了，她望着妈妈发呆，眼里有泪光的妈妈真的很美。

是少有的一种美丽。

那一刻的美丽叶荫记了一辈子。

<h1 style="text-align:center">16</h1>

爷爷来家里是叶荫的珍贵记忆。那段时间妈妈爸爸的关系非常好，家里常有妈妈的笑声和爸爸好听的二胡声。

甚至彦不太像往常那么留意叶荫了，叶荫真心喜欢这种状态的父母。

也许人的记忆有很强的选择功能，那些画面在叶荫的脑海里深刻长久，她一直借此判断父母的关系。每次有不同的端倪都会被它遣散。

有一阵子彦很忙碌是因为荣怀孕了，很意外。彦写信告诉了恩，并且说孩子生下来还是随恩的姓。回信仍然是邻居帮恩写的，说恩听着信都高兴得流泪了。那个邻居也替恩高兴，说好人好报，恩回去一直夸赞儿媳，如果又得个孙子就再好不过了。还说恩已经急着托人找镇上的老饱学求名字呢。

这次怀孕荣没太遭罪。四个月身孕的荣越发肤如凝脂，腰身也不是很显，只是丰满些。有经验的人都知道怀了女孩儿妈妈会漂亮，但没人扫荣的兴，都清楚荣盼望这一胎是个儿子。

不管彦如何反对，厂庆时荣坚持要领舞，和往年一样。跳朝鲜族舞的长裙正好遮住了她微微突起的小腹。在浅笑轻颦起舞时，她仿佛还是全厂最美的那枝花，任一众小姑娘羡慕嫉妒。她不会注意到那些交头接耳中有对她的些许不屑，注意到也会不在乎，她相信自己就该独领风骚。

最后一次彩排时荣不慎滑倒,失去了这个孩子。

李姥姥劝彦别太在意,彦说着没事,眼睛却红了。

李姥姥担心地和萍念叨:"镜子摔一次能粘起来,再摔一次怕就要粉身碎骨了。"

叶荫觉得家里好像一下子没了声息。那时她和森迷上了读书,两个总是闲不下来的小家伙在大人眼里消停了许多。因此,家里似乎更静了。

胡同里的人都说,坐在大柳树下一起看书的叶荫和森像共读《西厢记》的黛玉和宝玉。

在家休养的荣听见了也笑,觉得还真的像。转天她带了俩人去公园照相,租了给孩子拍照时穿的衣服。那些衣服就是戏服的样式,说是黛玉和宝玉穿的可以,说是梁山伯与祝英台穿的也行,头饰繁复美丽,衣裙环佩叮咚。

穿着戏服化了装的叶荫和森更好看了,叶荫难得看妈妈这么温柔,也十分开心,把袖子甩来甩去。森不喜欢这拖拉的服装,但看叶荫高兴,就很配合摄影师摆出姿势。其实,森更喜欢其中一件很威风的元帅服样式的上衣,还配着一把刀,但想想荣不会答应森就没出声。

荣看出了森的心思,又租了那套衣服让森单独照了一张。森惊喜地睁大眼睛,想象不到荣对自己这么好。

荣喜欢男孩儿,尤其是像树一样有男子气的,小小的森俨然有了树的样子。她喜欢森。

森一直对荣淡淡的,因为荣总是对叶荫凶巴巴的,当然他自己也有点儿怕她。

那是他三四岁时,每天早上总调皮地在萍和李姥姥顾不上他时跑到大门口对外撒尿，任她俩怎么说怎么吓唬都不听。一天早上他又偷跑到门口撒尿，正巧路过那里的荣刚上脚的新鞋被浇个正着，荣不像一些大人骂他坏小子甚至还拍他的头，那样他反倒不怕。荣没理他，大声喊李姥姥和萍说："你们家大人怎么教孩子的?!"然后狠狠瞪他一眼回家换鞋了。森忘不了那次荣看他的眼神，那不是生气的大人看孩子的眼神，倒像电影里的坏人杀人时的样子。

照片洗出后，大家都说好看。后来去公园的人看见那照片被摄影师多洗了一张用来招揽生意。

一个邻居逗荣说这是丈母娘带着照的定情照，荣不以为然笑笑也没有反驳。

叶荫听见了还是一本正经解释："他是我哥哥。"引得大家愈发笑了。

森把照片小心地放进自己的一个小匣子里，那里装着他收集的所有喜欢的小东西。

17

森比叶荫早一年上学。叶荫常常带上虎子在森快放学时去胡同口接森。等到叶荫也上学了，两个人就一起去学校再一起回家，虎子会送他俩到胡同口。森很乐意给叶荫背书包，叶荫就抱着俩人带的水。下雨时，森背着叶荫，这样叶荫的脚就不会湿，脚不湿，叶荫就不会感冒。

日子一天天过去，森渐渐比叶荫高出了半个头，叶荫天天跳着脚说："我比你高我比你高。"

那个家家都不富裕的年代，有俩人知足一生的童年。

森跟树一样有副好嗓子。森参加学校活动时的独唱总能让李姥姥又开心又自豪。每次她都把森的衣服喷上水，再用装了滚烫热水的杯子熨烫。萍想做这个李姥姥不肯，萍就笑笑地走开，对森说："看奶奶对你多好，你要好好表现啊！"

后来有个电视台到学校找森想让他拍几个镜头，在电视尚未普及的年代，这无疑是个非常值得自豪的事情，没想到李姥姥竟然为此来了学校，任老师怎么劝都不同意森上电视。森委屈地哭了，叶荫也很替森着急，她不停地求李姥姥，李姥姥却毫不动摇，以少有的口气郑重地对森和叶荫说："咱们做普通人，本本分分就好，不出风头。你们能答应我吗？"这句话森和叶荫似懂非懂，但看到她认真的样子还是点头答应了。

树听到森学这句话面无表情什么都没说。彦知道了摸摸叶荫的头说："李姥姥说得对。"叶荫问彦："森唱得那么好听，为什么不能唱给更多的人听？"彦指指树上的鸟说："它唱得也好听，唱歌只是因为喜欢唱歌，你能听到是因为有听到的缘分，这些都不是强求来的。"叶荫还是似懂非懂，却自然而然地接受了彦的话。

如果所有的日子都像平静的小溪涓涓而流，也许每颗有伤的心就可以从此安稳。但大多数人的日子，总会如奔腾的河流，任何起落似乎都很寻常。

18

森清楚记得，自己十岁的那年冬天来得特别早。

一天，因为老师们去开会，学生们下午很早就放学回家了。走进院子森发现外屋的门竟然没有关，将近半开，他觉得很奇怪，自己在大冷天如果跑得急不关门放了热气出去，奶奶肯定会笑骂门要夹到他的尾巴了。他走近，看到了一个陌生女人微侧的背影，她正说着什么，声音很低，他听不清她的话。她递给奶奶一个信封，奶奶推拒着不肯收，但她痛哭着握住奶奶的手。森看不见奶奶的脸却能听见她的声音有些抖，和平时很不一样。

森没有出声，连书包也没放下转身去了叶荫家，他没有进屋，躲在叶荫家的大门里向外张望。一会儿那个女人离开时他看清了她，她很好看但异常清瘦，离开时就像风吹走了一片叶子。他觉得见过她，却一下子想不起来在哪儿见过。

森走进叶荫家，叶荫正在削铅笔，看森进来就和森说起作文题，森一直溜号根本听不见叶荫在说什么，想了一会儿他觉得应该回家问问奶奶为什么哭。刚出门却远远看到了妈妈，她和那个女人面对面站着。

萍往往都是这个时间去买菜，那天忘了拿粮票返回来取。森从来没见过妈妈那么凶，不知在说什么，那个女人面无表情一言不发，未待萍说完就转身离开了。森吓得躲了起来。

萍在回家前整理了情绪，像往常一样开始准备晚饭。森一直围在萍的身边，很安静，在萍望向他的时候就对妈妈报以微笑。

萍一向不对森说大人的事，高兴的事不高兴的事从来不说。所以森非常不理解叶荫对父母关系的忧心忡忡，他从来没有想过这些。森顶多会在下班的时间问树怎么还不回家，萍会说爸爸忙啊，他养家很辛苦，咱们这一大家子人呢。树回来时，萍会端上盆温水让树洗洗，就算毛巾在树伸手可及的地方，她仍然会示意森拿着毛巾等在树的身边。森喜欢这样。每次树擦完脸会伸手挠挠森的头，森就顺势拽起爸爸的衣襟去吃饭。

但那晚萍没有给树准备温水，是森想到了去准备的，萍的嘴动了下，终归没有说什么。

晚上吃饭时，森感觉到妈妈和奶奶还有爸爸之间有些奇怪。妈妈很冷似的，脸色惨白。而爸爸破例那个晚上没有喝酒。

年底开家长会时，森惊诧地发现，来家里的那个女人竟然是霄的妈妈瑾！他恍然大悟，觉得她面熟就是在之前的家长会上见过。

霄是个优秀的学生，本来他和叶荫同级，但已经连跳两级，所以比森还高一个年级。

开完家长会，森又遇到了瑾。

森看见瑾站住了直直望着自己的爸爸，爸爸却没有打招呼的意思，甚至没有看瑾就拉着自己走了。树握住森的手很用力，从而制止了森回头看瑾的好奇。但森还是觉得那个女人的样子很可怜。

瑾望着树离开的方向呆呆地默立着，直到霄来找她。她轻抚霄的面颊，眼泪无声落下。霄吓坏了又很想不通，难道老师觉得自己不够好和妈妈说了什么？自己已经是全年级第一了。

他轻声对瑾说："妈妈，下次我一定能考全区第一。"

冬夜的风那么大，树骑得很慢，森安心地坐在自行车后座。树像一面墙遮着号叫的北风，森把脸贴在树的背上，小手伸进树的大衣握住带有爸爸温暖体温的毛衣。

快到家了，森想自己从后座跳下，却被树伸手制止了，树把车停稳后才把森抱了下来。然后树又给森的帽子戴正，说："要好好学习以后上大学，爸爸没有那个机会但是你可以，一定要努力，知道吗？"在家很少说话的树，说了很长的一句话。森用力点头。

森虽小，但也看得清楚那段日子爸爸不太开心。邻居里有个同学的爸爸去读大学了，而自己的爸爸却不能去。

　　刚刚恢复高考，很多人跃跃欲试，可对于树这种已经参加工作的人来说，去读大学仍然很不容易，辞职的话首先要考虑一家老小的生活，如果带薪定向就需要单位同意。虽然瑾动用关系让厂里同意树带薪上学，树却没去参加考试。萍终于松了一口气。她不十分明白树的放弃对树意味什么，但明白那对她意味什么。
　　彦根本没有尝试，因为夫妻不能都去读书。单位同意荣报考，彦也很支持她，但荣没有考上。荣没有提议让彦也试试，在成全自己还是成全彦这件事上，荣不需要细想就选择了自己，可惜愿望落空了。

19

　　李姥姥不让树喝酒，他只是"哦"一声，照喝不误。萍从来没阻止过他，但坚持给他温酒，不让他喝冷酒，每当这种时候，树就会轻轻地笑笑，森都能感觉到空气中的暖意。
　　每次李姥姥劝树不要喝酒没有用的时候，萍就安慰李姥姥说："他喝醉了就睡过去，不打人不骂人，喝就喝吧。"李姥姥也念叨："是啊，人家喝醉了都是话痨，他只是睡觉一句话也没有。"
　　其实树醒了比醉酒时更没有话。他的话在他年轻时和那个叫瑾的女孩儿都说完了。
　　如果树不是那么爱喝酒，森的童年还是很幸福的。
　　那年三九的一个晚上，树酒后骑车摔倒冻死在回家路上。

20

　　瑾的父亲原是市里的一位领导。原本不会有交集的树和瑾，在下乡后分到同一个村子才有机会相识相恋。

很苦的地方有俩人最难忘的记忆。

之后的故事很流俗，瑾的父亲在一个更荒凉的地方放牧时，树是瑾的保护神，是唯一的依靠，但他们回城时瑾的父亲已重回领导岗位，树连瑾家的门都没有进去，即使瑾以死威胁她的父亲。再后来瑾的哥哥到树家以伤人自尊的方式说服了树。树拒绝见瑾，很快娶了萍，不久瑾被保送到大学读书。并且听从家里安排嫁给了一个大学生。

如果瑾和树真的放下过去从此陌路，也许会好过苦苦挣扎后的回头。何况，这种回头最后仍然是在各自的世界痛苦对望，谁都不能离开既定轨道。

瑾的成绩极好，她却毫不在意所学专业，在更换两个单位后，转到了市图书馆，工作养尊处优却无足轻重，晚来早走是常事，到最后索性一周开一两次会应景。与其说是去开会不如说是去还书借书。很少有人见过瑾笑，她是单位里的冷美人。

当然，十年婚姻里她的丈夫柳见她笑的时候也不多。

霄习惯了寡言的妈妈，他也不是多话的孩子。记忆里的妈妈总是拿着一本小说，不是在书桌而是在梳妆台前，有时她放下书盯着镜子出神，或者揽过他一起对着镜子却并没有望向他，似乎镜子里有另外一个人和她对视，霄感觉到那种异样就会静静走开，瑾这时会微笑着问他妈妈美不美。

霄从小就觉得妈妈美极了，曾经问过瑾仙女是不是就长得像妈妈一样。瑾笑了，更美，和霄在妈妈的旧照片里见过的一样。那张照片里妈妈旁边不是爸爸而是一个自己不认识的帅气青年。

照片放在一个盒子里，没有锁。妈妈不让霄和爸爸碰这个盒子。霄忍不住好奇偷看了，他觉得爸爸大概真的没有碰过那个盒子。在霄的记忆里，爸爸从来都很听妈妈的话，他和爸爸似乎是两个专门来爱妈妈的男人。

瑾希望霄好好学习但并不苛求，更不会和他讲人情世故。当霄的外公想教他时他虽然不排斥，但就像过了剪枝最佳时期的树木，总不自觉地循着自己的方向。让外公仕和舅舅玖感慨他像瑾一样太有棱角。

又一次被霄冲撞的玖对父亲发牢骚："您说世事洞明皆学问，霄这孩子现在看也就是成绩好而已，长大了没准儿又像妹妹一样让您操心。"仕笑笑说："你以为你妹妹的人情不练达，她没嫁给树是她的文章不好而多亏了我的书法好？文章好不好书法只占三成。你妹妹没你想的那么差，女孩子开窍慢而已。"

玖没多少墨水，对父亲哑谜一样的话一向反应迟钝，哼哼哈哈地对付过去。如果是瑾的丈夫柳，听到这类话就会顺着仕的话多聊几句，让老头开心。柳在老爷子的心里当然是个文章好的人。

21

柳对瑾非常满意，自然对瑾很好。

窗明几净，佳业余粮，娇妻爱子，每次柳端着热茶靠在沙发里想着这一切，就觉得满意。

不过瑾不满意。

柳对她很好不假，可这好总不让她十分开心，倒不完全为了树。瑾觉得柳的好是种手段，是柳让他自己快乐的手段。她就是这么和自己娘家人说的。比如，柳做好饭等她回家，并不完全是为了她高兴，而是她高兴之后那种惬意的氛围让柳自己开心，所以这种爱是不完美的。她的父亲和弟弟听了都很不屑，批评她矫情，说男人能做到这个份儿上已经十分难得，别鸡蛋里挑骨头了。

可是树不是这样。他就是希望她开心。他开心于她的开心。

瑾也问自己难道是自己太贪心了吗？难道不是因为见识过爱情真正的样子？

被自己不爱的人爱如果不快乐，那么爱上不爱自己的人，那种快乐也难长久，在婚姻绵长的时日里不快乐叠加成的氛围契合悲剧，不爱的逃不掉，爱的也逃不掉。

生下霄时全家奉为大事。仕破天荒地没有上班在产房外等外孙。

霄随瑾姓。这是瑾要求的，因为瑾的哥哥结婚三年还没有孩子。柳稍一犹豫就答应了瑾。不仅因为爱瑾，也因为岳父于自己更像是伯乐。而且瑾答应柳，若再生个儿子就随柳姓。柳说如果是女儿呢，瑾冲柳轻眨了下左眼说那就复姓，然后笑起来。

瑾少有这种调皮的样子，柳看呆了。生下儿子的瑾看上去异常开心。

瑾这一刻的样子让柳有种明媚的感觉，所以后来柳每每回忆往事都一直坚信瑾有过想和自己好好过下去开始新生活的意愿。柳的脑海里都是瑾那些美丽定格的瞬间，以至于他不太记得俩人发生过什么大的起伏波折。也许真的从未有过。

可是，柳也承认，瑾虽然不是个复杂的人，他却并不真的了解她。更准确地说，是不懂她。霄的到来和瑾的改变让柳选择性地遗忘了那些使他焦虑的生活中的细枝末节，但他很快就发现很多时候与其说瑾快乐不如说她兴奋，不太正常的兴奋，可是他不能据此说瑾有什么大的异样。一切都不影响他宠爱她。

瑾喜欢用紫罗兰粉，柳就拿回几盆紫罗兰来养，渐渐瑾倒是喜欢上了这种花。没有花店的年代，瑾甚至都没有想起问柳这花是从哪里弄来的。

那是柳的一个女同学颖给他的，她是园艺师，笑说自己是举手之劳，若能帮柳得红颜一笑，她愿意做个骑士——一骑绝尘取来荔枝。柳对这种调侃向来都是笑笑。

小时候霄一直认为父母的感情很好，因为瑾和柳从不吵架。他不觉得瑾抑郁，以为妈妈天生就是那种性格。

长大后霄终于明白，相敬如宾的婚姻未必是幸福的婚姻。

在瑾离世后柳寄情工作。其实，瑾在时，柳也只能寄情工作。相比之下，霄有点儿喜欢文化程度不高但总是兴致勃勃的舅舅，觉得如果柳是这种性格，瑾会活得有趣些。可是稍加留意就会明白瑾并不这么想。

一次霄在舅舅那儿看到几张明信片，印着波德莱尔的画像和他的几首诗。不知为什么霄就是觉得瑾的神情极像那个根本不漂亮的外国男人。他告诉瑾他的感觉，瑾笑了起来，并不在意的样子。因为她猜到了霄描述不出来的感受，那位诗人长得很像猫。但她没有对霄说。她只是告诉霄不要再碰舅舅那些没收来的东西，她轻哼一声"波德莱尔"，随后对霄道："你舅舅大概连这四个字的顺序都读不对，我猜他是对波德莱尔那几首被罚了三百法郎的诗感兴趣。或者，是明信片上的画。"说到最后一句时她明显警觉起来而且有点儿恼了，问霄明信片在哪儿，上面画了什么。霄害怕了，说自己只看到诗人的画像和《恶之花》几个字就被舅舅拿走了明信片。瑾放松下来，但瑾的话引起了柳的注意，虽然那个人名对柳来说如此拗口，学工科的他对诗词并不感兴趣。柳严肃地对霄说霄不能像舅舅那么爱玩对什么都感兴趣，要把精力放在课本上。瑾立刻恼怒地质问柳："为什么像他？凭什么像他？"丝毫没有开玩笑的意思。柳对谈话重点发生的转移哑然。

瑾的死因在家里讳莫如深。

因为提前放学，霄第一个看见了倒在浴缸里的瑾。

瑾的脸似笑非笑，是霄不熟悉的神情，她白连衣裙的裙摆浸在浴缸暗红色的水里，摔坏的鱼缸玻璃划开了瑾的手腕。之前瑾坚持把一个很小的装饰鱼缸摆在浴缸的扶手上，柳考虑到不安全几次拿开，瑾又拿了回去。霄也看见了这种情况。

在瑾走后，大人们刻意避免霄回忆起那一天，而霄自己确实也想不起当天的其他细节，只记得舅舅很快就到了。

那天瑾约玖来家里取东西，电话里瑾告诉玖自己已经把门打开了。后来和仕复盘整个经过时，在公安系统工作多年的玖跌坐在父亲面前，两个人好久说不出话。

瑾去世不久，霄放学回家见到的一幕让他对父亲产生了误会。

颖来看望柳，带来一盆开得正好的紫罗兰。颖喜欢柳好些年，在柳结婚后仍然作为好友保持联系，但她对瑾和柳之间的具体状况并不知情。单身的她再次对柳有了某种暗示，柳正犹豫着不知怎样回绝时霄走了进来，看到紫罗兰霄立刻转身走开。

该走的人迅速告别。父子俩却不知道说什么好。柳觉得霄一定误会了，但霄不问，他也不知道从哪儿开始解释。即使父子关系一天天淡下去，他仍然不想说什么，只是告诉自己等霄再大些。

他们都不能预见，到霄年龄足够大时那些解释无论对于他们还是相片里的人都变得没什么意义。这似乎是种悖论，如果瑾去世时柳便说出真相，对霄无疑很残忍。

有时候柳在想无论夫妻关系怎样，活得久的那个必然是最痛苦的一个。岳父和大舅子倒是理解他，没有苛责，尽力地帮着照顾霄。瑾走后，柳默许了霄住在岳父家，慰藉老人的丧女之痛。

几年后霄又遇到颖，终于问了出来，柳是否因为这个女人伤害了妈妈。柳说不是，霄问那是什么，柳没有回答。

柳还是不想对儿子说出真相，也许，他自己也宁愿相信瑾只是抑郁，而非殉情。

霄没有再提起这件事。中学时因为外公家离学校近，他大部分时间都住在那儿。读大学后更是很少回自己家。至于柳没有再婚，霄理解为父亲对母亲的愧疚。

其实柳不止一次打开瑾的那个盒子。

如果收集柳的所有情绪，那一定是个情绪的万花筒。只不过他把自己装进一个平静的面具里。这当然有种种客观原因，但最主要的是他要求自己去理解。有人说过因为懂得所以慈悲，反过来说也成立，因为慈悲会努力去懂得。

最初看见那张照片柳甚至不想知道那个男人是谁。他听玫在醉酒后说起过瑾这段故事。他明白他们三个人是被那个年代念了魔咒，所以从某个角度讲他对他们的感情充满慈悲。他曾经对瑾说过她应该早点儿告诉他。瑾却说那又能怎样。

是的，柳解不去魔咒，他的存在不过是多系了一个结。

虽然瑾真诚地对柳说自己能遇上他是她的福气，但柳反复问自己这福气是否像迷雾干扰了鸟儿的飞行。

很多年后柳才知道，紫色紫罗兰的花语是：在梦中爱上你，对我而言你永远是那么美。

22

有人对萍说带着个男孩儿不好再嫁。萍听到了不反驳也不理会。

虽然森是家里的单传，但关于森，李姥姥和萍没有过多商量就有了一个共识，那就是大人们做的事一定得对孩子最有利。

萍先去了北京，想过段时间再决定是否回来接森。没有很多人以为一定会有的对森的争夺，只有离开的人和留下的人彼此的不舍。至少人们看到的就是这个样子。

无论别人怎么评论萍离开了家里的老小，李姥姥都是努力挺直腰板，说人挪活树挪死，萍是为了这一家子才走出去的。森听见了就会紧紧握着奶奶的手，他没有提起过想念萍，成绩却退步了些。

但萍回来带走森，却不是因为森的成绩退步，而是为了发生在音乐课上的事情。

音乐课安排得少，因此教叶荫和森的是同一位老师。

音乐老师弹的钢琴曲是如此动听，即使最调皮的男孩儿也愿意在那一刻安静下来。按惯常的审美标准音乐老师并不十分好看，但她的仪表异常端庄，常穿一身浅咖色西服，烫得微卷的短发，镜片永远晶莹，镜片后的眼睛温和恬静，完全不同于学生们日常见到的大人们在衣着上的随意。也许这份不同带来了些许疏离，没有什么学生围着她问东问西，甚至没有谁对那架亮晶晶的钢琴产生兴趣。叶荫记得音乐老师没说过一句和上课无关的话，甚至她没有批评过任何一个学生。多年以后，叶荫记得小学每个老师的姓，独独忘了音乐老师的姓，却依然记得她安静淡然的样子。

如果音乐老师的丈夫没有闯进来，那天的音乐课和往常并无不同。他是学校的锅炉工，但叶荫从不知道，也没有见过这个人。快下课时，他冲进来揪住老师的头发狠狠按在钢琴上，骂道："如果不是老子成分好你跟老子沾光，你哪儿有资格弹琴?！还敢告老子，老子就打你了你能怎么样?！"老师没有哭也没有反抗，只是紧紧地抱住钢琴。

因为下午在区里有歌唱比赛，森来找音乐老师问什么时候出发，看到老师的处境他下意识地从外面冲进来猛地推开了锅炉工，此时叶荫班里的同学们还愣在座位上没有反应过来。森发育得早，比同龄孩子高出半个头。矮小的锅炉工从地上爬起之后竟然显得比森还势弱。他没再纠缠，骂骂咧咧地走了。

那天之后叶荫没有再看到音乐老师，音乐课也停了很长时间。叶荫只无意间听到班主任对另一个老师叹息道："一个大学外语系的高才生跟着个锅炉工真是白瞎了。"另一个老师却说："谁让她爹娘作威作福来着，甭管当年多高高在上家还不是被分个底掉。知道吗，她上课弹的那个钢琴就是她们家的东西。"班主任笑了笑说："你怎么像被她们家欺负过似的，我听说她们家没干过那些缺德事，每逢旱涝灾害还会救济乡亲。"那个老师加重了语气说："我看不上她那做作的样子，早上见面打招呼大家都问吃了吗，就她问早上好。"这时班主任看见了叶荫，大声道："还不回教室为什么到处走?!"叶荫跑回教室，心想这明明是课间休息啊。

这件事在孩子们中间并没有引起多少关注，除了对森产生了些影响。学校领导把李姥姥找来，严肃地批评了森说他不该打老师。森拧着脖子说自己没有打老师，是那个男的打老师。教务主任气道："你推倒的那个人是学校职工，你必须称他老师。"森的声音弱下来，但还是说他不是老师。李姥姥急忙说："老师你别生气，我回家跟他说，他肯定能明白。"

叶荫知道李姥姥并没有骂森，只是感慨森和树一样爱冲动。李姥姥在信上告诉了萍这件事，萍很快就回来了。

森跟萍去北京了，那年他十三岁。

森本不想跟萍走，他不忍丢下奶奶，因为爷爷在爸爸死后不久也猝然病逝，如果自己走了就只剩下奶奶一个人在家里。但奶奶说自己越来越老照顾不了他，让他一定跟着萍走。森求萍带上奶奶，可萍只是通过亲戚找了个保姆工作，带上孩子已经恳求了亲戚很久，连森都要借宿在亲戚家，更何况萍开进京介绍信颇费了些周折。

森虽然已经有了小小男子汉的样子可到底是个孩子。

那也许是他一辈子最无力的时刻。以至于在他成年后每每陷入回忆，思绪就像绞了的磁带，声音图像因为不安的意念加入了无数"如果""也许"变得嘈杂无序。有一次旁边的人听见醉酒的他念叨磁带没有问题，是录音机坏了。

彦和荣过来告别，表示会照顾李姥姥，让母子放心走，只嘱咐森放假一定回来看奶奶。

李姥姥自树和老伴走后很虚弱，还是一再告诉森不用惦记自己。听见森说等自己大了工作了就能来接她了，她轻轻笑道："我在这儿有这些老邻居聊天解闷，到了你那儿我怕他们听不懂我说的话。"

李姥姥拍着蹲在她脚边的森的头说："以前老辈人儿就常说'人挪活'，你活好了，奶奶就什么都好。"

森走的那天下着大雨，窗户上的雨仿佛是满盆的水倒下来，很尽兴的样子，以至于萍有些急了，怕耽误火车。终于，雨小了些可以走了。

森望望火车站的窗户，雨水不停地流着，他对叶荫说："你看，那像不像人的眼泪？"

叶荫记得这是森离开时对自己说的最后一句话。叶荫不说话，她已经哭得连森的脸都看不清。

叶荫呆呆地望着被萍拉上火车的森，甚至不知道火车是什么时候开走的，任由彦领着李姥姥和她走出车站。

后来，叶荫想起自己更小时候领悟的那个小秘密，也许只有死亡才能结束所有的分别，像爷爷奶奶，而生却会面对随时随地的离散。

23

森走的当晚叶荫来月经了。

李姥姥告诉她别怕，耐心地教叶荫怎么叠手纸用。过了一会儿叶荫肚子痛得简直要昏过去，李姥姥觉得肯定是白天着凉了，就熬了红糖姜汤给叶荫喝。喝完叶荫说好些了还是疼。李姥姥让叶荫像小时候一样把头枕在她的腿上，叶荫终于睡着了。

荣晚些时候回家了，彦那天在单位值夜班，荣发现连热水都没有就一肚子气，到李姥姥家找回了叶荫，数落了一顿，说哪个女孩儿都会这样，没见谁这么娇气。

叶荫没有解释，一如既往的沉默。

晚上叶荫很晚才睡着，也许是白天折腾累了，她睡得很沉，却被起夜的荣推醒，让她起床看看有没有弄脏床单。还真是脏了，又挨了一顿骂，叶荫终于哭了。被搅了睡意窝了一肚子火的荣立刻狠狠地拍了叶荫几下，发泄完去睡了。叶荫边哭边洗床单折腾到天亮。

第二天雨还在下，叶荫忘了穿雨鞋，没有森背起的双脚到学校已经湿透了，肚子就一直痛，而且从此每个月的那几天都异常清醒。

叶荫开始了一生中失眠的日子。好处是再也没有把床单弄脏。

24

大概谁都无法相信，荣对于自己离世多年的奶奶有着如此清晰的记忆，以至于叶荫每个被记起的生日都让荣像马蜂被某种气味刺激到。她会没头没脑骂叶荫，仿佛是叶荫自己选择了那个出生日期一般不可饶恕。毫无疑问这是一年中叶荫最不喜欢的一天，因为这一天她总觉得自己像被脏水泡过。

无论逆风还是浊雨，树木的年轮都准时地一圈圈画上去。

叶荫读中学了，是个大姑娘了。

长大的叶荫还是不爱笑，也许没什么值得笑。

荣在厂里算中层了，还是那个把工作中的情绪带回家的人。彦在家时叶荫不那么恐慌，但荣的威严无处不在。

不笑的叶荫是真实的，眼神清冷孤傲。笑起来的叶荫五官都生硬很多，尤其没有笑意的眼睛真的像荣说的死鱼眼睛，叶荫自己也这么觉得。为了讨荣的欢心，硬挤出的笑容很难定格，甚至表情肌会轻轻抽搐。那一刻因为讨好，脊骨似乎都跟着献媚地弯下，没了平时挺拔的样子，所以叶荫讨厌笑。

荣有多喜欢笑得如沐春风的晴晴，就有多不喜欢不爱笑的叶荫。

彦说这是一种恶性循环，希望荣慈爱些。荣不禁恼火起来说这跟自己有什么关系?！自己从小到大经历那么多不幸不还是活泼开朗讨人喜欢吗?！况且慈爱不是老太太们才有的吗？

那阵子小城流行穿旗袍，可布料就那几种花色，走在一条街上会看见几个女人穿着同款同色的衣服，所以认错了人一点儿不奇怪。

惠刚学会做旗袍。正好彦出差带回两块花布给了惠和荣。惠拿那块布料做了件旗袍，修改了几次还真是合身，也给荣做了件，比自己的还上心，本来荣不想省手工费，觉得还是有名气裁缝的手艺让人放心，可有名气的师傅都很忙，怎么都要晚十天半个月才能穿上新衣服，就只有勉强同意穿自家出品的。每次惠给荣做衣服时也是俩人最亲密的时候，叶荫看得出来惠是真的开心。

试衣服时，叶荫和晴晴都在，晴晴迫不及待地把惠的旗袍穿上，不合身的地方用夹子夹住，又穿上高跟鞋，自以为美得要命，赖在镜子前面左照右照。

叶荫看得出来舅妈一点儿不生气，甚至还有点儿得意自己闺女的漂亮。

惠让叶荫也试试，叶荫笑笑摇摇头。

荣最不喜欢叶荫对自己的衣服问东问西，有时叶荫真心地赞美也会让她不快，更不要说像惠那样任由晴晴穿自己的衣服。她亲眼看见弟妹好好的一件呢子上衣被晴晴穿上后滴了墨水，染得再穿不出好样子来。所以，荣觉得叶荫对自己的东西不闻不问是最好的。

这次荣倒是开恩般地允许叶荫试试，可叶荫不愿意。已经养成的习惯是不容易打破的，她不想碰荣的任何东西。

晴晴不管她愿不愿意，像老鹰扑小鸡般扑到她身上，按着她换上了旗袍。

叶荫看着镜子里陌生的自己，无所谓地笑笑。晴晴在一旁用屁股撞撞她小声说："你穿没我穿好看，我的屁股大。穿旗袍就是要屁股大。"叶荫看看自己的屁股确实像没发育的小孩子。晴晴随即安慰她道："可你穿裤子好看。"又小声在叶荫耳边说，"如果你的胸我的屁股长在一个人身上肯定会出乱子的。"

叶荫忍不住笑起来，打晴晴的屁股。晴晴揽住她的腰，两个人一起向镜子里望去，晴晴像荣，骨架粗壮显得丰满，叶荫则是骨骼秀丽修长飘逸。

晴晴目不转睛地欣赏着自己，看到叶荫含笑望着她，她挤挤眼睛说："咱们都挺好看，就是好看得不太一样。"

在镜子中叶荫透过俩人的空隙看见了身后的母亲，发现荣也换上了新旗袍，而自己穿的原来是惠的一件旧旗袍。

叶荫心安了，又静静地望了会儿镜子。

尽管没有漂亮衣服，叶荫还是努力把自己收拾得清新雅致，这也多亏了李姥姥的巧手。旧时的布料她仔细掂掇着就能给叶荫缝一件别致的小袄。惠其实非常愿意给叶荫做衣服，可听了荣那句"别把叶荫打扮得和晴晴一样只知道美不知道学习"，就不好再做什么了。其他的长辈包括彦，都对荣这种听起来好像正确实则没有道理的话没有判断能力，所以除了晴晴没人明白叶荫的心情。

老师也不太喜欢叶荫，虽然她不是个招人烦的女孩儿。同龄女孩儿每天朝气蓬勃地撒欢儿，叶荫却总像霜打了一样蔫蔫的，连笑都是怯怯的，让看见的人心里憋屈。

叶荫的作文很好，却不是老师喜欢的那种。比如老师布置大家写秋游的作文，大家都会写秋高气爽阳光明媚这样的句子，只有叶荫很另类，她写到，天很高云很白，确是属于秋天的美丽，但我总觉得有春天的感觉，明媚而温暖。老师画了个大大的叉，心里恼怒，明明是秋天为什么像春天。

那天真的是叶荫的春天。她一直穿荣的一双旧鞋，叶荫的脚比荣小两个号，那双大鞋是很古老的带舌头的一款，那条坚硬的舌头因为宽松而上下移动，叶荫的脚背被硌破了。知道叶荫郊游，彦用自己的零用钱买了双回力鞋给叶荫，叶荫高兴极了。温暖，总让人想起春天。

25

叶荫承认自己确实比以前注重穿着，她觉得自己已经长大了，不肯承认的是这个改变起源于她很在意同校的霄。

叶荫和霄的交集始于一次意外。那还是在小学。

森去北京后每天放学了叶荫不再立刻回家，总是在学校写完作业再走。一天她写完作业想起几天前在操场上见到的那只漂亮啄木鸟，她喜欢它瑰丽的颜色，决定再去找找看。

这时霄正玩双杠。不远处是邻居家的两个孩子，姐姐正领着弟弟玩沙子。

霄攀上了双杠，两条腿搭在一根上，后背靠着另一根，这是惯常的玩法。那天不知怎么回事，他的胆子竟然那么大，用两只胳膊搭住背靠的那根，把头慢慢向地上探去。不料过了一会儿就感到撑不住，霄想起有一期《少年文艺》里面讲一个少年冠军就是这样摔下去造成截瘫，他越发害怕更撑不下去了，于是大声喊那对姐弟帮忙，两个人却以为他在开玩笑，说什么也不肯过来，还哈哈笑起来。弟弟的鼻涕漫过了嘴唇像个痴呆儿，霄一辈子都忘不了他那副傻傻的表情。笑够了，两个人起身离去，无论霄怎么喊他们连头都不回，摆明了他们对一个强者装弱势欺骗人的鄙视。

好在霄的惨叫被叶荫听到了。她看了看霄的情形明白他等不及她去喊人，她立刻想到自己能帮助霄的最好办法。她没有去抱霄，而是弓起背对着霄的背，又用双臂做出背他的姿势，如果她用抱的姿势霄摔下来就不知道什么样了，因为她不可能抱得动他。

叶荫刚刚摆好姿势霄就掉了下来，事实证明她的做法不错，霄毫发无伤。他的上身落到叶荫背上时因为叶荫很用力支撑的那一瞬，他的脚掉下来碰到了地面形成一个支点，最后他相当于从叶荫背部滑到地上，而叶荫被砸中后虽然挺了挺还是重重地摔在地上。霄慌乱地爬起来，看见脚边的叶荫瘦瘦的身体趴在沙子上画出一个歪斜的十字形，以至于他日后每每看见十字架上的那个人都会想起她。

霄颤抖着拉叶荫起来，两个人的小手都凉浸浸的，手心全是冷汗。然后霄吃惊地发现，叶荫的额头划了个口子，虽然只有大手指甲那么长却很深。

原来，刚刚走的那对姐弟一直用小刀削一块木头说是做个木剑，不知为什么那块没有剑形却有个锋利尖头的木块他们没拿走，而是把它插在了沙子上！

那时霄还不会说大难不死必有后福，也没想到他或者叶荫的颈动脉，只知道自己很惋惜叶荫那张美丽的小脸被从脑门儿上流下的血迹弄得很难看，她的脸上还沾着一些沙子，混合着血液竟像刚刚打了架。

但叶荫竟然没有哭，问了他一句没事了吧，得到霄的肯定答复，她转身就走，等霄反应过来，已经不见她的背影。

霄第二天去叶荫的班级找她，叶荫没来上学，第三天霄见到她时，她的头上贴着纱布，她只淡淡地告诉霄说头上缝了两针没事了，还说他不用再找她，然后就走回教室，霄看到她的右腿有点儿跛，想来是被他摔下时撞到了，他当时竟然没发现。霄的感谢里夹着歉意，本就不知该说什么，叶荫的态度更让他不知该怎样才好。

其实，叶荫不是对霄冷淡，是不知该说什么好。霄斯文笔挺的外表不同于森的自在随意，叶荫看着霄总有些许的紧张。

叶荫的腿伤是荣造成的。

叶荫回家时，荣正在生炉子。彦在家她从不干这个，那天彦偏偏不在家。荣宁愿在外面奔波也不爱做家务，何况是这么个简陋的小房子，她厌烦这种生活。

叶荫进门时荣正拿着炉钩子整理堵在炉子下面的煤渣，冒出的烟灰已经熏得她一肚子的火气，看到叶荫沾着血迹的脸更让她心烦，她把炉钩子摔向叶荫，炉钩子已经烧得发红的前端一下子钩在叶荫的衬裤上,叶荫惨叫起来。带叶荫去医院的路上,叶荫感觉到荣的手在抖。叶荫想,她是怕我死掉吗?看腿伤同时,医生把叶荫头上的伤也处理了。荣很懊悔自己弄伤了叶荫,竟然没有想到问问叶荫头上的伤是怎么来的。医生问起头上的伤时叶荫说是自己摔的,问腿上的伤口,荣抢着答,也是她自己摔的。医生处理着叶荫头上的沙子说:"这是你们家屋里有沙子,还是去沙地里烧火了?"

从医院出来荣给叶荫买了好多好吃的,叶荫每样都吃了些,挑了她认为最好吃的牛舌饼递给荣,荣说就知道吃,但那语气带着笑,叶荫听着就很开心。

过了一个月叶荫的腿上留下了一个毛毛虫一样的疤。

所以,叶荫的腿形很美,从那年起却不再穿裙子。

霄参加完毕业考试就再没见到叶荫。霄觉得叶荫很冷淡,他想也许这个女孩儿是笑话自己的文弱吧。霄是个好胜要强的孩子,从那时起,他开始每天早上跑步,风雨无阻。

26

两年后叶荫也入读霄所在的中学。报到的第一天,叶荫见到了霄,但霄没有看见叶荫,他正忙着帮老师整理新学期的教具。叶荫有点儿遗憾。

后来,叶荫更不会主动去找霄搭话,因为霄实在太出名,他的各方面都异常优秀,没哪个学生不认识他。

霄遇到叶荫时会冲她点头微笑,谁也没再提小时候那件事。这已经让很多女孩儿羡慕,问叶荫怎么回事,叶荫只说他们是小学同学。

渐渐地,少女叶荫有了心事。

叶荫常常望着天上的云发呆，通常是在想霄，觉得霄是那么有气质有才华，连名字都那么好听。

对于少女时的叶荫而言，霄比完美更完美些。

霄也成为叶荫努力学习的动力。霄毕业离校时找到叶荫，说："你一定要努力，希望在我的高中见到你。"

霄以全区第一的成绩考上了重点高中。

两年后叶荫也考上了，只是超过分数线不多。这让她更加崇拜霄。

高中里，叶荫只是众多喜欢霄的女孩子中的一个。

霄并不清楚叶荫的想法，他对叶荫也有点儿莫名的好感。

霄觉得叶荫是个高傲的女孩儿，和那些找借口和自己搭话的女同学非常不同。但是他已经上高三了，正全力为考进自己最喜欢的大学做准备，连一向热衷的校内活动参加的都少了，更无暇顾及其他。这得益于外公的引导，霄明白做这个年龄最该做的事情才是一生成功的基石。

霄在这个年龄最佩服的人是自己的外公。外公是永远知道自己要什么并为之努力一生的人。有外公的教导霄自然比同龄人成熟很多。

几次提升不顺利的荣情绪一直不好，叶荫像是个垃圾桶，荣尽情地往里面倾倒情绪垃圾，比如惠是小市民，只知道贪钱，一毛不拔；比如安窝囊得要命没个男人样；比如彦一味图安稳，没钱没势怎么能活得那么心安理得。

叶荫从小就不太亲近舅妈，因为舅妈连个像样的故事都讲不出来，但她也不讨厌舅妈，因为舅妈会烙好吃的鸡蛋饼，她更不觉得舅妈小气，因为她想吃多少鸡蛋饼舅妈都给她做，以叶荫的年龄，判断小气的标准仅限于此。

舅舅也没什么不好。见到她就抱着她说小荫荫来了。

爸爸更没什么不好，是样样都好。

但叶荫什么都不说，说了就连自己也不好了。其实荣也总说她不好，不好看不听话不聪明，但荣向她发泄对别人的不满时叶荫自己就算躲过一劫。虽然叶荫眨着眼睛的样子并不十分配合，可好歹算个听众。荣有时也会突然转向骂叶荫一句，说她眼珠半天不转像个白痴。

长大后叶荫想，也许，这就像一个人倒垃圾时不太可能把垃圾桶摔了一样，顶多踢两脚。

和荣在一起的疲惫，让叶荫觉得少女时代过得异常缓慢，像一生那么长。也因此，她像阅尽世事的老人，生出许多慈悲。所以她对朋友格外友善。虽然她没有几个好朋友。

施华年算最要好的一个。

叶荫非常喜欢施华年的名字，每次喊华年的名字都会想到李商隐的诗，华年长得也确实很美，配得上这个名字。

其实，华年的父母没有那么诗意，本意是想叫她华华，但报名字时不知是她爸爸的字潦草还是抄录的人笔误，才有了这个在叶荫眼里极动听的名字。

虽然华年的妈妈静根本听不懂叶荫解释给她听"一弦一柱思华年"的意思，总是埋怨华年的爸爸给女儿起了个男人的名字，可叶荫却很喜欢这个阿姨。

静是个贤惠能干的女人，看上去风风火火，脾气却很和顺。家里永远窗明几净。如果不是华年的父母溺爱华年的哥哥，叶荫觉得华年的家真的算完美。

华年很温柔，是叶荫锦瑟年华里最温暖的存在，也是她在以后的岁月里经常思念的人。那时华年最爱说的一句话是男森在北京自己是女森，她常常读英文名字 Nanson 来调侃叶荫。

27

华年给人的感觉和叶荫一样不善言辞。但叶荫是不爱和不喜欢的人说话。华年才真的不爱说话。两个人在一起华年喜欢听叶荫说，叶荫可以说很久很久。华年也和叶荫一样执拗，叶荫的执拗是生气时一声不吭，华年生气会很勇敢，似乎把一直都没说的话精练着一起表达。一次，荣当着华年的面又抓叶荫来撒气，华年直直盯着荣说："阿姨您是长辈，在单位还是领导，不是应该尊重人好好说话吗？"荣被噎得愣住，没再发作。

叶荫一度迷上琼瑶小说，它们给了叶荫很多想象。班里很多女生都看，老师见到就没收，说有什么好看的。但叶荫和华年还是偷偷看。

叶荫问晴晴看吗，晴晴不屑地摇摇头说："我觉得我每天过得比小说有趣多了。"

朝气勃发的晴晴如期的、像大人们担心的那样，和班里班外的几个男孩儿打得火热，然后和其中一个足球踢得最好的男孩儿认认真真好上了。叶荫见过晴晴的男友，帅帅的。

大人们因为这个聚到一起开会，为了教育叶荫防患于未然，荣让她也参加了。彦劝阻这个会无效，以加班为由拒绝参加。

看着晴晴倔强的样子，荣比安和惠更生气，也就更口无遮拦。说晴晴像她爸爸一样不知道好好读书就知道搞对象。

叶荫看着舅妈和舅舅的脸红得像块布。她尴尬极了。

本来装得满不在乎其实有点儿害怕的晴晴看见妈妈的脸色，忍不住发作了，吼道："姑姑你说我就算了，说我妈干吗？我怎么样也该是我妈我爸管我，这是我们家的事，跟你有什么关系？"荣根本没想到晴晴敢用这个态度顶撞她，怒道："跟我没关系？！记住，以后你的班主任有事别找我！"晴晴摆脱惠拉她的手大声嚷道："姑姑你就是爱欺负人，总是站在别人头上拉屎！"荣似乎被她震了一下，声音低下来说："我哪有？"晴晴气呼呼地说："拉了还不知道，所以你是失禁了。"荣愣住了，气得发抖，片刻后站起来往外走。

叶荫听到了很脆的一声响，安给了晴晴一个耳光。

荣没回头。叶荫跟在她身后回家了。想，总算结束了。

晴晴搞对象的直接后果就是叶荫的日子更难过了。

荣先是强迫叶荫写了份不搞对象的保证书贴在墙上。从那时起，叶荫再没带过同学回家学习，包括华年。

之后荣说女孩儿穿得好就容易搞对象，于是，整个高中三年，叶荫只有两条裤子，秋冬一条春夏一条。坏了，李姥姥就帮她在里面打个补丁缝上，次数多得叶荫都说不清了。彦看不过去，给叶荫买了两条裤子，叶荫试都没来得及试就被荣退掉了。荣摆弄着刚买给自己的一模一样的两件新裙子对叶荫说："我这么做都是为你好。"

既然出于好心，做什么都可以心安理得。荣的理由永远像圆规画出来的一样圆。彦和叶荫安静隐忍的性格让荣可以不断地画着这样的圆，没有底线。

荣从来没在乎过胡同里人们的议论。皇后打扮的妈乞丐打扮的女儿，这些话飘进荣的耳朵时都被荣的凛然正气吹散了。

叶荫在裤子有补丁后，就开始躲着霄。幸好补丁厚起来时，霄已经上大学了。

叶荫后来也问过自己，如果自己可以打扮得和晴晴一样漂亮自在会怎么样，答案是，不会怎么样，霄若是一个遥远的偶像她也只是一个本分安静的观众，无他。霄在那个时候不是一个叶荫急于实现的梦想。叶荫非常肯定。

同样可以肯定，如果拥有一个女孩子能够正常拥有的一切，不只霄，大家都会看到一个不一样的叶荫。

交集的一年匆匆过去了。

霄考上了理想中的大学。在高考前他送给叶荫一个本子，白色封面上一片似叶子又似羽毛的浅褐色物体飘在那儿。

霄记得叶荫拿到本子时说了句"等你开学我去送你"。声音轻轻的。

叶荫打过霄留给她的电话，都是玖接的，因为叶荫没有可以留下的电话号码，玖也就没有拿笔记下她的名字，只是说等霄回来告诉他。与白纸黑字相比，记忆力是那么不可信，霄不知道叶荫曾经找过他。高考结束了外公送他出国旅行回来就到了大学开学的时间。

叶荫高二和高三的新年都收到了霄寄来的明信片，写着"希望在北京见到你"。叶荫回寄的也只有明信片，一年一次。

森不同，叶荫和森几乎每周都会通信。森从来没有细讲自己和萍的生活，甚至努力把北京的学校生活讲得多姿多彩，但叶荫时常能感觉到森并不快乐。

叶荫不知道怎样劝慰森，说得最多的话都和李姥姥有关。森虽然也是每封信都会问到奶奶，但已经不再提接奶奶来北京，会说只要有可能自己一定回去看她。李姥姥也从未和任何人提起希望森接走自己，可叶荫知道这是她最大的愿望。

一次，叶荫很不解地和彦说起这件事，彦叹口气说："人最大的无奈就是所欲不随，不是森不想，是他办不到。"并且嘱咐叶荫不要问森，又安慰叶荫说，"李姥姥还有咱们啊。"

不知从何时起北京成为叶荫最向往的地方，因为森和霄都在那儿。这个秘密只有华年知道。她拿霄打趣叶荫是俩人开心的时刻。叶荫也会拿华年的同桌和华年开玩笑，华年嗤之以鼻说自己不喜欢温吞吞的男生。叶荫就会说："森不是温吞吞的。"华年大笑着回答："你为了骗女森陪你去北京什么招数都用啊，Nanson 明明喜欢的是你。"

华年没能考大学。高三刚开学，她爸爸被她哥哥气得喝了农药，很快就去世了。华年只好辍学去爸爸的工厂上班。

刚开始叶荫总会在放学路过华年家时进去和她说几句话，渐渐地学习越来越紧张，叶荫不太有时间去，而她去时华年也可能不在家。

28

叶荫的学习成绩不好不坏，很稳定地排在中间，考普通大学没问题，进京是奢望。她喜欢园艺学，荣对此嗤之以鼻。彦也没有支持叶荫。只有华年理解她，说自己可以想象叶荫在花花草草中又安心又沉醉的样子一定很美。

叶荫谈不上喜欢学医，但荣和彦都愿意她做医生。荣觉得普通人看病太不方便，如果家里有医生就容易得多。彦认为看病是门手艺，什么时候都用得到，叶荫性格安静适合这个职业。至于叶荫自己，林眉雅穿着白大褂的形象有着挥之不去的力量，于是她报了医学院。

虽然第一志愿报了北京的大学，但叶荫只拿到省内一所高校录取通知也在意料之中。彦很知足，碰到邻居就说闺女考上大学了。荣也难得的喜气洋洋。

叶荫只告诉了森没有告诉霄。

她记得霄说"希望在北京见到你"。她，让他失望了。

而森说"告诉我你考哪儿了我回来看你"。

华年送给叶荫一条好看的牛仔裤，把那个录取通知书摸了又摸。叶荫觉得华年打扮得越来越靓丽，但人却不是很精神，问华年华年笑笑说："没什么，我这辈子就这样了，叶荫你可要好好学习别再看那些没用的书了。"叶荫笑起来说："你真像班主任。"

森早叶荫一年考上北京一所专科学校。那时，萍和森的户口刚刚落在京城远郊。这次森回来看奶奶正好祝贺叶荫。

森没能做到每个假期都回来，个中缘由他从来没说过。每次回来他都会静静地陪着奶奶，听她一遍遍讲他不在时发生的事情。比如她每次都会学叶荫第一次送森去北京时要哭晕的样子。每次都让叶荫红了脸。森就笑着听。

十九岁的森长得又高又壮，很多邻居已经认不出他，五官依稀有树的样子，还是更像萍。好久不见的叶荫和森都有点儿害羞，两个人似乎在通信时说话更随意些。陌生感刚刚消失，森就该回北京了。

因为还没到叶荫开学的时间，森没法送叶荫去大学，感觉有点儿遗憾，倒是叶荫又送他到了车站。

这次叶荫没哭，只是静静望着火车远去的方向站了好久。

森在车上也出神好久，因为叶荫问他有没有去过 G 大学，森说自己曾经路过那儿，但没有进去，它在一个著名的景点旁边。叶荫听得认真，森看出她有心事，问她她却说没什么。

李姥姥送给叶荫一枚金戒指。看上去就是很多年前的东西，没什么款式，叶荫戴着大，就好好收着了。彦认真叮嘱叶荫一定不要弄丢了。

开学那天彦送叶荫到大学。细心地帮叶荫铺好床又嘱咐了好些话。

同寝室的另外七个女孩儿都是各色缎子被面，只有叶荫拿了家里一床旧被，幸亏一个邻居送了新被罩。这还是彦发怒和荣吵了一架争取来的，荣之前一直坚持让叶荫拿彦当年从老家带出来的那一床被子，已经硬得像薄薄的木板。

不知想到什么，彦的脸突然涨红，一种不自然的血色，他叹口气，说："好好念书，有个好前程，以后回不回家都行。"叶荫不太明白爸爸的意思，这个"以后"是指自己毕业还是说上学时别想着回家。

看着彦发红的脸色，叶荫不由得想起，自己出发前一个来送贺礼的邻居看见了旧被，低声说了句"不要面子里子能有什么样"，爸爸当时没说什么，脸也是这样的红了。叶荫不是很懂，虽然知道不是好话。也不知该怎么安慰爸爸，叶荫抬起手对爸爸笑道："看，我带着它呢。"

她的手腕细细的，小时候彦给她刻的那个木珠串戴着刚刚好。

第二章 竹马喑风蝶纵翅

1

叶荫送走彦回到寝室时,其他同学都去领东西了,只有黄山留下来帮忙把叶荫她们屋的窗户打开,然后清理窗缝里的积尘。

黄山和叶荫一个班,住在对面的寝室,是阴面,这是黄山自己主动选的。

她知道自己已是内定的学生干部,不出意外会在五年的大学生活中成为校学生会主席。父母已指给她方向,更会帮她铺平道路。当干部不仅锻炼能力,还为毕业分配开了好头。但黄山不希望自己浪得虚名,她会在各方面严格要求自己,这也是她让父母觉得放心的原因。

作为学生干部,黄山提前报到,和老师们一起准备迎接其他新同学。很快老师们就喜欢上这个稳重能干不娇气的女孩子。

黄山也是个漂亮的女孩儿。小而尖的下巴像人工做出来的,是她最骄傲的地方。不算典型的凤眼,上眼皮在鼻梁处形成略直的三角,眼尾向脸的侧面扫去,有点儿犀利,这也促使她常常保持微笑来减弱这种感觉。

上高中时黄山梳短发,但考完大学后她坚持留起了长发,其实对她来说短发更有味道,而且她的发质偏硬并不适合留长发。尽管她早就知道不是任何发质都适合披肩发,太软就会软塌塌地贴在头皮上,让人显得蔫头蔫脑的。但发质也不能太硬,否则会像狮子。

问妈妈是不是长发漂亮,妈妈笑着答女孩子总要留一次长发吧。黄山不管妈妈的言外之意,她一直梦想长发飘飘的感觉。

所以,第一次看见叶荫柔顺的长发黄山羡慕不已。

叶荫穿一件黑色纱质的长袖衬衫，长发垂散着，像锦缎的流苏悬在黑色旗帜上。黑色衬得叶荫苍白的脸忧郁而淡然，有与她的年龄不相称的沉静。

黄山不无嫉妒地想这旗帜一定飘在很多男孩儿的梦里吧。她下意识想咬嘴唇，旋即想起妈妈的话，这不是好习惯，会让人觉得不自信。

黄山不能忘记第一次对视叶荫的眼睛。那双写满忧郁的眼睛像浮着层冰冷的雾气，哪怕叶荫是在微笑。黄山竟然呆了片刻，忘了打招呼。叶荫那么不喜欢荣眼里的冰冷，却知道自己的眼神里也有，是去不掉的烙印。所以，她主动和黄山打招呼，这是她的新同学，是她新的开始。

热情的叶荫还是显得淡淡的，那笑意还在嘴角微微上翘时就散去了。

很快就是叶荫在听黄山一个人说，幸好这时刘珊珊和云舒走了进来。早就相识的黄山和刘珊珊很熟络地拉起了手，云舒和叶荫都有点儿羡慕，毕竟还是孩子，在一个陌生的地方遇到熟人着实让人羡慕。

其实黄山和刘珊珊也不过是第二次见面。

虽然同在一个城市，黄山读的是众人羡慕的省内最好的中学，刘珊珊则在一个区属重点高中。

黄山不算笨却是那种无论怎么用功也拿不到高分的学生，这让父母非常郁闷。高考成绩公布后，黄山爸爸带着她来大学里拜访一个当领导的老朋友，遇到了刘珊珊的爸爸，刘珊珊的爸爸是学校的体育老师，那天正巧刘珊珊来找爸爸。

原来两个父亲是高中同学，已经多年未见，握手时，刘珊珊觉得黄山的爸爸不是遇见了久违的老同学，更像接见下属，那笑容很是平易近人。

刘珊珊第一次觉得,"平易近人"也不见得是褒义词。

与黄山这次见面也让刘珊珊感慨真的虎父无犬女啊,怎么看黄山都是个女干部的样子。她心想最大的崇拜大概就是"长大后我就成了你吧",不由得偷偷一笑。她的笑被叶荫捕捉到,立即心生喜欢,那笑里藏着叶荫也许有过却没能恣意生长的古灵精怪。

其实,黄山最崇拜的人是妈妈,不是爸爸。

妈妈的话一向是对的,爸爸如今身居高位,对她还是言听计从。不是惧内,是因为妈妈的智慧,那来自外公的遗传。

黄山很早就知道爸爸是依靠外公的提携妈妈的辅助才有了今天。"世事洞明皆学问,人情练达即文章。"爸爸推崇《三国演义》,但《红楼梦》的这句话他常常拿来教育黄山。对黄山来说爸爸的话是空洞的,妈妈的言传身教才是具体的。

比如,妈妈从不主动和爸爸的下属打招呼,如同没看见的样子,但如果是走到她身边和她打招呼的,她都热情握手寒暄一番,既尊贵又平易近人,拿捏得恰到好处。

妈妈告诉她这样的好处是,不必太亲近,否则容易惹起家长里短诉苦叫屈的麻烦;亦不可太骄傲,犯了众怒早晚是祸事。福兮祸所伏,祸兮福所倚。

在世事中消耗着精力的妈妈一点儿也不会影响对黄山的耐心,从小到大黄山甚至不记得妈妈有大声斥责自己的时候。

比如妈妈说铺平了好看的丝巾围起来时未必好看,黄山不信,试了多次后不得不承认妈妈是对的。在那之前妈妈就由着她买错。

黄山爸爸最看好妻子的就是,这个对自己有些颐指气使的老婆,对女儿倒是尽显母爱。他赞美老婆是个慈母时黄山妈妈笑起来道:"女儿是比你和我更亲近的人，爱她自然是天性，而且，"她加重语气道，"你能指望一个你不投入爱的人产出爱？孝顺是你希望灌输给她的，但吸不吸收吸收多少取决于我们双方。我，这是尊重因果。"黄山爸爸听完品味良久，越发明白不爱读书的妻子精力谈不上错放，他看到了她思考的价值。

2

班里开迎新会，大家自我介绍。男女生各半，叶荫和黄山都很引人注目。云舒已经看出黄山的气势，讨好地说："黄山，你的名字太霸气了。"

黄山笑笑不接话。她喜欢妈妈起的名字。"山"加上自己的姓，非常完美。她不喜欢"珊"或者"姗"。"一品黄山，天下无山。"男生中暗流涌动。系里好几个叫姗或珊的女生听了心里不爽好久，当然也包括刘珊珊。刘珊珊对叶荫说那些男生都是捧臭脚的，肯定不是成功的登"山"运动员。

此时刘珊珊已经"一见钟情"地把叶荫划到好友名单里。

叶荫笑得差点儿把水喷到刘珊珊的脸上，说："你想得太远了，黄山如果听了你的话可能宁愿把名字改了。"刘珊珊说："远？你等着看吧。"

很快，黄山就因为在高中优秀的历史记录毫无争议地当上了系学生会主席。能入党时顺理成章入了党。有些喜欢她的男生也把喜欢变成了景仰，收起了之前小情小调的小心思。而另一些男生则追得更起劲了。

当然，黄山的气势也确是天生的领导。

其实，黄山爸爸对这是有些小担心，一个女孩子这么有领导欲到底好不好。黄山妈妈不以为然，说总比扶不起的阿斗好。她爸爸看看妻子的神色没再说话，老婆对于某些东西的追求他心中自然有数，可他心里还是在嘀咕，阿斗毕竟是男孩儿啊！

有着领导欲的黄山喜欢穿柔和的女孩儿味十足的衣服。虽然她穿得最漂亮的是军装款，但她知道那种硬朗的霸气会把自己居高临下的态度泄露无遗让别人不舒服，这正是自己要收起来的。

平易近人，她喜欢这几个字。

3

叶荫和刘珊珊、云舒是一个寝室的，寝室里面八个人，按年龄排下来，刘珊珊行四，云舒行五，叶荫老六。

云舒是那种自认为很美的女孩儿，所以举手投足都力求有美人的风范。最喜欢大家叫她五妹，谐音"妩媚"，好听。

只是云舒的眉眼并不舒展，长到了一起似的。因为鼻梁太矮戴眼镜经常滑下来。懊恼时自己也说左眼简直可以看到右眼了。但这一点不影响她大部分时间的自我感觉良好。云舒的皮肤雪白，仅从这点看确实胜过黄山和叶荫，更不用说常年跑步晒得黑黑的刘珊珊，所以她常哀声抱怨皮肤太白了夏天都不敢穿短裙。每次刘珊珊听见都接茬说："这话说得跟腿不粗似的。"

"叶荫只是普通的水灵，云舒是把南极的冰天雪地拿到赤道融化了，太水了，不灵。"这是刘珊珊的原话。她实在受不了粗壮的云舒每天顾影自怜。

而且刘珊珊说这些话时都是大模大样，不是为难云舒，也不是给大家找乐，就是她的感觉，可这感觉非常伤害美人云舒。

云舒不客气地叫她"四"儿，在平翘舌不太分得清楚的北方这个发音就代表多事的意思。但刘珊珊都答应着，全不在乎，因为她就是排行老四嘛。

叶荫从来都叫她"珊珊"，而她叫叶荫"小鹿"，因为六的大写是陆，恰巧叶荫又长了两条小鹿腿般的美腿。

4

为期两周的军训开始了。

军训时高年级的男生趴在窗台上看操场上新生军训，实际在看刚入学的师妹，对其中的美女们品评一番。

黄山很淡定。叶荫很淡漠。云舒一副羞答答的样子。

那次灼看到了叶荫。叶荫即使穿着普通的运动服，也是出众的。灼喜欢叶荫的气质。

灼是叶荫所读大学附属中专药剂班的学生，已经读了一年，算是老生了。

叶荫的男同学们还因自卑或自尊犹豫着要不要追她或是怎么追的时候，灼已经主动出击了。跟名字一样，灼有着霸道的热情。即使叶荫不理不睬也无法熄灭他的热情。叶荫的态度像冷水浇到燃着的酒精，起到了相反的作用。灼竟然觉得这是女孩儿的惯用伎俩，有点儿欲擒故纵的意思。

不知为什么叶荫那些本来很优秀的男同学反倒没有这种自信。

一个男同学说这是无知者无畏，深得众男生认可。这话却引得全体中专生愤怒，灼可是他们的领袖，他们对他有点儿小崇拜。

军训的小教官长得粉妆玉琢像个娃娃，之所以说小，是他比有的学生年龄还小一点儿。

刚开始他对大家极为严厉，站军姿时云舒热得受不了想歇会儿没被批准，结果她真的中暑晕倒了。小教官手足无措，跟云舒不停道歉，云舒的脸红了。两天后和大家熟悉了，他的本色露出来，是个笑起来有小虎牙的帅娃娃，同学都很喜欢他，尤其女孩儿们。

军训结束，大家和小教官洒泪而别，后来还保持通信，再后来又到军营看过他。他的信都写着"刘珊珊等同学"收，因为他最喜欢刘珊珊那种假小子似的性格。两个人比百米比掰腕子都留下了合影，刘珊珊在合影上写"哥俩好"，被辅导员看见批了一顿，刘珊珊吐了吐舌头说回去就擦掉，其实偷偷藏起来了。

不知什么时候开始云舒有了心事。

每次小教官寄来的信，云舒都仔细看，刘珊珊懒得写信，都由云舒回。后来刘珊珊再到军营看小教官时，他难为情地跟她说云舒给他写了封特别的信，可他不喜欢云舒，却不知该怎么说。刘珊珊想了想说："你自己告诉她吧，我跟她说她更难为情。"

看情形小教官就是那次见过刘珊珊之后跟云舒说的，不知是他说的时候不小心带上了刘珊珊还是云舒自己猜到了，云舒对刘珊珊从此就真的别扭起来。

刘珊珊觉得很冤枉，她和小教官从来没有什么特别的关系。但又不知从哪儿解释，何况解释也不是刘珊珊的性格。

跟感情扯到一起的纠葛很难和解，女孩子尤甚。

尽管后来小教官退伍，和大家淡了联系，云舒跟刘珊珊俩人也再没提起过这个男孩儿。

5

学校不容许浓妆，可是浓不浓是个很主观的标准。大家都觉得云舒大概要算超标的。她起得早，又不愿意在学校的浴池洗澡说条件不好，所以还真没有谁见过她的庐山真面目。

一次，寝室的卧谈会不知怎么就谈起了长得丑的女人，叶荫刚看了本传记，随口说道："这是我看过最夸张的书，作者认为那个被俄国女皇杀死的情人死得其所，不然看了她的真面目，他可能吓死。"刘珊珊也看了那本书不禁附和道："是啊，终是一死，被杀怎么说也算为爱殉葬了，这死绝对重于泰山，比看了卸妆的脸吓死强多了。"说得大家笑起来，刘珊珊顶头躺着的女孩儿笑得坐起来拍了刘珊珊一巴掌。

卧谈会就是熄灯以后睡不着的人躺床上八卦。没有人注意云舒的反应，她不出声大家都以为她睡着了。

说者无意听者有心，喜欢浓妆的云舒气哭了。

刘珊珊背后被叫"假小子"不奇怪，但不知为何有人跟同寝的同学打听刘珊珊是不是做过变性手术，叶荫听到了冷冷地插句："你才做过手术呢。"云舒听了就似是而非地笑笑。叶荫觉得这风言风语和云舒有关，那句话虽没和刘珊珊说起，可心里看轻了云舒。

叶荫本来就不太喜欢云舒，她觉得云舒的心情总是卷起来的很不舒展。热天，云舒咒骂太阳，不喜欢的课，她嘲笑老师。

云舒自然也知道叶荫的不喜欢。

其实刘珊珊不难看，叶荫觉得刘珊珊不说不动时还有点儿奥黛丽·赫本的清纯呢。听得刘珊珊喜上眉梢，说自己是被运动所累弄得一身肌肉块儿，吃了瘦而不弱的亏。

云舒对刘珊珊说："算了吧，叶荫说你像赫本，这相当于情人眼里出西施，赫本要是有你这一刻不识闲的劲儿，恐怕只能演《音乐之声》了。"

谁都知道《音乐之声》的女主角不算好看，刘珊珊悠悠地说："叶荫是说长相比气质还像赫本。"

叶荫正在喝水，结结实实地被呛到了。

刘珊珊盯了云舒一会儿，说："云舒你怎么总不高兴呢，这么不舒展，该叫云卷。"

叶荫形容刘珊珊的嘴，不生气时咬你个红牙印，生气时你掉二两肉也不稀奇。

不过，刘珊珊从来不咬叶荫，甚至可以为了叶荫咬人。

当然，云舒没和刘珊珊交恶时，刘珊珊顶多逗云舒说："你不是在照镜子就是在去照镜子的路上。"看出云舒对自己的不友好后刘珊珊常假装好意说一白遮百丑，云舒再气，也拿她没办法。她看得出刘珊珊绝对是不惜武力解决事情的。

所以云舒拿叶荫出气。

"叶荫你的湿衣服干吗挂到我这件快干了的衣服旁边？"突然的发难经常吓叶荫一跳，或者叶荫吃饭时她扫床。

叶荫总是躲开。这种情况如果被刘珊珊遇到，云舒就倒霉了。

刘珊珊平淡地说一句"云卷你干吗呢"有着无比的杀伤力。

"云卷"这两个字对眉眼长到了一起的美人云舒无疑是致命打击。云舒的脸迅速涨成红色。可无论怎么伤心欲绝，人还是理智的，刘珊珊的跆拳道可不是说着玩的，一次半开玩笑时云舒挨了一下，差点儿昏过去。

云舒摔门出去时，刘珊珊活动筋骨的热身运动还进行着。

6

开学时天气还很热，可叶荫除了学校发的运动服只有一身衣服，就是开学时穿来的黑上衣和牛仔裤。别的女孩儿都穿着或长或短的裙子。

所以叶荫的长衫长裤格外引人注意。

即使是一条不小心刮得脱线的牛仔裤，叶荫修长的腿也让它显得很有味道。还有人问那是在哪里买的。刘珊珊说这裤子穿在别人身上那人就毁了。

后来，叶荫不穿裙子的原因传了出来，很多人都知道了，叶荫的小腿上有个明显的疤痕。

像一只惊恐的眼睛。

云舒说的时候表情很夸张，让人觉得那个疤一定相当狰狞。

没有漂亮衣服的叶荫穿的鞋却是阿迪达斯，并且是真品。火眼金睛的黄山鉴定过了。她女皇一样挥挥手说确实是真的。

鞋是森从北京寄来的礼物。白色高帮的，穿裙子也可以穿的款式，很漂亮。

森不知道叶荫腿上的疤痕，当然也不知道她很久不穿裙子了。他记忆里的叶荫是穿着漂亮的拼布裙的，是的，那时李姥姥的眼神还好，针线活非常出色。

叶荫回家，华年来看她，见了荣点点头连招呼都懒得打。看着叶荫愣愣的样子，华年说："我这才是工人阶级的性格，不喜欢就不废话。"华年领着叶荫挑衣服，叶荫不肯要却拗不过华年，最后留了一件。

华年又带着叶荫到一家很好的饭店，叶荫不肯进去说吃面就行，被华年拉进去按在座位上。这时几个人路过她们身边，其中一个和彦岁数相仿干部模样的男人走过来，华年站起来和他说了两句，那人走了华年才坐下，华年告诉叶荫这是她男朋友的爸爸，叶荫逗她说："公公这么温和，你运气不错。"华年咧下嘴却没有笑，说："他妈妈脾气也不错，但他脾气不好。"说完伸出胳膊让叶荫看，手腕处一条缝合后留下的很宽的疤痕。叶荫惊得说不出话，作为医学生她见过很多伤口，但好朋友华年手腕上的这一条对叶荫来说是不同的，她握住华年的手一直在抖。反倒是华年安慰她说："别害怕，你遇不到这种人。他不喝酒正常，喝完酒就是疯子。"叶荫紧紧抓住华年的手对华年说了好几遍："分手吧，和他分手。"华年说："分不掉，他会杀了我们，而且，我哥借了他家好多钱。"

那晚叶荫几乎没睡，眼前总是华年手腕上如同血管裸露在外的那条疤痕。

7

回到学校叶荫还是心事重重，华年的事情让她高兴不起来。刘珊珊知道了说："你担心也解决不了问题，很多人都说死过一次的人轻易不会再做傻事，华年肯定能找到解脱的办法，世界这么大哪里不能容身呢。"刘珊珊说得很肯定，让叶荫感到莫大的安慰。

不知不觉间刘珊珊和叶荫两个没什么共性的女孩子成了好朋友，以至于叶荫后来回忆起大学生活觉得最大的收获就是遇到刘珊珊。

刘珊珊每天下课就去练排球，是女排队队长。叶荫代她打晚饭，在拥挤的人群里替刘珊珊抢份排骨或蹄筋。叶荫自己的晚餐经常嚼半个素鸡就是全部了，她最爱吃的只是豆制品。早上刘珊珊跑步也是叶荫帮她打饭。叶荫的早餐是几匙奶粉，干嚼了就去上课。

刘珊珊说叶荫吃猫食，而自己吃大猫食。每一个饭点刘珊珊都饥肠辘辘。

中午一下课刘珊珊就拉着叶荫挤进餐厅，叶荫说："那些手如果不是举着饭盆是不是很像拼命呼救的样子。"刘珊珊已经饿得有气没力了，说："都快饿死了，当然是喊救命，接我饭盆的大师傅是我心里最可爱的人。"看刘珊珊转动眼珠，叶荫赶紧逃，说："别想让我替你买菜。"可是人多逃不远，只能乖乖地替刘珊珊买菜。爱吃素的叶荫午餐只想打两份咸菜拿回寝室用豆油炒熟了吃，但不得不为了身边的"肉食动物"冲锋陷阵。

让叶荫买菜是因为她买得快，大师傅会隔着众多舞动的胳膊去接叶荫的盆，还常多给半勺，弄得前面的同学颇多抱怨。叶荫一脸尴尬，刘珊珊一脸得意。

刘珊珊实在饿坏了，边走边吃，边吃边说："叶荫你不要不甘心给我买菜，你自己不爱吃肉菜，再不给我买不是浪费资源吗？"叶荫说："你能回去坐着吃并且不要胡说八道吗？"刘珊珊说："你怎么吃饭时看见人多就恐惧啊，是不是怕哪个没带餐具的盯上你？"她总说叶荫又长又直的腿像筷子，在饭店一定小心，免得被拿去用了。叶荫气得腾出一只手揉她的耳朵，说："吃多少排骨都白搭，怎么摸都是面团。"

两个人打打闹闹往前走，迎面走来的黄山说："刘珊珊你又回幼儿园了吧？"黄山永远那么端庄大气。

刘珊珊低声说："她不像是来打饭的倒像来视察食堂的。"叶荫想忍住笑最后竟然呛了。叶荫常常觉得自己和刘珊珊在一起才学会了开心地笑。

灼从旁边走过，开玩笑道："原来你会笑啊。"

叶荫立刻板起脸看也不看他。刘珊珊冲他挥手，不像撵他倒像要打他。叶荫见了，又呛了一次。

灼走得远些，还是温和友好地回头看着叶荫，不生气甚至不在意。

叶荫有些过意不去。

刘珊珊无奈地说："这家伙还真是有几分耐力，你要小心了。"看叶荫没听见似的，刘珊珊嘟囔道，"你太让我操心了。"叶荫还是不理她，她碰叶荫的腋窝，说："美人给个笑靥吧，如花那种。"

叶荫正色："请展示你的淑女基因。"之所以这么说，是因为假小子似的刘珊珊有个标准温婉淑女的妈妈。这是俩人要好到一起睡在叶荫的下铺时刘珊珊讲给叶荫的。

刘珊珊说爸爸生气时会把她踢出好远，可她还是和爸爸好。他不顾妈妈反对从小就教她踢球，长大后她在省队待过。后来因为妈妈坚决反对，高中时就不练了。叶荫一向羡慕刘珊珊的运动天赋，而且让叶荫对刘珊珊这个体育生不得不刮目相看的是，刘珊珊非常聪明，看过的东西基本做到了过目不忘。叶荫说："我一直以为体育好的学生学习就会差一点儿呢。"刘珊珊不无得意地说："我妈妈最骄傲的就是我不仅考上了大学，而且没借爸爸的光。我多一点儿自豪就是现在没人敢踢我，踢我一脚会被弹出去的，哈哈。"

只是，刘珊珊骨骼秀丽的妈妈看着闺女的一身肌肉块儿总是痛不欲生。每次刘珊珊学妈妈的样子，叶荫都跟着她一起大笑起来。刘珊珊说："别看爸爸敢踢我，可我妈真生气了他就只能俯首帖耳，连大声说话都不敢。"叶荫听完这话上体育课时见了一脸严肃的刘老师总觉得有意思。

叶荫对刘珊珊说:"你虽然不像你妈妈那么温柔,但也不像你爸爸那么严肃。"刘珊珊说:"我妈妈不太约束我,她说女孩儿的天性就该是史湘云,太懂事就是薛宝钗了,不能抹杀天性。对了,你知道我为什么比较了解《红楼梦》吗,因为我妈妈是红楼迷。我可是一页没翻过,听她讲就够了。"

叶荫想想觉得这个说法很对。不自觉地有点儿羡慕刘珊珊,像羡慕晴晴一样。

大学时绝大部分的话都是和刘珊珊说的,刘珊珊不在,叶荫很少说话。

和刘珊珊在一起是很快乐,但叶荫的骨子里仍是寂寞。

寂寞,却不需要交流。是的,语言解决不了寂寞。

叶荫选择无语。却常常写诗,诗歌是自己与自己的对话。

那些诗的读者只有刘珊珊。

小雨轻推河面的涟漪
波光朦胧
像十六岁写的　诗谜
流浪的云翳拖散天水间
微凉气息
河畔　虔诚拜谒
青草绵延梧桐离去的记忆

用轻快到沉重的脚步
一遍遍叩响记忆的门
手绢掉落在秘密身后

怎样的一场捉迷藏
一场游戏多少人的梦
醒来时多少影子悄悄滑离
记忆如果发霉　是否
还愿意
捉迷藏

不哭泣　泪的叛逆
手绢似乎陈旧
擦拭过什么　谁的手

捉迷藏的雨季
淋湿
每个相关的话题

　　刘珊珊看到这首取名《话题》的诗，第一反应是兴奋，仿佛是她自己的作品，边看边大声说："太好了，太好了！"但看完后狐疑地问叶荫："亲爱的，这什么意思呢？"

　　叶荫叹口气趴在桌上。但无论刘珊珊怎么问，叶荫从来没有解读过自己的诗。

　　一切都不影响刘珊珊看诗的热情，也不影响叶荫的邀请。

8

　　刘珊珊觉得叶荫在自己训练时太无聊，看叶荫总写诗就自作主张帮叶荫报了诗社。叶荫犹豫一下答应了。

旭总会想起第一次见到叶荫时的情景。

叶荫的声音轻得像什么都没说，他愣愣地望着她。

"我的诗是交到这里吗？"叶荫又说了一遍。

旭永远记得，自己望着叶荫那双似乎笼罩着雾气的眼睛有片刻的昏眩。

也许只是淡淡的怯懦，却因美丽而让人误以为是拒人千里的傲慢。

误会误人，也自误。

旭是学校的名人因着各种缘由。学习好不必说，文艺体育也出类拔萃。最出名的其实是他本人最不愿意提起的事。因为急性阑尾炎，高考最后一科他才进考场就昏倒了被送到医院。因为志愿上填了服从分配才到了这所大学。

当然，如果父亲不是在他考大学前一个月病逝，他一定会要求重读高三，实现自己从小就有的"北大梦"。向往的北大变成了志愿里没有填的一所普通大学，这样的打击对于旭这种男孩儿来说是致命的。旭自己最初都没意识到那失落飘散在自己周遭，一直在。常常对自己说"既来之则安之"何尝不是希望忘记过往的一种方式。

旭几乎用了整个大学时代疗伤。虽然很多人替他惋惜，但没人真正了解他的痛苦。毕竟在大学那么难考，上大学犹如千军万马过独木桥的年代，他的苦恼是大部分人眼里的强说愁。

是啊，最后一科没分数竟然还够本科线，听到的人总是把嘴张得大大的。

9

黄山也报名参加诗社。因为旭。

黄山记不清自己从什么时候起常常坐在操场上看男生们打球。

　　系学生会主席的身份让她的看球在别人看来不带什么个人目的，否则她想自己一定会克制些吧。

　　球飞过来，她递给旭，有些走神。

　　后来，无论黄山怎么回忆，也想不起自己是什么时候喜欢上旭的，也许是他打球时，也许是看到他在医院空寂的小花园里独自吹箫。

　　那是一个很偶然的机会。黄山陪一个女生到急诊看病，那个同学被留下观察，她帮忙安顿好了才离开。从急诊出来时看到满天繁星月牙弯弯，黄山想起自己晚饭还没吃，就在医院门口买了卷饼，准备在门诊的小花园里吃完再回去。这是她第一次在晚上到那里。

　　远远地听见好听的箫声，走近看才发现是旭。

　　那一刻她觉得旭像大海，平静的表面下有无数宝藏。她对旭说："你会的东西真多。"

　　旭笑笑，说："高中时学习累就学了它来放松。"

　　旭看到黄山拿着卷饼，问了原因，觉得黄山这个学生会主席也真的很辛苦。

　　听见旭发自内心的认可，黄山笑笑说："那你接着吹，我继续吃，好幸福啊，吃大餐的感觉。"

　　旭又接着吹了起来，移开与黄山对视的眼睛，黄山眼神里的内容第一次让旭感到了微微不安。

　　之前旭一直有点儿怕黄山，觉得她和其他女生非常不同。一次解剖课他第一个进了实验室，发现黄山没去上课间操一个人坐在解剖实验室写东西，那份镇定让他吃惊，虽然他也不喜欢解剖课上女同学清华的娇嗲。他更愿意和活力适度的刘珊珊同组。

10

诗社举行校园诗人大赛，黄山交上一首诗。

谁都知道黄山是个很要强的女生，旭不禁很为难，觉得选了黄山的诗太没原则，不选又会伤害她的骄傲，为难时辅导员代他拍板，黄山的诗入选但被放在最后。辅导员说："这样可以给不太会写诗的同学鼓鼓劲儿。"

叶荫安慰旭说："黄山写的诗总比《红衣少女》里那个女老师'甩开膀子干'的诗更像诗。"

叶荫没有戏谑的意思，但她的认真反倒让旭笑起来，看到旭笑叶荫自己也笑了，可是俩人又都不自觉地停了下来，因为不约而同想到这对黄山也许不那么厚道。

然后，两个人又不约而同红了脸。

因为旭的缘故，黄山多看了不少书。旭看过的书她一定会买。但有些确实看不进去。不只《百年孤独》这种，还包括《红楼梦》。

黄山有点儿泄气。此刻才觉得爸爸埋怨妈妈没给自己养成爱读书的习惯还是有道理的。以前自己和妈妈一样，总觉得喜欢挥毫泼墨的爸爸太过古典，现在倒真希望自己能像爸爸一些才好。

尽管如此，在诗社讨论时，黄山偶尔还是会尝试着说些和大家不太一样的发言，这源自从小培养的自信。大家讨论什么是好诗。黄山认为诗是个古老的形式，像中医一样，要与时俱进，让读者更好理解。清华不留情面地说："黄山你的诗写得跟散文一样，够与时俱进了。"黄山淡定地笑笑，没接清华的话。

叶荫没有岔开黄山的话题，说："诗不必强求共性的理解，只要专注诗的本身，一首好诗一定让人愿意反复诵读，品味个中滋味，这是一种非常个人的情感体验。"旭接着说："所以诗是无可替代的，无论作为情感的表达还是作为某种试金的玄玉。"

试金？

黄山的脸红了，这不会是旭在说自己吧。但她镇定地微笑着，听完所有的发言，并且虚心地表示自己真的向大家学到很多。

清华毫无心机地打趣黄山："是啊，每个人都有擅长的东西嘛，开会时黄山的发言稿写得最好。"

黄山的脸轻抖一下，仍然微笑着没接清华的话。

旭想这情景真的有些熟悉，仿佛宝钗的玲珑大气。但他还是肯定地说公文写作也是一种能力，他自己这方面不太擅长，如果有需要会向黄山请教。

黄山望着他的眼睛明亮起来。

11

叶荫觉得旭像另一个自己，往往她只说半句话，旭就明白了她的意思。她没想过为什么，心里却认旭是知己。

对于俩人的关系，同学中也曾有过小小的议论，可很快就烟消云散了，因为他们的好太淡了，让人捕捉不到爱的感觉。

只有黄山心里不舒服，却又说不出什么，其实，即便旭和叶荫真的有什么她也说不出什么，因为，旭的事和她无关。

准备比赛的颁奖环节时，旭邀请黄山读诗。黄山小时候学过朗诵，这是妈妈主张的，因为有用。黄山想都没想就答应了，拿到手里才知道是叶荫的诗，有点儿懊恼但已经来不及了。好在她还算喜欢那首诗，仿佛是对旭说自己的心事。更重要的是，这是叶荫根据旭的一个摄影作品《雨季》发挥出的诗,所以,黄山读得好极了。

你不是个浪漫的女孩儿
因为你不喜欢在雨中游戏
尽管你常在雨中来去
探寻一个古老的话题
美丽的瞬间总能记下永恒　为什么

你太多的记忆属于雨季
尽管那个瞬间阳光柔熙
温馨的宁静纤洄于心海
宁静的开始孕育了不去的
潮汐　你正走入蒙蒙烟雨

不喜欢淋雨　那片林子你还是
顶雨去了多次　每片叶子你写一首诗
又用你拙劣的笔配上一支曲
弹起来喑哑凝滞　你却一遍又一遍
任它在你狭小的世界回旋

那片林子绿了黄黄了绿
每片落叶你都悄悄拾起
如同收藏一个逐日憔悴的心事
你润湿每一片　其实
风干的叶子才不会变质

叶上几圈浅晕　你用心描出
　　望着的许久　你欲语终休
　　喑哑的音符依然回绕
　　雨季自由来去　不馈赠也无索取
　　就这样牵引你不懈的笔迹

　　黄山排练时，叶荫去看了一次。黄山读到最后一部分时，没有领会诗的意思，用了很坚强的语气，但叶荫不好意思指出来。想来那是黄山的性格。没用叶荫说，第二遍旭就发现了问题，他对黄山说："诗的最后一部分好像用无奈却不失坚强的口气会好些。"黄山改了过来，叶荫觉得很好。黄山对叶荫笑道："叶荫，你朦胧得让我头晕，你这不是诗，是湿邪。"叶荫也笑了，说："不是东邪就好。"旭说："你们是东邪西毒。"

　　于是有人偷偷在背后叫叶荫和黄山"东邪西毒"。后来传到了叶荫和黄山的耳朵里，两个人让旭请客喝酸奶。旭问叶荫："知道吗，西毒好像有段所欲不遂的爱情？"叶荫知道旭对自己那首诗好奇，只好装糊涂，说："不知道，你知道谁的遂了？"

　　两个人都笑起来，黄山没听懂俩人在说什么，但不好意思问，也随着笑起来。

　　那时，叶荫觉得大学真的很有意思，最重要的是这里有趣而且自在。

　　那时叶荫喜欢用一款名叫"思华年"的洗面奶，不仅因为是好朋友的名字，更是一种心境。是啊，这正是锦瑟轻弹的年龄呢。

　　无论什么时候，如果有人问叶荫她最留恋哪段时光，她一定回答自己最爱的是大学时代。

12

不久之后,黄山约刘珊珊和叶荫去学校附近的公园玩。

那天是黄山的生日,但她没提前说。在路上去一家蛋糕店取了蛋糕,刘珊珊和叶荫才知道。两个人商量一下,在旁边一个小音像店买了盒磁带送给黄山,黄山犹豫一下还是高兴地接受了。

三个人照了好多照片,玩得开心极了。

叶荫的胆子很大,在滑梯上上下下。这是她自小就喜欢的游戏。刘珊珊敢倒着滑下去,看得叶荫想尖叫。但黄山竟然不敢玩滑梯,是被刘珊珊赶上去的。她很不情愿边上边说:"我不冒险,我有太多需要珍惜的东西。"按照黄山平常的自我要求,这应该是急中生错的一句话。

许是玩得忘形,刘珊珊撇撇嘴,答道:"别说'太多'两个字,重要的都是少的,多的基本是垃圾。"说完自己笑了,黄山皱皱眉,只有一侧唇角牵动一下,想说什么又咽了回去。

叶荫也没说话,刘珊珊奇怪自己的话那么好笑她怎么没笑。叶荫坐在滑梯顶端望着遥远的天际发呆,不知为什么她又想起了霄。

黄山看得出来刘珊珊喜欢叶荫,对自己却很一般。不然把她培养成死党倒是很好。云舒很巴结黄山,但黄山对她一般。

很小心地交朋友以至于没有朋友,黄山有时也很孤独。

一起过了次生日,三个人并没真的热络起来。

也许因为黄山确实忙,是系学生会主席、校学生会副主席,开会的次数快赶上她爸爸了。

13

  森给叶荫寄来最好的遮阳镜。但叶荫很少戴。她甚至喜欢在清晨或傍晚时分直视微微刺眼的太阳。

  叶荫喜欢蝶形的东西。书包、发卡的上面都是各种材质的蝴蝶。但叶荫非常害怕蛾子，见了蛾子会尽失淑女形象，吓得大呼小叫，每次都是刘珊珊英雄救美。也许美丽的蝴蝶是受了蛾子的拖累，一次一个不漂亮的小蝴蝶又吓了叶荫一跳，刘珊珊无奈地说："你能等它落下来看看翅膀是闭是张再叫行吗？"叶荫叹口气，对自己这种过度慌乱也没什么更合理的解释，只好说："谁让我也姓叶呢，这是叶荫好蝶吧。"刘珊珊听了开心大笑说："这真是个有故事的姓。"

  旭碰到了问什么事情这么好笑，刘珊珊告诉了他，旭听完问叶荫："你是更喜欢蝴蝶的寓意吧，不然给你个大凤蝶你敢拿着？"刘珊珊说："你太小瞧叶荫了。我见过叶荫一张小时候的照片，那是摄影师抓拍的，一只大大的蝴蝶落在叶荫的肩头。"叶荫阻止刘珊珊不让她说。只是对旭笑笑，眼睛就落在飞得不远的小蝴蝶身上，不再参与他们的话题。

  刘珊珊搞不懂为什么，叶荫在谈话中从来不愿意做主角。和黄山的性格真是南北两极。

  旭也笑笑不再问。叶荫只有在诗社时话还多些，平常见面点头就算打招呼了。细细观察会发现有时她甚至连这种招呼也希望错过。刘珊珊能叫出学校其他年级很多同学的名字，而叶荫连自己同年级的同学名字也叫不全。

  盯着叶荫的眼睛，旭发现他是如此喜欢叶荫的眼睛，里面交织着不自知的节制和强烈的感情，一种有着强烈冲突的美。前者让她显得冷淡，大多数人只看到这些。只有极少的人能体会后者的炽热。旭觉得自己是后者。

也许，旭给叶荫大概也是同样的感觉。

在旭的眼里，叶荫像个谜。他不急于知道答案，甚至不想知道答案。

他相信他们来日方长。这么想的时候他的脸红了。

旭答应妈妈上大学期间不谈恋爱，一心考研。这是爸爸的遗愿。爸爸作为著名学者，肯定希望唯一的儿子有所作为。当然也是他自己的梦想，如果说高考时自己摔了一跤，他希望在下一次冲刺时力求完美。

学校的广播里放着同学点播的歌曲。勇敢点儿的男生都趁此表白，一些女生也不具名给自己喜欢的男生点歌。

各花入各眼，很多女生都收到过点播的歌曲。男生里，旭是最多的。"喜欢旭的人可以组个合唱团了。"云舒说。云舒对旭没什么感觉，她说："人生在世就是入世，我永远不会喜欢一个出世的人，尤其是男人。"

只是，喜欢旭的人都不会掂量云舒的话。毕竟这个年龄喜欢就是喜欢。和黄山一个寝室的清华，是其中之一。

初恋的女孩儿是羞涩的，只有眼神能做到旁若无人，或是在大家聊天时把话题引到旭的身上去。每到这时，大家都会心地笑笑，但谁也不说破。

旭对所有人都彬彬有礼，但清华会为旭的某件小事特别兴奋，比如旭在她打水时帮她撩起了门帘让她先走，比如旭帮她捡起了散落的笔记本。不是炫耀自己,而是说旭有多绅士。

所以,在她对旭表明心迹之前,大家就都知道她喜欢旭。

就像旭是男生的焦点,叶荫和黄山是女生的焦点。但喜欢她俩的男生是非常鲜明的两类不同的人。

黄山的家世给那些内心早熟的男生提供了想象空间,当然其中也不乏真喜欢她的,但她把这些男生都划到那一群了。因为妈妈早提醒她,想靠她少奋斗二十年的男生一定大有人在。

黄山认定旭不是那种人。

黄山像众星环绕着的太阳,期待旭能被自己照亮。

喜欢叶荫的大多是浪漫富于想象的男孩儿,行动力差些。何况还要过刘珊珊这个强关。刘珊珊像吸尘器,用力驱赶一切想靠近叶荫的男生。一个追求叶荫的矮个子男孩勇敢地说:"我爱你,我衡量过自己。"刘珊珊说:"你竖量过吗?"

渐渐地,只剩下了灼。不是刘珊珊嘴下留情,是灼够坚定。

14

一天,诗社开会,大家谈起了《红楼梦》,清华竟然可以流利地背诵《葬花吟》,让大家赞不绝口。叶荫也能背,却无意开口。

《红楼梦》中,叶荫最中意史湘云,但清华深迷黛玉,叶荫就什么都没说。后来旭打趣清华,说她的这种迷恋像电视剧《京华烟云》里的红玉,放假时自己刚陪着妈妈看过。清华突然就不说话了。

黄山不知红玉是谁,低声问叶荫,叶荫回答就是一个特别喜欢林黛玉的女孩儿。黄山意味深长地问:"是吗?"她很了解清华,觉得其中肯定有原因。

叶荫不想解释。红玉，一个多情自苦的女子，于他人的幸福云淡风轻，怎么会像清华。叶荫皱皱眉，难怪清华不开心，虽然旭是无意的。

看上去很开朗的清华内心最像林黛玉。她反复试探着旭，自己时喜时悲，可惜旭所有的反应都是无意的。

开会时叶荫一直在溜号，以为刚收到的情书是霄寄来的。也许，他是在等我考上大学。叶荫刚拿到信看见信封时暗想，这也是她一直的心思。因为霄若想知道她考到哪里并不难。

没想到拆开了是灼的信。他的字和霄竟然那么像！

瞬间，叶荫的心情一落千丈。她没有看那封信的内容。

想你，今夜无眠，但希望你好梦。灼常常将类似的话写在小卡片上用信封封好放在传达室，这样，叶荫下了晚自习就收到了。没有人这样细心地追求叶荫。而这确实需要心思和一点点文采。

后来，叶荫总结自己遇见过的男孩儿，戏谑地想，这就是，有心思的没文采有文采的没心思，两样都有的没缘分。

擦肩而过算不算缘分？比如旭。

旭永远不可能像灼一样表现得勇猛炙热。

可是细水长流水到渠成是多么需要天时地利。

清华问叶荫为什么皱着眉，叶荫笑笑没解释。黄山说叶荫是恨《红楼梦》未完。虽然用张爱玲比叶荫，可谁都听得出黄山的语气不是赞美。张爱玲和《红楼梦》的轶事是黄山最近在文学上的恶补。

黄山以为叶荫的不快是因为清华。黄山倒因此不那么重视清华的出彩了。

叶荫面无表情没听到一般，不是不知道，是对挖苦的漠然。她想的只是霄。

旭皱皱眉,到底没说什么。

15

森考完试就回老家看奶奶,顺道先来接叶荫。

不知为什么森总有种感觉,萍不愿意让他回老家。眼看着萍的艰辛不易,森不想让萍不高兴所以从来没有直接问过萍。告诉萍自己看看奶奶就回来。

云舒是最早见到森的。森到寝室找叶荫时,云舒正在床上看书。一口京腔的森帅气得让云舒不自然地红了脸。可惜这是找叶荫的。

森到学校时叶荫还有最后一科解剖没考,前面几科考得不错,她的心情紧张又愉快。因为怕挂科,大家的紧张程度堪比高考。所以,森见到的叶荫不是他担心的样子。他替她高兴也有点儿失落,失落什么他自己也说不清。

森送给叶荫一条印着一只蝴蝶的丝巾和一个蝶形的丝巾扣。叶荫高兴极了,这正是自己喜欢的图案。有点儿遗憾天太冷不能立刻戴上。她从不和森客套说什么以后不要再买东西之类的话,森很高兴。

森说:"你记得吗,小时候蝴蝶常常落到你的身上。"叶荫说:"当然记得,我说那是因为我好看,你说是因为我总钻草丛身上有青草的味道,都不肯说是花的味道,小时候你总是欺负我。"森一副吃亏不敢说的样子:"我欺负你?天地良心啊。"

两个人笑起来,打破了长久不见的那点儿拘束。因为等晚上回家的火车,时间很充裕俩人还一起看了电影,像小时候一样,爱看电影的叶荫很兴奋。

后来森也常问自己，如果自己和叶荫一直在一起，两个人会是什么样子呢。

只有也许。

远处，旭看到了叶荫和森，他从没见叶荫那样笑过，笑得轻松，甚至，有点儿肆无忌惮。

肆无忌惮，想到这四个字，旭的眉头皱了起来。

也许这就是叶荫的文字里若隐若现的回忆？他自以为揭开了谜底，恍然之后是怅然。

考试成绩很快出来了。

旭毫无争议地取得了年级第一名的好成绩。叶荫和刘珊珊考得也不错。倒是黄山，勉勉强强上了评奖学金的线，但算上作为学生会主席的加分就排在了第二名，仅次于旭。刘珊珊一副了然于心的样子，说："看着吧，到了毕业分配这都是有用的。"

叶荫对这种事一向没什么感觉，耸耸肩接着收拾行李准备和森一起回家。

火车上都是放假回家的学生，很拥挤。森努力挡在叶荫前面，让叶荫想起小时候。

叶荫想问森去过 G 大吗，却突然想起以前问过了。

16

黄山的寒假排得满满的，大部分时间都是陪着老师到各地做家访。老师来的那天彦和荣都不在家，老师就没有在叶荫家多待。

老旧的平房,三三两两在小胡同驻足聊天的邻居,这是黄山不熟悉的一种生活。

从叶荫家出来时正巧森来找叶荫,黄山才知道盛传的叶荫男友原来是青梅竹马的邻居。她打量着森,觉得这才是和叶荫般配的男生,帅气而市井,不自觉地长出了一口气。

第二个星期黄山又陪着老师到了旭所在的城市。

旭家的书真多。黄山在心里感叹这才真的是书香门第。又暗暗思忖,这样的家庭虽然和自己的家庭不同,但也应该算是门当户对吧?这样想着不禁有些不好意思。

旭的妈妈很喜欢黄山的端庄大方,知道她是学生会主席放假了还在工作,感慨地说:"女生这么能干可不多呢,旭不行,总是不爱说话。"辅导员夸奖黄山和旭都很优秀,奖学金名次上是挨着的前两名。说得旭的妈妈更是对黄山刮目相看。看到旭的妈妈身体很弱的样子,黄山便问她吃些什么药,又约她到学校的附属医院看病,表示自己愿意陪她去。旭的妈妈越发喜欢。

走的时候黄山跟旭借了几本书,是她让旭推荐的。她的谦虚让旭的妈妈赞不绝口,对旭感慨哪家养了这样的女儿可真是福气。

叶荫适应了学校的生活,很想念刘珊珊,两个人假期还通了两封信。她去找华年两次华年都没有在家,只有华年哥哥在,叶荫不喜欢他所以没有进去等,但奇怪的是华年这次没来看她。

森陪李姥姥过了三十才走。白天叶荫在家看书,森出去找些特产山货打算回京卖,因为天冷他怕叶荫辛苦都是自己去。看着森沉默地进进出出,叶荫突然觉得自己不太懂森了。尤其当森掏出大哥大打电话时,叶荫更是吓了一跳。这是省城也不多见的新鲜物。森并非虚荣,只为做生意方便些。为了奶奶不再孤独,萍也早点儿结束辛苦的日子,森努力做着自己能想到的一切事情去赚钱。

叶荫更想不到这个曾经和她依偎在一起从小同吃同睡的男孩儿，因为希望能早日扛起所有责任，经历了太多她难以想象的事。

森走得很匆忙，本来还能住两天，但那天他接到了一个叫玫瑰的女孩儿打来的电话，就急着到火车站买票离开了。

森没有告诉大家，萍最近的生活很不顺。李姥姥和叶荫也没有看出森的强颜欢笑。

萍和她一直照顾的老人有了感情，他年长萍二十几岁，长期相处对萍很有好感，对森也很照顾。森谈不上支持与否，就是尊重萍的决定希望萍高兴。但老人的儿女坚决反对，本来相处很好的关系陷入了尴尬，这让萍很难堪。玫瑰打电话告诉森，雇主家的人来找森，说萍刚刚昏倒被送进了医院。

森仍然什么也没有对叶荫和李姥姥说。

还是叶荫陪着李姥姥去送他，李姥姥浑浊的眼睛已经看不清森。森轻轻地抱奶奶，叶荫看到森的眼睛湿了。

叶荫只对森说了句："放心吧。"

森点点头，对奶奶说："等我毕业了就接你去北京。"

李姥姥说："好，好，等荫荫毕业了我们一起去。"

车开走了，李姥姥已经不能像当年追着火车跑几步，只是看着火车逐渐消失。她自言自语："也不知道我能不能等到那个时候。"

叶荫紧紧地拉着她的手说："能，一定能。"

叶荫有点儿失落，觉得森待的时间太短了。李姥姥倒是很高兴，逢人就拿出森买给她的果脯，说孙子快接自己去北京了。

荣连续地出差，让叶荫觉得在家的时间不那么难熬了。但手里捧着书常常溜号，从来没有收到霄的只言片语，她已经没有勇气再打电话给他。

其实，霄上大学后回老家的次数屈指可数，他的大学生活充实而多彩，家乡的小城相比之下就黯然失色了。

17

开学了，大家几乎是欢呼着回到学校，像分别很久了一样，叶荫和刘珊珊有说不完的话。

叶荫戴上森送给她的丝巾。美丽的蝴蝶让一向素净的叶荫有了种飞扬的神采。

云舒看着丝巾问叶荫："刘珊珊说过只有蛾子停下时翅膀才是张开的，你不是最怕蛾子吗？"叶荫盯住她笑笑，说："你为什么不能想象它是飞翔的呢？"黄山看看丝巾，说："是好看，可惜一只显得有点儿哀怨了。"叶荫说："把我算上吧，正好两只。"

叶荫像蝴蝶一样轻盈地飞出去，留下愣住了的云舒和黄山，她们都没想到她这么回答。

叶荫当然可以这样说，就连挑剔刻薄的云舒也不能说她不配。

因为叶荫常接到北京的信和包裹，女生们早就议论说她肯定有个北京的男朋友，更有人想象她那么心高气傲，不是找清华就是北大的男朋友。背着旭还会调侃说他和叶荫在看待清华北大这个问题上倒是知音。森来过学校之后，大家更认定了这个说法，连刘珊珊都拿森打趣叶荫。

无论叶荫怎么解释，刘珊珊还是将信将疑，说现在不是但至少是个备选答案。

至于其他人,叶荫觉得没必要解释。

但即使刘珊珊,叶荫也没有提起过霄。

旭早有所耳闻,加上见过森之后又听黄山也说起在叶荫家见过叶荫的青梅竹马,心里更含糊起来。他记起叶荫加入诗社时交的那首《遥远》,找出来再读一次,他觉得这次又像考大学时一样,自己再次与命运失之交臂。

八月　也是八月
流云轻轻逸远　如来时
馈赠模糊不去的身影
不是因为慷慨

独上西楼　念
寂寞镂空的清秋
寄给远方一页空白
悄和你　默然无语

看　谁被冷酒淋透
深味着别梦寒凉几重
余音回绕
遥远的故事笼罩一个世纪

旭本想跟叶荫表白,却不知怎样向一个另有所爱的女孩儿开口,更是觉得不该那样做。

18

五一之后的周末诗社组织去植物园,刘珊珊一定要跟着去,旭就特批了。男生们打球时刘珊珊常常上去抢球一起玩,所以她跟旭很熟。

植物园里各种各样的桥,考验着大家的体力和胆量。看别人过桥,叶荫已经心惊胆战,因为一旦失败就要掉到水里去,虽说不会摔伤,但初春的天气还是冷,沾上水怕是要感冒。

叶荫不想玩,但刘珊珊不停地央求她,最后叶荫终于答应和刘珊珊一起过同心桥,这个同心桥是两条平行的铁链,过桥时俩人面对面站在铁链上拉着手慢慢移动,配合默契才不会掉下去。终于刘珊珊和叶荫走到了对岸。刘珊珊对心有余悸的叶荫说:"有我呢怕什么?"但叶荫还是不肯答应她去玩下一个。

黄山很想和旭过这个桥,又不好意思直接说,正想着怎么办才好。不料刘珊珊一心帮清华,对旭说:"你是社长应该和社员一起过了这座桥才算同心。"然后把清华推到旭身边,清华兴奋得脸都红了。旭犹豫一下就答应了。过桥时清华吓得常常停下来,旭努力地站稳并且很有耐心地安慰她别怕,终于俩人顺利地过了桥。刘珊珊给他俩拍了好几张照片,说:"好,既然一起过了同心桥以后你俩就同心了。"

旭没想到会这样,看着清华又害羞又高兴地追打刘珊珊,他有些尴尬。

黄山遗憾却并不在意清华。到了下一座桥,镇定下来的黄山大大方方又略带调侃地对旭说:"这个咱们一起过吧,社长。"倒是化解了旭的尴尬,让旭心生感激。

又硬逼着叶荫一起过了两座桥,刘珊珊得意地对叶荫说:"看吧,我是你的守护天使。"叶荫咯咯笑道:"你是在守护天使。"刘珊珊上来羞她:"有你这么夸自己的吗?"叶荫跳开大声说:"这是实事求是。"

旭在后面望着俩人也跟着笑。

黄山想起了森,说:"刘珊珊你不是守护天使,守护天使另有其人。"

刘珊珊很奇怪,说:"难道你比我还清楚?"

叶荫愣了一下反应过来,想起家访时黄山看见森时对自己意味深长的一笑。叶荫对刘珊珊说:"黄山指的是森。"刘珊珊不禁笑起来,对黄山说:"那是叶荫的哥哥。"刘珊珊讲起叶荫和森小时候的趣事,说得活灵活现。因为叶荫多次跟刘珊珊说起自己和森的童年趣事。叶荫对刘珊珊笑道:"你说得仿佛你在场似的。"

黄山感慨道:"这样的童年确实美好,比起我那种很小就在幼儿园上学要有趣得多。"并且转头问旭:"你也是吧?"她的本意是想引起旭的共鸣聊下去,但旭仅仅答应着"是啊",眼睛始终没有离开叶荫。

听了刘珊珊的那些话,旭的心情好极了,青梅竹马的小伙伴谁都会有,自己看来是错把那个男孩儿当成了假想敌。可惜之后都是单人过的桥,旭真想回到同心桥和叶荫重新走一遍。

黄山不喜欢甚至有点儿恨旭看叶荫的眼神。那双眼睛似乎伸出了枝蔓把叶荫拉向自己并紧紧缠绕住。有一刻她希望他们窒息而死,又不希望,因为那样死也死在了一起。

缓过神来,黄山被自己的想法吓了一跳。

没人喜欢自己恶毒,那些引得自己恶毒的人实在可恨吧。

那一刻,她开始讨厌叶荫。

休息的时候旭说:"咱们郊游了,大家写一篇散文吧,最好都写小溪。"

叶荫说："饶了我吧，我可写不出来了。要不我还交以前那篇。"叶荫之前写了一篇小文回忆爷爷家附近的小溪。

刘珊珊说："我看可以，万水同源嘛。"引得大家一片惊讶声："刘珊珊不仅诗意，简直充满禅意呢。"刘珊珊得意起来，做了几个漂亮滑稽的体操动作，再次引起叫好声，叶荫笑得伏在刘珊珊身上起不来。

旭说："叶荫那篇散文写得真好，是我最喜欢的一篇。"刘珊珊说："是好，尤其小溪像果冻那句。"大家笑起来，清华说："刘珊珊最明白的还是吃。"

旭看着她俩笑，但那笑看在黄山眼里分明是为了叶荫才少有的这么开心。

黄山望着他们，想，也许有了叶荫散文里提到的温馨得映出所有过往的小溪，自己的生活才会成为湍急的河流。

爱与哀愁总是如影随形，所有人都不例外。

叶荫在这个风景宜人的地方，再次想起了跌坐在她身上的男孩儿。即使伴随这记忆的还有划破额头的木刺和烫伤的小腿。

为了天边的玫瑰园她荒芜了身边的玫瑰。很多人都会这样。这种事从不稀奇。

只是，这些固执的人从未想过，或者想到也不愿承认，也许，玫瑰园只是个名字。里面可能有玫瑰，也可能没有。

旭望着走神的叶荫，他的直觉告诉自己叶荫在想另一个男孩子，如果不是那个青梅竹马难道是什么凭虚公子吗？

旭为叶荫写过好些诗，但从没有亲手交给叶荫，他不知该跟叶荫说些什么。所以那些诗也只是诗。

叶荫不是觉得旭不好,她承认旭是一个很优秀的男生,仅次于霄,至于为什么次于霄,为什么没有和森比,她倒没有多想。而且她感觉不到旭见到自己的欲言又止是对自己有什么友谊之外的想法。

何况一直忘不了霄。

没有期限的思念像雨季里陈旧的伤口,不舒服又止不住地存在。隔段时间叶荫就会撕开那个伤口,如果长上了,就像丢了一件最珍惜的东西。

霄在伤口不断愈合撕开的过程中被神化,被推向圣坛。

刘珊珊多少看出一点儿旭的意思,可作为叶荫的好朋友刘珊珊不得不有点儿偏心,她认为旭优柔寡断的性格不适合叶荫,叶荫需要一个有力量的男生,仅就这点来说,叶荫的青梅竹马比旭更合适叶荫。刘珊珊觉得自己看得清清楚楚。所以,刘珊珊从不为旭说话,更不会用叶荫去打趣旭。

在刘珊珊心里,适合旭的是清华。刘珊珊常说清华有股阳光的味道,虽然云舒嘲笑刘珊珊那句话是用来形容晒过的被子。

刘珊珊认为最有趣的是大家都觉得清华和叶荫长得有点儿像,只是叶荫的脸苍白,清华的脸粉粉的,有娃娃般的光泽。清华是大家都喜欢接受的可爱版叶荫。

19

在叶荫心里是拿黄山当作好朋友的。而且叶荫很佩服黄山性格中的某种特质。

黄山的上铺是个不拘小节的女孩儿。胳膊腿上的汗毛七扭八歪地长着,人就显得格外凌乱。黄山正在吃饭她就爬到上铺去收拾东西,黄山端着饭盒一声不响退到床里，镇定地吃完。

叶荫觉得大气不娇嗔的黄山确实是女生的榜样。

叶荫带来家乡特产的一种梨，大家疯抢起来，看见黄山爱吃，叶荫特意给她留了几个，但黄山说什么也不肯要。

看着叶荫纳闷儿，刘珊珊说："你不用想太多，知道吗，和大家一起分享是态度，不吃独食也是态度，她的家庭和咱们的家庭不一样。"她没有说黄山不拿其实是看不上也是怕某种可能的交换，怕伤着叶荫。

叶荫似懂非懂，却不感兴趣，也不再问。只顾着拿刘珊珊开玩笑，说："这么有条理的分析说明淘气的孩子还真是聪明。"

刘珊珊不理她的打趣，说："我爸和她爸年轻时是好朋友，衣服裤子混着穿那种，但现在送东西他肯定不要，怕你用蝇头小利换什么贵重物品呢。"

叶荫这次听懂了，觉得黄山其实活得也很累，又惊异刘珊珊竟然懂这些人情世故。

一次卧谈会，云舒突然说："你们觉不觉得黄山喜欢旭？"大家都不太信她的话，虽然旭很优秀，可黄山也毫不逊色，如果有意思不是早就好上了？云舒笑得极诡秘，说："我是谁啊，哪有我看不透的爱情故事？"但是云舒不会大范围去讲黄山的事，她不仅懂故事，还懂世故。

大家都沉默了，包括刘珊珊。没谁愿意像云舒这么八卦，因为旭和黄山都不太适合八卦。

叶荫仔细想想，觉得云舒的话不能全信。

如果说叶荫的淡泊随了彦的心性，那么云舒的早慧来自家教。

云舒的妈妈下乡时嫁给云舒的爸爸——一个条件算不错的当地男青年。回城时因为已经结婚了颇费周折,最后只能离婚,自己先回城然后把云舒接到自己身边。后来她嫁了比自己大很多但条件不错的男人,却始终不肯告诉云舒她的爸爸是谁住在哪儿。等云舒知道爸爸在哪儿并且去找他时,爸爸已经在矿难中去世。因为很小就分离,她没有多少自己生父的印象,好在继父对她还可以。继父有两个孩子,都已经成年,看着妈妈常年和他们斗智斗勇,云舒从小到大耳濡目染了妈妈趋利避害中的生活三十六计。

叶荫没看出黄山的心意但对清华喜欢旭却很清楚,她觉得俩人很般配,一个浪漫多情,一个温文飘逸,倒是黄山和旭不是很搭调。而且清华是叶荫一直喜欢的女同学,单纯热情,叶荫喜欢这个名字,水木清华,多好听。

有次诗社开会恰巧叶荫和旭早到,她找个理由逗旭说:"你不是只喜欢北大吧,其实清华也不错啊。"旭的脸沉了一下,随即反应过来叶荫说的是什么,仍然不快地答道:"我还是喜欢北大,改不了的。"叶荫说完也想到自己的玩笑是借用了旭的伤口,不好意思起来,说完对不起就不知道该说什么了,逃似的走掉。

其实,这句话如果不是叶荫说,旭的反应也许不会如此大。他在意的人提到了他在意的事,而且这个人又如此不理解自己的心思。

叶荫不是不理解旭的失落,可还是没想到旭会这么激烈。但她一点儿没想到和自己有什么关系。

两个不擅长交流的人即使不是平行线,交集也许只是一个点。

那次之后叶荫有些躲着旭,她本不是爱多事的人。

其实,即使知道旭喜欢她,叶荫也不会去争。她从来不喜欢争抢,从小就是一副你喜欢就给你好了的样子。长大了对感情也一样，不知换作是霄会怎样。

遇到叶荫这样的对手，志在结果的人会满心欢喜。若遇到有人志在一争高下，就会恨她的躲闪。躲闪是何等不屑一顾的轻狂。

黄山的志，二者兼而有之。

如果确定黄山喜欢旭，叶荫可能早就躲着旭了。本来她也有霄。

那些男生写给叶荫却没勇气署名的信，叶荫就把它们想象成霄写给自己的。

霄是已在她的心里生了根的翠竹，或者是一朵从不曾飘远的云。

大二的叶荫用了很多时间来思念高中的霄。她忘了霄已经大四。

当然，更多的时间叶荫会想父母是不是又吵架了。随之而来的焦虑甚至会湮没对霄的想念。

20

彦送叶荫上学后再没有来学校看过叶荫。他觉得自己身份卑微，还是不到学校看女儿才好。也许，荣在吵架时不说这种话，他不会这么想，但荣说过了，他觉得这句话倒是没错。但并不后悔没有听荣的话去当什么后勤科长。

叶荫大概每个月回家一次，彦有时出差，她回家的日子也不确定，彦在家时她才愿意回。这种逃避不只是针对荣，还来自某种惶惑。荣嘴里的彦让人泄气，多少影响叶荫对彦的感觉。虽然叶荫觉得父亲没什么不好。

荣从不觉得一个家庭就是一个团队，你不行的事情我上，而你干你擅长的，共同把家庭经营好。她只是觉得彦丢脸，如果彦在外面有任何委屈不快，回到家不会听到半句安慰，就像外面刮起北风家里也随时变成冰窖。彦心疼的那个幼小不易、所以尽心呵护的女孩儿像从冬眠里醒来的蛇，他就是那个农夫。

多年以后叶荫才明白一个道理，无论如何告诉一个孩子她的父亲不值得尊重都是最愚蠢最残忍的行为，说这种话的人永远不值得原谅。

叶荫经常想如果彦听荣的话不再当木匠荣会不会高兴，两个人是否就能相亲相爱。虽然她不知道结果，但就她不多的生活常识，也明白荣说的工作肯定比木匠受人尊重。叶荫想不到更多。这让她模模糊糊地觉得荣说的似乎有道理。虽然她没和彦提起过，心里还是有小小的遗憾，仿佛彦错过了一个机会，让荣尊重他的机会。

其实，在叶荫很小的时候彦就告诉她，尊重他人的决定是一个人该保有的基本修养。他还说狮子会吃掉斑马但不会让斑马承认自己不是斑马只是一块肉。直到叶荫很成熟时她才明白爸爸的意思。但作为孩子，她的理解也仅仅限于斑马和狮子，那是她从字面上就觉得确实是这个道理。有些孩子会理解得更深刻，可惜叶荫不是。多年后她为自己的蒙昧感到惭愧，在遗憾中品尽撕裂的痛苦。

彦想必早就明白，尊重就是尊重，它不源于爱，更不会来自荣所谓的一个机会。归根到底彦做木匠不是荣的终极想法，彦永远实现不了荣光耀门楣的大任。荣的尊重始终带着世俗的筹码，爱和被爱都无法拯救。

多年后叶荫想清楚这些事情后，不再埋怨彦的不说清楚，毕竟这让她保有了对一个完整家庭的认知，即便有利有弊，也是利大于弊，毕竟一个父亲告诉孩子她的母亲多么粗鄙自私同样是最残忍的事。

如果上天给叶荫一个机会可以对彦说一句话，她想说，爸爸，谢谢你。

也许因为木工活辛苦,彦似乎老得很快,荣一遍遍地说如果当初听她的话早提了干,哪还用受这份苦,钱也没挣下几个,似乎忘了不久前还收了一大笔彦挣的手工费。

彦没有和人说过自己的心思,只想等叶荫毕业嫁了人自己就回老家去,离不离婚随荣。彦甚至能想到叶荫到时会反对,如果荣为此认真调教女儿一番,女儿的反对可能会格外强烈。荣是不惜拿女儿当兵器的,虽然她一向不爱护兵器。如果说母爱是天性,在自己家里却更容易发现孩子爱母亲似乎更体现了人的天性。每每想到这,彦就会深深叹口气,眼前的日子还是要过下去。而叶荫在人情世故上的晚熟,彦觉得也好,他认定揠苗助长对苗没有好处。

彦很喜欢听叶荫讲大学里的事情,那是彦曾经无限向往的生活,他觉得女儿替自己活了一遍,有时候做梦都会笑醒。叶荫不是那种表情生动的孩子,但讲起学校来却比以往在家里要活泼很多,这让彦觉得很欣慰。

荣当上了科长。她人生大部分时间都在成全自己,也没什么不对。但如果她不这样,也许一家人生活会不同些。油瓶子脏了,彦用报纸一层层捆住,但报纸浸了油会油腻腻的,厨房看起来像个奇怪的小作坊。就像一个邻居说的,一个男人操持的家再用心也能看出家里的女人不上心的痕迹。

不过最近荣对彦的态度确实比之前要好很多。随着经济形势渐好,喜欢传统工艺并且有能力购买的人越来越多,彦的活计也越来越多,收入好了不少。彦很拼命,希望能给女儿更多,当然拿钱回家的时候也是荣最温情的时刻。

荣从来不劝彦歇一歇,只鼓励彦趁着干得动时多挣点儿。但彦的疲劳显而易见。

在叶荫的记忆里，彦永远是那个可以一下举起自己骑到他脖子上的大力士。她没有注意到才四十出头彦的头发多半已经白了，背也微驼，不再是那个俊朗得引得路人回头的男子。

每到一个地方干活，彦都会给叶荫带回小礼物，一方绣着梅花的蚕丝手帕，一个画着古装仕女的小瓶，甚至一个五彩丝线编织的小网兜。

每次见到彦叶荫都开心极了，话也格外多。彦若不在家，叶荫就很少说话，荣问什么答什么。荣也很气，不得不说，荣的潜意识里嫉妒彦和叶荫的感情。有时叶荫回家了，她也不会特意换班，该值班就去值班。叶荫无所谓，反而觉得轻松些。

慢慢形成习惯。有了习惯的日子似乎很平静。

21

如果日子就这样波澜不惊地过去，也勉强算得上岁月静好。

很平常的一个日子。叶荫后来经常想起那一天，她清楚记得天晴得没有一丝不祥的预兆。

五一连着春假，大约放了十天。叶荫回家时彦还在外地没有回来。

叶荫百无聊赖拨弄着二胡，因为总不练习弹不出调。安跌跌撞撞地跑进门，告诉叶荫，彦在外地猝死。

据说未亡人不宜出现在下葬的地方，舅舅陪着叶荫在工会的帮助下料理了所有的事情，舅妈留在家照顾荣。之后的几天叶荫都彻夜坐在客厅里，觉得彦会和往常一样，带着疲惫的笑容推门进来。

春天的夜晚还很凉，但叶荫不肯关上窗。在纸上涂出两句诗：常使幽窗昼夜开，清灵来去应无碍。

晴晴陪着她，说："姐，你哭出来吧。"这是晴晴长这么大第一次叫姐。

叶荫茫然地摇头。没人见到叶荫流泪。

她用右手中指一下一下划左手的腕部，看那里泛起一条条白色然后渗出红色的液体。被晴晴发现了，她就一直紧紧握着叶荫的手不许叶荫再这样。

惠一直陪着荣，荣已顾不得对她的讨厌。荣对惠的依赖甚至到了惠出去洗个澡荣都会不安的程度。

叶荫依然像平时一样和荣无话可说，但荣也不再说她什么。荣所有的时间都在哀叹自己的身世，以自己这样好的资质生在了那样的人家，又嫁了彦这种不长进的男人，现在竟然还撇下自己走了，仿佛彦是非常乐意就这么匆忙走了一般。

晴晴觉得姑姑提起她自己永远像怀里抱了个娇弱的小娃娃怎么爱怜都不够，而这一刻也没什么区别，她撇着嘴走开了。叶荫不能走，听得头都大了，荣的表达方式一点儿不让叶荫意外。

惠东拉西扯地给荣宽心，为了让荣高兴就一味地顺着荣说，说以荣这么好的条件本来是下嫁了彦，现在彦竟抛下她走了，是彦的不好。

没想到晴晴终于听不下去，也就不再给两个长辈留面子，说了句似乎不着边际的话："妈你就差说天妒红颜了，按你的说法潘金莲那么漂亮害死武大郎应该算天经地义吧？"

荣木然地望着晴晴，显然没听明白她在说什么。

叶荫本能地护着荣，说："晴晴你干吗这么讲话？"

惠没太听懂也知道不是好话，她推了晴晴一把，说："你那是人话？"

晴晴不说叶荫也知道，妈妈当然不会害爸爸，但爸爸若卧病在床妈妈绝不可能耐心陪伴。叶荫的心里还在替荣解释不是妈妈想对爸爸不好，她就是做不到很好而已，她从来不是个有耐心的人，大家都知道啊。仿佛大家都知道，就是大家都应该理解赞成。

"也许每个人总有些事力不从心吧。"在厨房和叶荫一起做饭时惠自言自语地念叨，或者也是说给叶荫听。叶荫没有说话，一直在思量，善良和爱真的那么容易被压垮？脾气急躁的人就能完全忘记呵护他人？

在叶荫的成长岁月里，荣坚持把自己不仅美丽还善良这件事当作标准答案教给叶荫，叶荫一直深信不疑。可有些数据终究会败给时间败给思考。

多年以后想起当年的事情，叶荫在自己的日记本上写到：缺少细节能算爱？像冒充凉白开的生水随时让人上吐下泻，还有可能是没进化好的族类藏着自己都控制不了的异心。

合上本子她问自己，这么说是否恶毒。

也许叶荫没有想明白，对荣来说，嫁给彦可能就是她可以给彦的爱的细节。

是啊，有的人付出百分之百可能还不敌另一个人给予的百分之一。

对荣来说，爱也许就是接受被爱，是自己值得爱而不是去爱。

22

惠发烧了，去医院打了吊瓶回自己家歇了会儿才来，荣问也不问为什么，劈头盖脸就怪惠没及时过来，也埋怨安一天没露面，其实安拿了户口本去派出所办彦的事情，总之就是骂弟弟一家没良心，陪惠过来的晴晴很生气，说："姑姑，为什么你总当别人的脸是屁股，只有你的脸是脸。"

荣立刻气得大哭起来，仿佛彦能回来替她报仇般地大喊彦的名字。

惠急得假装拍了晴晴两巴掌，搡她走。

晴晴不屑地撇撇嘴，说："姑姑，你真把姑父哭回来了，恐怕还得骂他吓着了你，他不也是怎么做都不对的人吗？除了您，这家里谁是对的？谁曾经对过？"晴晴说了荣从来没听过的最难听的话，也是最真的真话。

惠愣了一下，真的狠狠给了晴晴一巴掌，把她推了出去。这一巴掌打得晴晴的脸都肿了起来，白皙的皮肤留下五个清楚的指印。晴晴没哭，昂着头走了。

荣呆在那儿，整晚都没有说话。惠扯着闲话不停地和荣聊着，显见得是晴晴闯了祸，惠非常不安。

看着舅妈尽心尽力地照顾妈妈，叶荫很感动。不管怎么说，舅舅和舅妈都是有良心的人，包括晴晴。她想。

彦的事叶荫没有立刻告诉森。

叶荫家里没有电话，两个人打电话很不方便，平时只靠通信联系。那段时间叶荫什么都不想说不想做。

李姥姥已经有些糊涂了，她常常一个人在院子里长久地呆坐。平常和森写信都是彦代笔。彦走了，大家不是刻意瞒着她，但也没有特意告诉她。

快回校了，叶荫去给李姥姥买些东西，顺便给森打了个电话。森的手机竟是森的一个朋友拿着，他告诉叶荫说森最近很忙，没在学校。旁边一个女孩儿不停地问谁啊谁啊。还没等叶荫说自己是谁，那个男孩儿便挂断了电话。

叶荫举着电话愣了一会儿才放好电话，付完电话费，数数手里的钱发现长途电话费真的很贵。又过了一会儿叶荫走回电话旁，拨了霄家里的电话，竟然是空号。霄的外公去世后，玖搬离了老宅。叶荫茫然地握紧电话，本来没有抱多大的希望找到霄，但也没想到这个结果。

华年知道消息来看叶荫，叶荫吃惊地发现丰腴的华年瘦成了纸片人。华年紧紧地抱住她，快速擦掉流下的眼泪。两个人像小时候那样什么也不说紧紧靠在一起。但只一会儿就听到敲门声，叶荫想开门，华年按住她，说："是来找我的，我先走了。有时间再来看你。"她不要叶荫送，叶荫觉得华年拒绝她的手非常用力，就站在原地没有动，呆呆地看着华年离开。

之后华年没有再来。

叶荫留了一点儿彦的骨灰撒到了河中。她觉得彦会喜欢。

彦去世后叶荫常常失眠。

这样的时候很适合写字。所以，在之后的某个夜半醒来时叶荫记下了刚刚的一个梦，写下后发现这大概可以写成一篇小说，但她此刻并没有心情做这件事，只觉得这是某天也许能完成的心愿。

是一颗夜明珠的故事，应该算是神话。

那天她写出了其中的一段。

贝壳被人砸碎了，猝不及防。明珠想，因为你的骨血是他给你的，当他走了，你的生命或者说你对生命的看法肯定会有变化。你的血脉会因此沉郁，你常常不能自拔。不是他收回了活力，而是你作为曾经被爱的回报。他不会收回什么，他一生都乐于给予你，只怕给得不够多不够好。然而，他走了。你只能漂泊。没有家的孩子是无根的，是脱离了树枝的叶子。

有时候，明珠想，贝壳真的可怜，他坚硬的外壳一点儿不美，还遭受着海水的侵蚀冲击，他似乎就是为了她而存在的，但也正因为她，他粉身碎骨。每想到这儿，夜明珠的表面就会沁出湿痕，那是她的泪水。

23

返校时叶荫没戴孝，只是在黑裙子上扎了白腰带。她穿黑的穿惯了，想来不会有人注意到。

灼也是在无意间发现的。

那天他也从家里返校，正好上了叶荫坐的那节车厢。

之前那节车厢没有其他人，叶荫终于可以痛哭，停下时，她看见了灼。

灼默默地陪着叶荫，什么也没有问。他坚持送叶荫到女生宿舍楼。叶荫没有反对，任由灼拿着她的包。包很沉，惠给她炸了鸡蛋酱又从自己家拿了咸鸭蛋一起装上。

叶荫没有和任何人说起家庭变故，包括刘珊珊。刘珊珊看出叶荫情绪不好，但任她怎么问叶荫只说以后会跟她说。

刘珊珊有点儿感冒，连下午课都没上的她不想参加训练，但她爸爸不同意，因为很快刘珊珊就要参加全市大学生运动会了。刘珊珊强打精神到操场跑了一圈就摔倒了。本以为是小伤，到医院拍片竟然是踝骨骨折。

叶荫看到刘珊珊痛苦的样子不自觉地哭了，旭去看刘珊珊却不自觉地安慰起泪流满面的叶荫，刘珊珊龇牙咧嘴不忘打趣说："痛的可是我。"

云舒对刘珊珊戏谑道："别看你摔了，演苦肉计的可是叶荫。"

黄山推开云舒，说："什么时候了还开玩笑。"

旭有点儿不自然假装没听见。

如果刘珊珊的腿没有骨折，灼没有机会接近叶荫。谁都知道，和刘珊珊打交道，晴天一身土，雨天一身泥。

孽缘不知是不是来自前生，但绝对是今世差错的一再成全。

在学校待了不到一个月，叶荫就病了，回家又住了半个月。

旭每天都会想叶荫，却犹豫着自己该不该去看看她。本想和刘珊珊商量，可刘珊珊自顾不暇连床都下不了，一直在家休养。

灼是晚几天才知道的。虽然他是学生干部但毕竟和叶荫不是同学，所以为了查到叶荫家的地址他很费了一番心思。查到地址后他立刻坐火车去看她了。

见叶荫回来惠就住回了自己的家。荣只早晚做饭，虽然单位离家不远，但中午她不想回家，叶荫病中懒得动，中午就饿着。李姥姥只能勉强顾着自己，但还是给叶荫包过一次饺子。

知道叶荫没吃午饭，灼立刻去市场买来肉给叶荫做了锅包肉。冷锅冷灶的家里有了生气。

灼开心地看着叶荫吃得很香甜的样子，说："我在杂志上查到，组胺升高人就会特别想吃东西。你这种病就会组胺升高。"看叶荫没出声，灼不好意思地笑笑，又说，"我的学习不好，都是临时查的资料。"叶荫说："其实我们也没学多少临床知识呢。"两个人都笑了。叶荫想起自己竟然没有让灼一起吃，不好意思地说："我病糊涂了，你也一起吃吧。"灼说："我一点儿都不饿。"其实是看叶荫爱吃想给叶荫留着。叶荫给他盛了一碗饭把筷子塞到他手里，说："不饿也得吃。"

在这个瞬间俩人亲昵了不少，也都明显感觉到了，两个人突然就低头吃饭不出声了。

过了会儿，还是叶荫先开口了，问灼："你怎么这么会做饭？"灼笑起来道："我爷爷是厨师，谁家有红白喜事都会找他，算是遗传吧。"

叶荫忽然想起李姥姥，就和灼端着饭菜到了隔壁。李姥姥看着灼，说："是森回来了。"叶荫一惊，觉得李姥姥出了问题。灼叫着"姥姥"扶着她坐下，李姥姥非常开心。

从李姥姥家出来，灼安慰叶荫说有空陪叶荫带李姥姥去看病。叶荫吃惊他怎么看出李姥姥病了，灼说他爷爷就这样，常把自己当成爸爸。但是爷爷没有别的病还是很长寿。听他这样说叶荫宽慰不少。

叶荫让灼坐晚上的车回学校灼没有听，他住到了叶荫家附近的一个小旅社。

叶荫跟荣说自己好多了该回学校了。

荣"哦"了一声，说："在学校离医院近，不要生病了就往家跑。"

叶荫垂下的头快到膝盖了，直到走也没再说话。

也许，不诅咒不祝福路人甲路人乙的关系就是从那开始的。不过不死心而已。

第二天上午，灼来接叶荫一起回了学校。

这次回家后叶荫又给森打了电话，电话已经停机。走前去看李姥姥，她也好久没收到森的信。

叶荫突然想起那次森回来时接到的是一个女孩儿的电话。

但叶荫怎么也想不到，她上次打电话时，森已经开始了一年的刑期，距离他大学毕业还有一个月。

那个男人明确提出要娶萍时，他的两个孩子勃然大怒，骂萍癞蛤蟆想吃天鹅肉不识好歹，萍本想离开，但又禁不住男人一再地恳求，何况他的两个孩子以前也都帮助过萍和森，萍便一忍再忍，从没跟森说过自己的为难，森只是隐隐地猜到萍的不易。这次恰巧森去看萍，见到萍被两个比萍小不了几岁的人骂得呜呜直哭，森和他们动手了，其中一个人轻伤。

所以，森接不到叶荫电话，没有告诉叶荫是森的朋友尽力维护森的面子。

24

学校安排了课间实习。

一个六十多岁的男人坐在诊室外的椅子上候诊，面容惨白浮肿，嘴唇青黑。叶荫看得出这是一个有着长期慢性病即将走到生命尽头的病人。旁边应该是他的老伴，照顾着他却毫不掩饰那份不耐烦，她不时起身和其他候诊的人说话，语气欢快。叶荫很想对他说点儿什么，却不知该怎么说。他友好而谦卑地赔着笑，因为他需要人照顾，也渴望与人说说话。

叶荫的喉头开始痛，每次想哭的时候都会喉咙痛，然后眼睛疼。

叶荫想到了彦。

也许因为不愿意麻烦人，他走得迅速决绝，给叶荫的生命留下了永远的残缺。

那残缺的地方是无色的冰川。有时会化成水，流在不为人知的地方，更多时候罩着叶荫的脸，在人群中面色清冷。

没过几天叶荫又病了，只好再请假。这次没有回家，一连几天，她都在灼校外的房子里昏睡。

讨厌一切声音。

寂静也是一种声音。

只有睡去最好。

这个县城来的男孩儿每个月生活费比有的城里的男生还多些。做副县长的叔叔没有儿子，灼作为他这代里唯一的男孩子，是被几家大人宠大的。叔叔来省城开会时总会给他一些零花钱。

这个小房子是叔叔租的。说是方便来省城开会，其实多半是灼住着，每周末可以把脏衣服拿去洗。有时灼也会带同学去玩。

那些天，在学校里一向活跃的灼放下所有事情陪着叶荫。叶荫不想说话，灼就默默地陪着她。

为了让叶荫吃些东西，灼学会了做脆皮鲜奶。微甜温暖的口感确实是叶荫这会儿需要的。看到叶荫爱吃，灼又给她做拔丝香蕉，试了几次才算成功，灼得意地吹着口哨，说自己的遗传基因还真是显性的。

叶荫说"你确实是擅炊"，是跟灼开玩笑，炊和吹是同音字。但灼想不到，说："我没有吹牛啊。"对于厨艺来说他确实没吹牛。叶荫想想，是啊，自己这类文字游戏只能和旭玩。然后觉得自己想这些对不起灼的好意，就对灼笑笑，没有解释自己在说什么。

灼对于自己的姓氏倒是有过解读，他觉得自己姓王非常好，王字高端大气高高在上俯视众生，后来电影《王的盛宴》上映时叶荫哑然失笑，灼早就用这四个字形容过自己的手艺。对，就是王的盛宴。他的庞然大志和叶荫的淡定自处格格不入。

后来灼陪叶荫把李姥姥接到附属医院做了体检，这是叶荫一直想做却没有力气做的事。好多次灼背着李姥姥的样子让叶荫恍惚觉得森在身边。

叶荫脸上一直浮着的笑意让灼非常开心。

叶荫感激灼在精神上带给她极大的满足，他给她物质上的帮助倒是其次。

她是干枯的草，得到的每滴水都是欢愉，哪怕在寒冷的冬天很快就会结冰也在所不惜。

因为感激，叶荫的回忆里灼像他的名字一样温暖。是的，那段人生最灰暗的日子幸好有他。

叶荫赢弱，如果手凉丝丝的很正常，偏偏她的手很热，尤其是掌心。灼觉得叶荫病了。他知道她现在一定不肯去医院，就自己去找门诊的老师说了叶荫的症状买回草药，还买了砂锅，认真地煎好。满屋的空气都是暖暖的药味。叶荫的眼泪落在药里，喝完对灼笑了。灼觉得叶荫的眼睛对着自己却又不是望向自己，她的目光穿越周遭看向她想看的某个人或某个场景，他不知道，却仍然愿意在这个时刻陪着她。

灼会抱起叶荫在地上转啊转。灼的臂膀非常有力，像爸爸和爷爷一样，叶荫笑得像个孩子。

女孩儿有时是凭着对父亲的某种记忆判断男人。

有时叶荫看见灼也会想起森。想起森背她抱她的年少时分。

可是森不见了。

叶荫没有想过，灼的一切表现说是奉献也好爱也好，终究他与旭还有森是不同的人。对于付出，有人有所求有人无所求。但也不能据此说灼对叶荫的爱是假的，哪怕说灼的爱是手段，他也是冤枉的。

必须承认灼爱过叶荫。

但当他对叶荫表白说自己对这段感情刻骨铭心时，叶荫突然笑了，因为她想起晴晴谈论她自己的爱情时对"刻骨铭心"的解释，就是骨的某段以及心的一个角落。晴晴很肯定地说自己的初恋刻在头骨上。

叶荫打趣晴晴说206块骨头足够用了。

不知是不是听了晴晴的解释，叶荫不喜欢那四个字。此刻对叶荫来说拥抱是为了取暖。欲望是副作用。爱情，也许。

叶荫不是灼的第一个女人。

县城里的重点高中有一半是农村孩子。靠真本领考上来的孩子都埋头苦读，家里有点儿钱来混日子的也有。村里来的女孩儿年龄偏大而早熟，灼就是被其中一个女孩儿启蒙了。

那是一个因爱上有妇之夫被家里强行送到县里读书的女生。灼的存在让那个有妇之夫很快被遗忘了。

还有一个女生是村长的女儿，茁壮得像生了好几个孩子的少妇，对灼也颇有意思，灼看看她的屁股想，让她读书可真是瞎了材料。

在灼的影集里看到启蒙者的照片，叶荫问灼为什么和这个女孩儿分手，她觉得照片里的女孩儿很好看，笑起来像布娃娃，只是有点儿矮。灼说她坐在教室的椅子上，脚竟然够不到地。

听起来有意思，可对一个和自己好过的女孩儿这么评价还是有些残忍，叶荫笑了一下就咽了回去。

灼也不说了，他看出叶荫微微的不快，虽然不知为什么但也知道不该再说。

在他这个年龄，察言观色已经做得很好。是做得更好的妈妈训练出来的。

灼从来是耕耘了就问收获的，而且最好是"大跃进"似的丰产。好在这并不是他有目的地总结了自己的爱情准则然后实施。如果是，就太可怕了，虽然实际过程并无两样。

所有人都知道钻石是好东西，被拿去镶嵌皇冠是幸运，常见的是被遗忘在角落里之前短暂的喜爱或者炫耀。

灼吻红了叶荫的脖子。旭在食堂遇到叶荫一眼看见。

那个中午旭没吃饭也没回寝室。

旭觉得叶荫像个珍贵的白瓷瓶被人打碎了，他迁怒自己的不小心，却不是能向灼挥拳头的人。

以前大家还奇怪旭和叶荫为什么没走到一起，现在叶荫和灼好了，大家只能感慨叶荫的眼光真是太特别了。云舒面无表情地说："鲜花总是插到牛粪上。"因为这个，云舒和卫校的女生还打起来了，那天云舒看见灼走过时对旁边的人说"牛粪来了"，不想卫校的几个女孩儿听见了立刻围攻起云舒，灼可是她们的偶像。

叶荫也听说了卫校女生捍卫偶像的事，她没问灼，更没有向云舒提起，那时，她已隐隐觉得灼和自己不合适。

刘珊珊拄着拐来上学了。

灼和叶荫的事让刘珊珊对叶荫很失望，她不能理解她心里公主一样的叶荫能瞧得上灼这种男孩儿。忍了几天终于忍不住了，尤其看见叶荫脖子上的印记。

人在年轻时总是不懂得评估和恋人的适合度。因为智慧加青春是一个恒数，人越年轻智慧越少。人性贪婪，青春时渴望智慧，智慧时渴望青春，所以上帝设定了恒数。

刘珊珊告诉叶荫这是她妈妈说的。

叶荫有些茫然，说："每个人都从年轻时走过，是不是每个人都会犯错误，而且在所难免？"

刘珊珊强调道："所以，我妈妈说在我们这个年龄应该听听父母的意见，父母总是不能骗自己。你妈妈是不会同意你和灼交朋友的。"

叶荫愣愣地看刘珊珊，心想妈妈愿意和自己聊这些吗，不能确定。爸爸可以却永远不可能了。

叶荫突然意识到，其实，自己没有亲人了，是的，就在这一刻，突然，意识到。

没有眼泪。呆若木鸡。

刘珊珊看着叶荫的样子更着急，说："亲爱的，你可以不知道你想要什么，但你必须知道你不能要什么。"

叶荫说："我什么都不想要。"扭头走开。

留下刘珊珊在她身后发呆。

也许，叶荫是想说，我想要的已经没有了，永远不会再有。

25

其实，叶荫在荣面前也曾有过很多固执的要求，固执地要求妈妈抱，固执地要一条花裙子，固执地要一个洋娃娃。被满足的比例少之又少。也许天性高傲使她无法习惯被拒绝，于是懂得了不要求才不会失望。

大了时看到"无欲则刚"这几个字觉得总结得很智慧。多少次所欲不遂才练就无欲，叶荫自己都不记得了，总觉得比成长的日子还要多。

所以，有人愿意给予，叶荫欢喜而感激，接受是因为不知怎么拒绝，当然也常常分不清什么是该要的。无论是谁，只要像灼那样强迫她接受热情和善意，或许都可以。这一切，也许和爱有关，更可能无关。

叶荫不喜欢灼随时出现在自己身边。她对灼说学校不禁止谈恋爱但也不主张，让他不要总来找她。灼不太高兴，只是不敢不听。叶荫不同于他交往的任何一个女孩儿。他对他们的关系有点儿手足无措。叶荫严肃的表情，让这个比同龄人世故的男孩儿很快明白俩人的关系很难走远。

他每次想住到叔叔的房子时，都会先给叔叔打个问候电话，也就知道叔叔什么时候来了。

但他没料到自己的妈妈会来。

灼的妈妈来时，叶荫正在看书。最初叶荫的气质还是让她愣了一下，矜持胆怯的美丽有点儿冒充高贵的意思。灼的妈妈像王夫人打量晴雯一样打量着叶荫，很快便断定这是个大地方的小家女。儿子的行径很明显与她宁做鸡头不做凤尾的思路相悖。她权衡了一番，有点儿遗憾，觉得叶荫如果是个有家世背景的孩子就好了。不能不说灼的妈妈很矛盾，虽然她喜欢居高临下的感觉，但享受这个的同时，难免会失去些什么。毕竟，这么识时务的人，还是更适应被居高临下。

她忘了以自己的背景顶多平视叶荫。

灼拎着麦当劳回来时，他妈妈已经了解完叶荫的情况。

叶荫也看出了灼母的意思，虽然搞不懂这个小县城来的女人何以这么倨傲。可转念想想云舒也是这个样子。于是叶荫收拾书包和这对母子告辞了。

灼想去送叶荫被妈妈一把拉住。叶荫说完再见头也不回轻轻地走了，并把门无声地关上。

灼的妈妈看在眼里放心地笑笑，让儿子和一个高傲自尊的女孩儿分手更容易些。

她把不耐烦的灼按到椅子上，然后说起他的同学玲玲，县里一个领导的女儿。灼生气地说："不就是那个铁橛吗？"评书里李元霸把

"丁"读成铁橛。这个故事被小伙伴们用来笑话那些很笨、学习不好的孩子。灼记得玲玲的外号就是"铁橛"。灼母说:"玲玲现在聪明多了,工作也好。上次见到我时一直问你。"灼冷笑道:"你以前不是笑话他们家就算是大队书记也是农村人吗?!"灼母脸红了,随即镇定地说:"她爸早就调到县里,全家都搬了来。"

灼盯住妈妈,问:"是县长对吗?"

他妈妈别过头轻"嗯"了一声说:"是你叔叔的顶头上司。"

世俗的理想是催熟的肥料,长得过于饱满的果实总会被安排合理的去处。

不算激烈的思想斗争后灼选择了做能发芽的种子,然后长成大叶植物让亲人们乘凉。

叶荫并不意外灼的选择。她没有挽留,甚至什么都没问。叶荫对命运的颠簸一直有着波澜不惊的外表。

灼倒希望叶荫问自己,甚至哭闹,像所有爱过他的女孩儿一样。

灼望着窗户,雨水流过窗上自己的影子,他说:"你瞧,多像人的眼泪。"这是他和叶荫在一起说过的最诗意的话。

叶荫的心紧缩一下,好像有人说过这样的话,很多年前。

灼再也没有找过叶荫。

很巧,两个人在学校也没有碰到过。

后来,听一个卫校留校的女孩儿说灼毕业就结婚了。

刘珊珊把这个消息告诉了叶荫,说:"还好,你这片叶子总没被他那团火烧成灰烬。"

叶荫早已接受灼的离开。她望着窗外说:"珊珊,你有没有觉得,离开似乎比相聚更让人踏实。"

这句话，遇到的人似乎都很适合。

每次走过灼租的那处房子，叶荫还是会看上两眼。但不会流泪，因为没有什么比失去彦更痛的事情。

刘珊珊想还好，叶荫不是个爱哭的女孩儿。叶荫自己也说过，她的痛点很高，不哭就是没觉得特别疼。

刘珊珊说："你是不哭，可你的周围总是一片水雾。"这话竟然像从叶荫的嘴里说出来的。

于是叶荫用了刘珊珊的表达方式回答："也许我就是这样的一棵腌菜。"

参加灼婚礼的同学说他妈妈一脸满足，灼皮笑肉不笑，对新娘不冷不热，没人知道他在想什么。

叶荫没有想过，灼的妈妈已经对她得到消息后的反应有所准备，以叶荫的条件若是出现在婚礼上，利用好了倒是可以为灼加分，打压一下玲玲妈妈的自以为是。灼的妈妈已经想好了到时怎么跟叶荫说怎么和大家说。叶荫没去，她甚至有些失望，像一个理想的道具没有出现在婚礼现场。

叶荫能避开这样一次伤害也足以说明缘尽，谈不上庆幸。

当然，如果有人能预见未来，那么灼的离开对叶荫而言就是幸运。否则，终有一天灼会像厌恶他的妻子一样厌恶叶荫，换句话说，他不是厌弃某个女人，而是厌弃他的妻子，无论谁成为他的妻子都会如此。他的心一直像三四岁的孩子对玩具那样喜新厌旧，又像某些病态的人对自己充满精细的爱怜，两者都需要别人绝对的宽容。

灼的岳父离休后，他以最快的速度离了婚。拿离婚证的速度比岳父拿离休证的速度还快些。把孩子给了妻子，也很少去看。似乎也没什么奇怪，抛妻的人不一定弃子，弃子的人肯定抛妻。

日久见人心，他妻子一定已经了解了他，知道分开是早晚的事，他离得很顺利。

身边二十岁的女孩子来来去去，他不想再结婚。

叶荫在他记忆里是一只蝴蝶，偶然把翼上的彩色粉末留在了种子上。种子破土而出时，那些粉末也散去了。在他成熟以后，他觉得自己从来没得到过叶荫。

但灼想起俩人在一起的那些日子，他相信自己确是爱过叶荫的。某个醉酒的夜晚，这个名字也曾让他泪流满面。仅此而已。

叶荫不想评价灼。有时她想灼没伤到自己只能说明自己不够爱他。不能不承认，在他们的相处过程中，叶荫早已想到俩人的结局，他们的善恶美丑标准不同，短暂的交集只是命运的交错罢了。

叶荫不恨灼，相反很感激他，他陪她度过了生命里最孤寂的日子，让她觉得温暖和依靠。可是说得残忍一点儿，她不恨，最根本的还是因为不爱。

人总要讲理，叶荫处理问题的方式就是有时她和自己也要讲理。何况，彦的离去，让叶荫变了许多，具体的她自己一时也说不清。也许，被命运薄待的人更珍惜友善。

知道灼结婚的那个晚上，叶荫自己在操场上坐了很久很久。但想起的人或事都和灼无关。

那天她突然发现，自己已经很久没有想起霄，甚至想起时也不再是以往的感觉。

26

大三的功课安排得很紧张，教室里常常坐满学生。叶荫从来没有拿功课繁重作为借口减少回家的次数。但回去了也是荣嘴里无用的东西，就像彦收藏的那些沉默的木头。

在家的时候叶荫常常会半夜醒来，屋里安静得让人窒息，叶荫会唰地坐起来趴到荣的身上寻找她的呼吸声，如果荣睡得沉叶荫听不到，她就会惊恐万分。在这些漫长的夜里，叶荫又重新滋生出对荣的某种依恋。这种依恋，不需要荣的回应。

叶荫仍然是个不会说好话哄人的孩子，荣的恶言和叶荫的沉默都让从中调和的惠非常尴尬。每个月叶荫拿生活费时，看到白眼听到挖苦是常态。即使在这本该相依为命的时候仍改不了荣的眼里叶荫是一个软弱又无用的东西，是她在这个世界上最不成功的一次投资。不知道如果有人看清楚后劝解她她会不会听，投资的回报总要等一等，她太急了。

叶荫越来越清楚，能让荣感到轻松的唯一办法就是自己可以赚钱。否则就不配相依为命。

荣在家布置了佛堂，仿佛一跪一起之间所有的错都消失了。因而起身后再做什么说什么都不用害怕。只是对她身边的人来说起与跪之间的时间太过漫长。

荣不停地买衣服，又迷上了跳舞。惠边帮荣整理衣服边念叨这是男愁唱女愁浪。晴晴在一旁撇撇嘴，说："不需要和我们解释。"

没有惠，那些衣服都像一个个球随时滚到不该在的地方。

荣给叶荫的衣服都是荣自己穿过的。每次有人问起叶荫的衣服时，叶荫总说那是妈妈为自己千挑万选的。在这件事上她仍然像小时候一样爱撒谎。尽管叶荫也还是和小时候一样对荣的安排表现得无所谓,荣每次还是不忘告诫叶荫别和晴晴一样总盯着自己的衣服,女孩子应该自尊心强些。

晴晴听见一副无所谓的样子,她撇着嘴对叶荫说:"钱一共就那么多,姑姑当然要用在自己身上。我呢,真是倒霉,每次总被扯上。姑姑为了证明自己是对的,总会先给别人泼上一盆脏水。然后说别人是脏的。一盆不行就两盆,你一盆我一盆。"

也许,无所谓和无所谓也是不同的吧。晴晴就像那个喊皇帝没穿衣服的孩子。

因为叶荫的姥姥病了,惠不得不回去。新年到了,叶荫请了假没有参加联欢晚会回到家,她相信荣一定希望自己陪她过节。

荣不在家。

叶荫站在荣常去的舞厅门口,闪烁的灯光将白日里破旧的大厅打扮得光怪陆离。叶荫觉得那仿佛是《聊斋》里妖怪们变化出来的漂亮地方,一瞬间就会没了踪迹。

叶荫不是唯一一个站在舞厅外的孩子。有一个看上去和她一样大的女孩儿也站在那儿,目光冰冷。她们没有对视,神情却像彼此的镜子。

叶荫很快就看见了荣。荣白色的衣服在灯下发出耀眼的光。她的笑竟然有几分明媚,因为在家里从未见过,叶荫觉得十分陌生。

叶荫自己回了家,煮方便面时,听到新年的钟声。

年轻真好,伤痕容易平复,疼痛更不会记很久。

何况在学校有刘珊珊。

27

考试前叶荫泡在教室,只吃两顿饭,是为了看书,也是钱不够了。放假回家,她下了火车是走回家的,因为一分钱也没有了。在寒风里走一个小时,然后看到荣的冷脸和没有一粒饭的冷锅。

据晴晴说荣经历了一次感情的挫折,然后结束了祥林嫂的日子。具体的经过晴晴也说不清,因为荣从来没和惠说起过这件事,惠是从别人嘴里知道的。但叶荫对两件事的先后顺序并不好奇。

很快荣决定让自己忙碌起来。下定决心,荣立刻行动了,她和单位要求调到了销售科,奔波于几个城市之间。虽然收入比以往多了,但叶荫要钱,荣几乎没哪次不甩脸子。伸出手来手心向上的都是一样,叶荫知道自己和舅舅一家没什么区别。

那个假期因为荣的忙碌,叶荫过得十分清静。

荣从没问过叶荫过得好不好,叶荫需要什么。当然叶荫如果说了,她会凭心情为叶荫做些事。叶荫知道在荣心里自己还是重要的,因为,自己是她的孩子。无论对这个缘分是否称心,荣还是认可责任,虽然她对责任一向是自在的态度。

因为心情好,荣给叶荫买了最贵的录音机,竟然花了两个月的工资。荣心情不好时,叶荫要学费也要不出来。叶荫就是在这种情况下去打工的。

那个年代并不流行勤工俭学,学费很低,没钱的学生申请助学金也就够用了。所以,叶荫打工让人侧目而视。她不以为然,不解释不诉苦。为了一份自由的心境打工,也真的不以为苦。第一份工资,除了生活费,还买了套三毛的游记,那是她向往已久的。

荣对于勤工俭学没什么概念，只觉得叶荫不再伸手要钱很好。也不问叶荫辛苦不辛苦，甚至没问过工作的环境怎么样。也不能说荣对叶荫完全不管，只是她的爱一如既往地大起大落。荣给叶荫买过一个周大福限量版的项链，皇冠形状的吊坠，非常漂亮，也非常贵重。这个东西在那个年代的大学里非常罕见，让云舒她们觉得打工的叶荫非常神秘。

无论是自尊心还是虚荣心，叶荫喜欢这种神秘。叶荫本可以在别人眼里一直这么神秘下去，荣来了学校一次，改变了一切。

叶荫回家返校后，荣发现自己最喜欢的裙子不见了。荣立刻给叶荫打电话，寝室没有电话，只能打到一楼的传达室叫人来接，打了两次电话叶荫都不在。所以，荣决定自己来学校问清楚。

拿了家里的东西也算偷，更何况那是自己最喜欢的。越想越气，荣走进叶荫的寝室时，她的脸色吓得连云舒都躲到别的屋去了。

叶荫没想到荣竟然为了一条裙子来学校，也有些生气，说："我没拿，连试都没试过。"荣不信，让叶荫打开柜子，那个柜子太小，不用翻也知道，绝对藏不住这个秘密。但荣还是生气地把柜子里的东西摔到了床上。

黄山来找刘珊珊，看到这一幕吓了一跳，叶荫看见她，脸色越发惨白。黄山没说话退了出去，却也没有刻意去挡住身后跟进来的清华，清华没控制住的低叫声叫出了叶荫的眼泪。

荣瞪叶荫，说："有什么脸哭。"起身去水房看衣服晾没晾在那儿，还是一无所获，也没搭理叶荫就走了。

真相很快大白，裙子是晴晴拿走的，学校有个联欢会晴晴穿了它当模特。晴晴知道姑姑不会借给自己所以偷偷拿了，本以为送还得快点儿就不会被发现。

晴晴和自己姑姑一样的脾气，什么东西只要自己喜欢就要拿到，才不管别人怎样。虽然她怕姑姑，但"喜欢"这两个字总能让人铤而走险。

　　荣到底给侄女面子，如果是叶荫早挨巴掌了。但如果不是被冤枉，叶荫一辈子不会为这种事挨巴掌。

　　云舒可能也觉得叶荫可怜，当着叶荫的面闭口不说这件事。但叶荫看得出大家都知道。

　　那些天叶荫基本待在教室或图书馆，不到快熄灯不回来。在寝室叶荫的话更少了，也好久不去诗社。

　　最后连旭那些男生都知道了。

　　惠看不过荣对叶荫的态度，终于劝道："女孩子最好的时间也就那么几年，你何苦总让孩子憋憋屈屈呢。"荣白她一眼，说："晴晴倒是不憋屈，穿我的衣服跟穿自己的似的，你也不说说她，我可不能让叶荫跟她一样，让别人说她有娘养没娘教。"说得惠哑口无言，而最后一句更是让惠涨红了脸。

28

　　小时候叶荫看过话剧《第二次握手》，一个据说十七岁的少女扮演丁洁琼，自然是好看得没法形容。所以看到学校的剧团招人叶荫很想加入，刘珊珊也鼓励她去报名，但作为艺术团团长的黄山拒绝了她，说得很委婉而且是为她考虑，因为她要工作没法保证正常排练。其实，如果下了课就排练时间来得及，但黄山把排练安排在晚饭后。

　　叶荫没说什么，心里很失落。

　　刘珊珊说："你等着看吧，黄山能把角色都包了。"

叶荫不明白，一个人能同时在戏里演四凤和繁漪吗？她没问，也没时间细想，该去打工了，学费和生活费才是最重要的。

学校的艺术节演了两年《雷雨》，第一年黄山演四凤，第二年演繁漪。一个酷似云舒的女孩儿扮演侍萍。刘珊珊看完戏对叶荫说难怪周朴园不要侍萍。

叶荫恍然大悟刘珊珊之前说过的话，突然觉得自己很傻。

清华也被黄山找理由拒绝进剧团，她非常生气，和很多同学抱怨。旭也听到了那些议论，黄山邀请他加入剧团时他一口回绝了。

清华仍然固执地喜欢旭。通常人们喜欢拿只差一层窗户纸的恋情说笑，因为谁都看得出旭对清华并无可能，所以没有人开清华的玩笑。

叶荫有时在想，自己高中时对霄是不是也这样。想想就笑了，女孩子应该都差不多吧。所以，她常常是清华的听众。但在那次和旭开玩笑提起清华之后，叶荫再也没做什么。

诗社做游戏，写最短的诗。

叶荫写到"倾诉是告别前的挥手"。清华看到问："和谁？"叶荫说："和风。"

清华写的是"眼泪是心脏拧出的水"。谁都看得出这是写给旭的。

旭不知是真的不知道还是装作不知道，只是就事论事地评价清华的诗。叶荫同情清华觉得旭残忍，又无可奈何，越发疏远了旭。旭也感觉得到，总想找叶荫解释，却无从说起。

也许，见过森又经历了灼的事情，旭的心情比叶荫更复杂吧，谁说得清呢。

萍后来给李姥姥寄来一封信告知森的真实情况，荣没有告诉李姥姥，幸好李姥姥已经糊涂不知道深究。叶荫为了森的事更没了笑脸。

很多旭为叶荫写的诗，即使发表在校报上，叶荫也从不知晓，因为她忙得没有时间看报纸。旭总以为她应该可以看到。他仿佛不经意地问刘珊珊大家看不看校刊。刘珊珊回答得含含糊糊。刘珊珊想看见又能怎样？叶荫仍然要自己挣学费，藏在诗歌里犹犹豫豫的人叶荫不需要。

多年以后刘珊珊有过一丝后悔，觉得这件事自己如果推动一下也许一切会不同。她对叶荫说："抛开生活的重负不想，也许旭最适合你呢。"叶荫笑笑，说："所有假设都是理想状态，生活中什么也抛不开。"

29

不知清华是怎么表白的，也不知旭是怎么拒绝的。半夜清华的抽泣声被同寝女生听见时，大家立刻猜到了。

爱笑的清华很少笑了，叶荫看她的诗总有些异样的感觉。

又是一个诗社活动日，清华交上了一首新诗。

> 晨雾托起的太阳是新的太阳
> 太阳昨夜燃烧了自己
> 夕阳如血
> 似那刀吻的手臂
> 唇儿弯成月牙　欣赏
> 红红的艳丽
>
> 前世的世界属于南极的梦呓
> 塑造冰的躯体

世纪风东南西北　睁开眼

已是今世　冰的眼睛

冰的血液

缀满黄黄的秋叶蔽体

很高很远秋季的太阳

不可及却引人注意

瞬间融化了冰的躯体

黄叶上白色的液体

所有人都好奇质疑

我狂叫

那是血液不是泪滴

　　叶荫怎么看都不像是清华的风格。每句都那么激烈，和清华以往的温婉词句大相径庭。

　　那天诗社里的同学分外沉默。

　　没过多久，清华和同班的一个男生好了。那个男生家境很好，经常请同学吃饭，之前和清华没有什么交集，两个人不知怎么走到了一起。

　　有几次叶荫想去打水正碰到男生来拿清华的热水瓶，清华就抢了叶荫的热水瓶交给他，说一起打了。颐指气使像个女皇，男生乖乖地去了。

　　这个男生是系里有名的懒汉，家里给他准备了一打衬衫就为了让他每次回家时带回去一起洗。后来听说清华的白大褂都归他洗了。

　　叶荫想这也算收之桑榆了，虽说还是旭那个东隅更入眼些。

30

旭对黄山的态度一如既往地谦逊而平淡。

旭在校刊上发表了一首诗，其中一句大家都说有味道：想举手为伞，遮疾风稠雾，温暖你的笑在冻雨中的微刻。

黄山的心猛烈地抖了几下，她当然知道旭写的是谁。

那个周末黄山接受妈妈的安排和两个名校毕业的男生见面。

理科的男生思维活跃，但只喜欢厉以宁，不喜欢勃朗宁。十四行诗有什么意思呢，能推动经济吗？

黄山用微笑的沉默做回答。

文科的男生深谙包括十四行诗在内的诗词歌赋，但身体有些弱。

只有旭是完美的，是懂得诗词歌赋的排球队长。

相亲再次不了了之，黄山的妈妈不禁和丈夫念叨女儿有点儿怪怪的，黄山爸爸觉得这么大的女孩儿没点儿心事才是怪怪的。

叶荫不仅没有时间看报，而且好久不参加诗社的活动。她打工的酒店忙于接婚宴，她只能跟着忙碌，买东西，洗备用的碗碟，这样能多赚些。

期末考完试叶荫正盘算着下学期的费用，心想如果有奖学金自己就能轻松点儿。可惜那次没考好，排在能评奖学金的最后一名。她正想着这次能拿三等也可以了，刘珊珊带回噩耗，叶荫又被黄山的"无影脚"踢了下去。黄山本来差一分上线，辅导员找任课老师查卷子找分，分自然就找到了，多了两分。

同学们虽然觉得黄山有些过分，却碍于情面没说更多，包括刘珊珊和旭。

也许，旭也像很多同学想的一样，叶荫的家庭条件应该不会太在意奖学金那点儿钱，甚至对她在外面打工也不明白为什么。

云舒总会在黄山拿到奖学金时让她请客，黄山每次都会答应，去的就是学生们能去得起的饭店，绝不会逾越得让人感觉招摇。这次云舒提出要去叶荫打工的酒店，黄山坚决不同意，说为什么让叶荫难堪。

旭也在，他对黄山有了一丝好感。

31

清华不去诗社了，经常化着浓妆和男友出去玩。浓妆遮住了她脸上可爱的光泽，也不知那些光泽还在不在。

她不再提起旭，有人说起，她就走开。在校园里看见旭也会躲开。

一晚清华没有回寝室，同寝室的女生都习惯了不找她。后来才知道那天晚上男生和清华提出分手，理由是毕业分不到一起不如早点儿分开。

第二天早上清洁工在医院的假山上发现了割腕昏倒的清华，同学们赶到时，清华还清醒但已说不出话。

大家都抱着希望。

但希望落了空。

清华的父母哭得让人目不忍睹。

那个男生已不见了踪迹。

叶荫想，这样也好，不然嫁了这样的男人，只能是更漫长的痛苦。

叶荫帮清华的父母收拾清华的东西。

清华的爸爸翻看着清华的日记，泪水落在本已斑斑驳驳的字迹上，问道："谁叫旭。"

叶荫有些明白，也许清华从来没停止想念。

清华的日记写着：本来我想找个男朋友让旭嫉妒，但他没有。以为他喜欢叶荫或者黄山，也没有，他只是他自己的。我累了，还是找一个爱我的男生更实在些，就这样吧。

这世上总有些爱所托非人。

清华的爸爸让人把日记交给旭，因为上面基本没有另一个男生，只有旭。

叶荫相信旭会一直保留这本日记。

清华终于把自己的爱情留在了旭的身边，以最决绝的方式让旭永远记住了她。

刘珊珊叹息，旭这是什么命啊，上大学时北大让他备受打击，现在是清华。

刘珊珊没有开玩笑的意思。这是事实。

旭没有参加清华的葬礼，他妈妈本来就在附属医院住院，知道清华的事情后病情加重了。他委托同学给清华送去一束黄色的玫瑰。

清华说过她喜欢黄玫瑰。那年她开玩笑说谁送她黄玫瑰她就做谁的女朋友，结果诗社有三个男孩儿送花，只不过没有旭。

叶荫看看那束娇艳的花，知道旭当时听见也听懂了清华的话。

32

终于，黄山和妈妈说起自己对旭的感情。

黄山妈妈安静地听完说："我和你爸爸本来就不想你找同行，更不想你找同学，你读的本就不是什么有名的大学。"语气少有的重。尽管黄山一再申明，旭是因为高考最后一科时得了急性阑尾炎才与北大失之交臂，她妈妈仍然说："无论什么原因都不是北大的学生，说明他的运气就是差些。"黄山笑道："他遇到我说明运气不差。"

黄山当然知道妈妈有多好胜。

记得妈妈的朋友有个漂亮女儿，黄山不得不承认那个女孩儿确实比自己漂亮得多，尤其眉毛，又浓又密，斜斜地挑向鬓角，如果是黑色的未免太过英气，她的眉毛天然是黑褐色，显得异常清丽。妈妈看见了那个女孩儿，亲热地拍拍她的脑袋，又似无意地揉揉她的眉毛，说："这孩子眉毛真漂亮。"女孩儿妈妈自豪地说："从出生起大家就都说这孩子的眉毛好看，所以取名巧眉，巧眉如画嘛。"妈妈随声附和着，当时黄山就在心里暗笑，其实妈妈摸那一下肯定是想知道眉毛是不是画上去的。

后来妈妈不知信了谁的话竟然剃掉了黄山的眉毛，认为重新长出来的肯定更好。即使这样的小事都要去攀比，更何况是女儿的男朋友。

虽说否决了旭做黄山的男朋友，黄山妈妈还是找了熟人打听旭的情况，很快就知道了清华的事，更加坚定地不同意。她断定清华会成为俩人关系中的阴影。

黄山认为旭和清华根本不是恋人关系，怎么会有阴影。至于为什么爱上旭，她举着旭借给她的一本书说："知道吗，妈妈，爱默生说过，爱情是一个人的自我价值在别人身上的反映。他让我看到了自我价值！"

黄山妈妈撇撇嘴说："别跟我说没用的，我的经验告诉我，爱情必须能提升一个人的价值才有意义，对女人尤其如此！"

黄山不知道怎么反驳，也没妥协，但接受了爸爸的建议在学校和旭不显得亲近。这样对俩人都有好处。

看黄山态度坚决并且在提起清华时情绪激烈，黄山爸爸私下偷偷劝妻子，说："如果当年我追你不成自杀了你到现在还想着我？都会淡掉的。何况那个女孩儿是闺女的室友，无论闺女和这个男孩儿是否谈恋爱，为了她的心情你都不要再提这件事。"

在对黄山有好处的事情上，黄山妈妈听得进去丈夫的分析，之后果然再也没有提起清华。

向父母表明态度后，那些喜欢黄山的人她都友好不失礼数地坚定拒绝了，尽量不显得高傲。

但也有人知道她的高傲是多么牢固而隐秘，比如旭。为爱情低下头的黄山让旭不能不感动。

对旭的等待和坚守绝对是黄山生命里最固执的一件事情。

从小到大，黄山不记得自己想要的东西有什么没有得到，或者得到的如此艰难。也许只有考大学算一次。

黄山妈妈曾经自嘲什么都行唯独学习不行，而恰恰就是这点儿最要命的基因遗传给了女儿。但黄山真的要强，从小到大即使发着高烧也从不缺课，高考复习更是一天只睡几个小时，终于够了本科线。否则爸爸再努力也没办法把她送进这所全家心仪的学校。

所以黄山相信自己，包括这次持久的坚守。

旭的妈妈病情一直没有好转，焦头烂额的旭每天往返学校和病房无暇顾及其他。因为清华的事他经常被人指指点点，很多同学甚至疏远了他。只有黄山坚定地站在他的身边。那段时间黄山做得最多的事就是替旭解释，不停地解释，对同学对老师，还要宽慰旭的妈妈。

接触得多了旭的妈妈更看好黄山，她坚持要旭接受黄山做女朋友，如果旭不听她的，她就要出院。旭在她心里永远是没有长大的孩子，而黄山似乎能接过她照顾旭的责任。其实她不用这样，旭也从心里开始接受黄山了。

看到旭又一次因为清华的事情自责痛哭时黄山揽住了旭的头，愕然发现旭竟然有了白发！黄山不顾妈妈的嘱咐，用拥抱隔开了旭与世事的纠葛。

旭没有躲开。

这无疑是黄山对妈妈最激烈的一次反抗。

后来黄山的爸爸说:"年轻时都是爱得天不怕地不怕,女儿有咱们壮胆就更不用怕。等年纪大了哪怕真有不着天不着地的不安全感,一个踏实的男人总是让人放心。""斯文踏实"是他找到学校老师对旭的评价。这句话倒是合了黄山妈妈的心思,再看看深陷爱情的女儿,她终于松了口说:"他可以先找个好工作上班然后读研。"黄山乐得亲了妈妈好几口。妈妈逗她说:"显见得女大不中留啊。"神情倒是有几分真实的伤感。

不过,黄山妈妈还是说:"这简直是飞蛾扑火。"黄山爸爸说:"还是用奋不顾身形容更贴切。"说完冲黄山挤挤眼睛,黄山明白自己终于可以带旭回家了。

课间实习叶荫和旭在不同小组,碰面机会更少了。如果擦肩的时刻是上苍给予的唯一一次机会,那么三年的时间真的是足够漫长。

大三这一年过得焦头烂额,似乎所有人都不例外。

那段时间对于叶荫来说,最高兴的是接到了森的电话。

森刚回到家就给叶荫打了电话,叶荫去工作没有接到。刘珊珊替她接了电话记下森的号码,把纸放在桌子上并用叶荫的杯子压好。不巧的是云舒碰翻了杯子,电话号码完全看不清了,但这次云舒真的不是故意的。因为知道这个电话是叶荫等了许久的,所以刘珊珊勃然大怒。云舒当时委屈地哭了。叶荫回来虽然没说什么,但也一直没给云舒好脸色。

大学里三个人真正针锋相对其实只有这一次。

森再打来电话时，已是好久之后。他终于在远郊的市场租下一个摊位卖海鲜，算是稳定下来。他没有详细说自己消失那一年的情况，只说见面再告诉叶荫。听到叶荫说荣让她毕业回家乡工作，森沉吟了良久说也好，女孩子在家是安稳些。又说自己一得空就回老家看叶荫。

　　那是森一生都忘不了的疲于奔命的日子。幸亏有玫瑰跟几个好友不离不弃的陪伴和无条件地信任。之后的若干年里，森每次在 KTV 里都会声嘶力竭地唱起那句"为了生活人们四处奔波却在命运中交错"。

　　叶荫听着电话那端略带粗犷的纯正京腔，无法和记忆中的森联系到一起，感觉好陌生，有些感伤，但到底什么也没说，看着自己前一天晚上端铁板时烫伤的大拇指，告诉森自己一切都好。

<h2 style="text-align:center">33</h2>

　　刘珊珊正在看叶荫用了好久才看完的《罗素自传》，刘珊珊说罗素甚至连三岁的事情都清晰记得，真难以想象。刘珊珊说自己对六岁之前的事情没什么记忆，而叶荫却记得清清楚楚。

　　刘珊珊认真地说："所以你容易痛苦。我就是典型的好了伤疤忘了疼。五岁那年我表哥把我推了个跟头，我的手指骨折了我却完全没有印象。也许一个敏感多思的人经历许多不快会变成思想者，像罗素。不过我可不希望你也这样，太累。叶荫，你要做的是努力忘记。"

　　之前叶荫刚刚告诉刘珊珊彦去世了。

　　叶荫答应着，却还是沉浸书中罗素幼年时的生活："刺玫在缠绕的常春藤中绽出花蕾，我知道在哪里能发现最早的风铃草，而哪株橡树长叶最快。"多像自己小时候，那时总以为河的对岸离月亮最近，因为月亮似乎就是从那里升起来的。直到森带她去了一次，她才发现此岸和彼岸没有不同。那时河的那一段没有桥，森带她走很远才找到桥。森是不是还记得那座桥和在对岸收集到的叶子？

刘珊珊看着叶荫的眼睛叹口气，知道她又溜号了。但刘珊珊没有出声，溜号对于奔波在打工和学业中的叶荫也许是种休息。

知道叶荫隐瞒了那么久自己家里的不幸，再看着叶荫笑言"差点烫熟"的拇指上面那个巨大水泡，刘珊珊惊讶地发现其实自己并不十分了解自己最好的朋友，而且想为她做些什么却又力不从心。

叶荫去打工，偶尔忙的时候会过了十点才回，刘珊珊大多时候是磨看门的宿管行行好把门打开，有时干脆偷钥匙自己开门放叶荫进来再把钥匙送回去。因为刘珊珊的见机行事，叶荫晚归从来没有引起老师们的注意。

那晚叶荫还在往常的时间回到学校等刘珊珊来给自己开门，但刘珊珊下午回家后出了点儿状况，叶荫在校门口等待时刘珊珊自己还没有回来。

叶荫焦急地向门里张望，每一分钟都那么漫长。

柳工作到很晚散步回家，在学校角门看见了穿着白裙的叶荫。

黑暗中他恍惚觉得那是自己最熟悉的人——清瘦的瑾。

为了树和家里吵架的瑾负气离家，站在一棵树下，一袭简单的白色长裙被风吹皱，长发拂过面颊，清冷得似一尊白玉雕像。他曾经就在这样的夜里呆呆看着，然后爱上了她。

十点半，打电话找刘珊珊仍然不在，想要再找别人宿管老师说太晚不给找。有公共电话的小卖部也要关门了。叶荫在角门徘徊，越来越害怕不知该怎么办，有个骑自行车的男人吹着口哨在她附近转了几个来回，嘴里不干不净的。

　　走近时柳看清叶荫的脸，发现是自己常去那家饭店打工的女生，看样子是被锁在校门外了。

　　柳是叶荫常见到的客人，从来都很和气。而且叶荫知道他和自己是老乡，工作调动来这里不久。柳安慰叶荫别怕，说："我帮你找个地方住。"

　　来到学校旁边的旅馆，不料那里正在装修，柳很无奈，对叶荫说："要不你到我家将就一夜，就在附近，你住我儿子的房间就行。"叶荫听人说起过柳的儿子在北京读大学，此刻没有别的选择就点点头同意了。

　　柳的家陈设极简单。厅很大，两面墙全是书。柳自嘲地说自己一个独居老人不愿意进小房间就把厅布置成书房，敞亮些。

　　叶荫不肯住到房间里，柳也就随她睡到了沙发上。

　　第二天早上柳问叶荫是否愿意帮自己校稿，这样叶荫不仅帮了自己的忙，她也可以不去饭店打工了，晚归终究不安全。叶荫自然惊喜地同意了。对叶荫来说这是最好的工作，再不会夜不归宿。

　　柳已经想到用这种方式给叶荫劳务费她能接受。他希望这个和儿子年龄相仿的小老乡能够安心完成学业，而这在自己不过是举手之劳。客观地说，这和叶荫与瑾有点儿相像并无关系，倒是柳想起了自己艰难的求学之路。

　　叶荫帮柳校的文稿，是他根据多年管理经验写成的心得，不是专业的论文，但即使这样，叶荫还是用了两个多月的业余时间才校对完，柳给她的报酬基本够她用到毕业。叶荫很不好意思收这么多钱，但柳撒了个善意的小谎说编辑部收的更多。

　　柳看着叶荫会想起儿子，还有妻子。

叶荫有瑾郁郁寡欢的样子，而且，她们的眼睛很像，尤其眼神，看人的时候，因为专注会显得格外天真，只露出一点儿笑意，眼梢就微微扬起。

柳永远忘不了瑾的眼睛，有时干净得像秋季的天空，而大多数时候忧郁得像雨后的黄昏，湿漉漉的让人心疼。

也许因为这些忘不了，所以这些年仕途还算顺利的柳，从小城升迁到省城，却始终未再婚。

叶荫感激这个伯伯。见到这个年龄的男人她往往分不清该叫伯伯还是叔叔，因为父亲去世了，她不再有参照。

但这件事情出了个插曲，就是叶荫遇到了大查岗。那天是黄山和旭作为年级学生干部陪同学生处的老师查岗，不同于系里的查岗。

学校过问了叶荫的事情。叶荫全部如实回答。学校不能管她的私事，但夜不归宿还是要处理，给了个口头警告，小惩大诫。

之后风言风语多得让刘珊珊都感到窒息，叶荫只是说没什么，而且这句"没什么"也只是对刘珊珊的解释，再无其他。

因为确实很简单，确无其他。

柳是从叶荫学校一个做领导的朋友口中知道了这件事。那个朋友半开玩笑说："听说你把我们学校的一朵花掐了，准备好花瓶了吗？"他知道柳独居多年。柳连连苦笑，说："你们不要吓唬我这种小地方来的人，那个小姑娘和我儿子年龄一般大，怎么可能呢。"

但人们只想听故事，符合自己想象的故事，哪管其他。

因为这些横生的枝节，叶荫校完稿后和柳就没再见过，只是那年春节时她给柳打电话拜了年。

刘珊珊说："叶荫，我觉得你的名字不好，什么是"荫"，就是阳光照不到嘛。"说着刘珊珊拿起字典查看,很快,说:"你以后就写殷实的殷,听着就好。"

叶荫合上刘珊珊手里的字典,抢白她:"你叫刘殷实吧,我可不叫。"

刘珊珊还是继续劝她:"真的,不骗你,名字很重要的。"

叶荫说:"是重要,可就算我愿意改,派出所也不同意,你一点儿常识都没有。"

云舒在半掩的门外听到了最后一句,所以,班级流传的谣言竟然是:叶荫被公安局叫去了,她积极承认错误,最后警察叔叔看她还是学生就没处理她。

34

转眼就到了大五,因为已经开始临床实习又要完成论文,时间似乎过得飞快。

李姥姥去世了。她走得很安详。走前一个月森刚回来看过她。在她清醒的时候总会告诉周围的人森就要来接她去北京了。

那天正巧叶荫在家,白天一直陪着李姥姥。她问李姥姥除了去北京还有什么愿望,李姥姥说想再闻闻海风。叶荫想,等森再回来时也许可以实现这个愿望。

李姥姥没有再和叶荫聊什么,她陷入了回忆。叶荫看她不时深吸一口气似乎在嗅什么气味。

叶荫猜对了。

幸福虽然短暂但李姥姥每次想起都会深吸一口气昂起头,就像和那个人第一次到海边自己深吸海风时的样子。那个本就帅气穿上军服更帅气的男人问她为什么要用力吸气，她回答好闻。"腥味好闻？""好闻，我喜欢。""傻二丫。"

在当地没有什么亲人，李姥姥去世也就没搭灵堂，邻居们在李姥姥家里摆了牌位，大家主动来守灵，那是这个胡同的人们最后一次聚在一起，因为不久后这一片的房子要动迁，每家每户都在手忙脚乱收拾东西准备搬家。

叶荫看着姥姥半闭着眼睛，露出的一点儿晶莹清亮。很多人说那是在等森，然后又借此引出往昔的种种。已故者必然有一部正史，但野史总会纷至沓来。那些话即使没有恶意也无关好意，在这种时候如果不显得多余，是因为在一个特殊的时空，人们就是由各自含量不同的善意以及纷杂的知道牵引着聚到一起。叶荫不理他们也没有兴趣听他们说些什么。

森是在李姥姥出殡前一天赶回来的，叶荫已经在灵堂守了一天一夜。叶荫觉得心痛得像空了一样，不想说话。森一支烟接一支烟地抽，两个人几乎没有对话。

叶荫在李姥姥被推入火化炉前大声对她说："我爱你谢谢你。"

此刻叶荫和森像两个冰块轻轻相连却无法融化交联。封住痛苦隐匿真实的情绪，任由悲伤撕扯却不会抱头痛哭。

第二天是叶荫去外地实习报到的日子，送完李姥姥叶荫直接去了火车站。

叶荫再次回家时，荣已经搬到新房。新家离老宅不算远，但那里陌生得让叶荫每次回去总怀疑自己是不是走错了地方。

叶荫把已经快二十岁的虎子抱到新家，荣很希望留下它给自己做伴，但虎子找机会逃脱了，固执地跑回老宅，直到老宅被拆掉再也找不到它。

叶荫去找华年想告诉她自己搬家了。见到静姨才知道华年已经离开家两个月，叶荫惊觉她和华年俩人已经很久没联系了。静姨又哭又骂地告诉叶荫，华年的男朋友就是冻了冰坨的屎，看着挺好实际是个恶棍。他父母从小溺爱他，等到他长大时想管他也管不了。他总打华年，华年自杀了两次，最后华年只好躲去南方的亲戚家里，不知什么时候才回来。叶荫说华年怎么不来找自己，华年妈妈说："你怎么管得了，华年怕连你也拖累了。"

一次又一次地失去，叶荫越来越沉默。

不断有新楼建起，老家的每条街道都变得陌生。唯一不变的是那条河。

河的两岸修了多条人行道，水泥地面干净却生硬让叶荫格外怀念那些可以留下脚印的土地。每次回家她都会去河边，仿佛饥渴难耐的小动物找到了水，有时一坐就是一个下午。

还是习惯坐在河边仅有的几棵泡桐树下，面向河面，不去看那些新生事物，仿佛一切都不曾改变。树皮像彦的手，叶荫的脸贴在上面常常不知不觉泪流满面。

泡桐周围是大片的草坪，上面插着"请勿践踏"的牌子，来来去去的人仿佛都没有看见它。

叶荫本来是愿意遵守各种规定的人，但对这个牌子她选择无视它的存在，这里是她的地盘，她肆意的欢乐的童年都留在了这个地方，来，是她的权利，无论有什么结果都要捍卫的权利。

那天，她看见一个很奇怪的老人。他坐在离叶荫不远的地方，从侧面看保养良好的皮肤让人说不出年龄，他的气质暗示他不属于这个地方。来这里的人大都有着欢快的同行者，除了叶荫没人注意到他。

他一直静静地望着水面，泪水划过面颊都没有擦掉。

叶荫看着他，很久，他注意到有人在观察他，他转过头，看见叶荫，对她露出一点儿笑意。叶荫确认他真的很老了，疲惫，苍老。

其实，他也不是很老，七十岁，比林眉雅大十岁。十五岁时她是游泳冠军，是美丽的出水芙蓉。

可这条波平浪静的河竟然永远带走了她。

林眉雅在他的记忆里永远是十几岁的样子，充满活力。

他很想和谁说说林眉雅，但眼前这个女孩儿太年轻了，他觉得她不会认识林眉雅。

其实，他太应该和叶荫聊聊了，叶荫会告诉他许多许多他想知道的事情。

也许，这和四十年前一别竟是一生相比，算不得什么遗憾。

林眉雅的父亲是他大学时的老师，是位酷爱植物的学者。他们一直保持着师生礼，也是忘年交。

他比林眉雅大十岁，相恋也不觉得有什么不妥。老师就是比师母大十岁。师母出身名门，后随夫留学，既能说流利的英语、法语，也能作诗填词，还有一手漂亮的女红，老师常自豪地说自己的夫人是中西合璧。

印象深刻的是林眉雅的每条丝巾、手帕上师母都为她绣上一支绿色的建兰。那是老师从云南密林深处偶得的珍贵品种，而林眉雅恰是那天生日，所以乳名绿兰。

后来，林眉雅也会给自己的每件衣服绣上兰花。年少时她并不喜欢这些所谓的女红，最开始绣花是在妇科实习时为了练手技。她的老师常说一个外科大夫哪怕是男大夫也要有一双能绣花的手。她的血液里天生有母亲在这方面的天赋，很快，她的兰花就绣得仿佛出自母亲的手一般。

但林眉雅最爱的是梧桐。她妈妈笑说这是遗传。

据说，林眉雅家乡的法国梧桐最早就是林眉雅的曾祖父带回来的。

他告诉林眉雅法国梧桐和中国梧桐在植物学上没什么关系，林眉雅睨他一眼，娇俏笑道："我都喜欢，它们的叶子好像啊，不是亲戚和我没关系哟。"声音软糯的像冠生园的蜜糖。于是他不再讲什么专业，只说她爱听的话。

是的，她爱听的话。他都记得。那些只属于他们俩人的话。

他记得很清楚，林眉雅打趣他说："叔本华说过，植物学最适合无所事事而又疏懒的孤独的人研究。"

自然，这话对如今年纪的他已没什么不对。

当年说这话的时候，林眉雅坐在一块大石头上，脚下是悠悠流过的小溪，在波光粼粼的水面上，林眉雅露出的一节小腿有层水珠，像从冷柜里拿出后在空气里放了一阵子的乳酪。他看得呆了，竟然没立刻意识到她在和他开玩笑。

对于感情而言，没什么比一语成谶更悲凉。

也许，经年缄默着的牢记才配得上那些往事。

叶荫没有主动和这个老人说话。她觉得有时候安慰其实是种骚扰。

每次坐在这个地方叶荫都仿佛坐到了时光机上，她不仅会想起林眉雅还会想起李姥姥，想起彦，想起萍，想起森，想起华年。

也许，时光机最愿意送人们回到想去的地方，见到你爱和爱你的那些人。

35

因为清华的事情旭参选省优秀毕业生的名额旁落，这意味着正常途径留校已经不可能。可黄山的父母不愿意他通过考研的方式留下，毕竟未来是个变数。所以，他们主张旭还是要先留校。黄山作为省优秀毕业生留校不是悬念。旭却颇费些周折，最后留在了附属医院的妇科。黄山被分配到医院机关，黄山妈妈相信女儿会喜欢，她希望女儿有一个和自己这种修身养性的恬淡生活截然不同的人生。至于旭，她越来越觉得他没有当官的样子，那么做医生总比做老师实用些。

黄山妈妈说得委婉意思却足够明白，让旭的妈妈接受得既感动又不伤面子。可惜旭并不想去妇科，他最希望留在学校当老师。对此黄山妈妈只说了句"还是做医生好，愿意去学校等干得好了自然会过去"。旭没有听明白，黄山听懂了不禁微微皱了皱眉，她庆幸旭没有听明白。

黄山带着旭跟随父母参加晚宴，席上见一个古董商一直盯着自己手上祖母绿的戒指，黄山出来问妈妈为什么，妈妈笑道："你遇到了识货的人。你戴的可是宫里传出来的东西。不是告诉过你那是你姥姥给我的吗？"旭听黄山说过家里长辈的事，她姥姥的祖父显赫一时，所以他觉得有几件宫里的东西不足为奇。

此刻黄山想起妈妈说过的"人永远都要识时务，这是成为俊杰的条件"，因为黄山一直奇怪地问妈妈姥爷怎么能平安度过那些风风雨雨。黄山的姥爷曾是国民党的军官，后来弃暗投明加入了共产党。

黄山举起手晃动戒指开玩笑说："姥爷要是不识时务，这个戒指就不知道是谁的了。"黄山妈妈微微一笑说："而且也没你爸爸的今天了。"黄山爸爸笑笑没说话。

旭望着岳父淡定的样子却笑不出来，黄山看到旭的神态忽然觉得没趣。

倒是黄山妈妈有意无意地问了旭一句"工作还满意吗"，旭盯着地面"哦"了一声。黄山妈妈又对旭说："给你办事的伯伯虽然是家里的老关系，可你毕竟和黄山正常留校不同，过两天你们去他家看看。"旭又回答"哦"，声音更低了。黄山急着打断妈妈说："知道了妈妈。"妈妈看她一眼不再说话。

大多数同学还在为工作的事焦头烂额时，旭和黄山已经到附属医院上班了。院长曾是妇科主任，很多同学都觉得旭进妇科是别有深意的安排。

很快，院里同意旭带薪读研，读院长的研究生。因为旭的学习成绩一直是年级第一，一切似乎也理所当然。

很巧，上班那天正是中国的情人节七夕。

黄山不擅长你侬我侬的文字，她想了好久才在贺卡上写道：我希望，在你的爱里我花团锦簇，在我的爱里你枝繁叶茂。

旭笑笑，说："你肯定会一直漂亮，但我不知道我能不能成材，成为你希望的那种材。"

黄山有点儿郁闷儿，旭的笑意里怎么有些无奈呢？对于想往上走的人来说妇科可是最好的科室，不像外科，男医生那么多，在外科想出类拔萃困难重重。但旭又不是那种得便宜卖乖的人，所以，她不知道该对旭说什么。

后来，黄山觉得旭也许习惯了自己的仰视才会这样，她不禁有点儿气恼。她想自己真是爱啃硬骨头，爱自己的自己不要，而这个搞不清是不是爱自己的男人却被自己当作宝贝。

刘珊珊对叶荫说："瞧，旭终于被黄山拯救得无以为报了。"叶荫笑笑，说："难道你不希望遇到男黄山？"刘珊珊想笑，可看看一脸忧愁的叶荫就笑不起来了。叶荫在老家找不到合适的工作，留在这里也只能去哪个小厂的卫生所发药片，到时都不知工资能不能发出来。其实，叶荫更需要男黄山。其实也曾有过几个条件很好的男生追求叶荫，但她都谢绝了。其中一个刘珊珊看着觉得还不错。叶荫却说："你觉得不错你就留下吧。"

刘珊珊不知叶荫怎么想的，她觉得那几个男生哪个不比灼强呢。

问叶荫，叶荫像个饱经风霜看透世事的老人说："谁比谁强啊？"然后又仿佛破罐破摔无所谓地咧咧嘴，说，"对他们没有感觉。"就不肯再聊下去。

叶荫不会说的是，看到走在一起的黄山和旭，也曾有过一点点异样的感觉。但是看见旭留在附属医院作为一名正式员工开始工作，她是真的发自内心为他高兴。那些闲言碎语，她从没参与半分，就像有关她的无稽之谈，旭也是一样的态度。

其实连晴晴都劝过叶荫尽早为自己打算，晴晴说："姑姑希望有人陪着自然希望你回来，但回来后就全靠你自己了，她借得上你的光你是好人，若借不上光你反而要她照顾你就是恶人。"晴晴盯着叶荫看得叶荫不自在，然后认真地说，"你比我读书好说明你脑子好，但你的心眼太实了，这么不灵光容易吃亏。家里的事我也不知道该说什么，可我如果有机会肯定会离开这，我妈说我过得好她就一切都好。"

但晴晴想到的事情叶荫都是好久后才明白。从小到大叶荫比晴晴慢得就不止半拍。她脑子里想的都是荣期待她回去的样子。

毕业前夕，诗社最后一次活动，叶荫的小文有句美丽而感伤的文字：烟花很美，总在遥不可及的地方绽放。回忆也很美，但总似烟花消散的夜空让人惆怅。那一刻，旭想到的是清华。

36

　　毕业前的郊游，叶荫穿了件中式的花布衣。旭是少有的一年四季穿衬衫的男孩儿，集体照时俩人碰巧站到一起。刘珊珊把照片拿给带教老师看，老师说他们像二十世纪三十年代的大学生，问是不是一对。刘珊珊学给叶荫听，叶荫笑笑什么也没说。

　　旭写在叶荫纪念册上的是一首藏头小诗：

　　叶上月牙弯，荫下花气远。
　　珍忆五载情，重缘相护看！

　　"叶荫珍重"四个字叶荫倒没在意，她只觉得那个叹号更像是个问号。是命运画上去的。

　　离校的当天旭给叶荫送来他画的素描，在旭毕业前离校的诗社成员都收到过。画上，叶荫似笑非笑的样子，背景是只巨大的蝴蝶。叶荫说："签个字吧，没准儿哪天你出名它就值钱了。"

　　云舒听到说："叶荫你还缺钱啊，现在就想把这么有纪念意义的东西卖了。"

　　叶荫像没听见一样，刘珊珊帮叶荫整理东西，想到即将分开已经偷偷哭过几次，谁都没心情理云舒。

　　荣托单位来买材料的车把叶荫带回去。还没有离校的同学过来帮忙搬行李，云舒也送叶荫到楼下，两个人互望着笑笑没有说再见。刘珊珊哭得躲了起来。

阳光刺眼的早上，叶荫醒来时恍惚觉得自己还在寝室的床上。许多次当她醒来看清家里的窗户，对大学生活的眷恋都会化作两行泪。

荣还和当年一样，关心自己美不美超过一切，有阵子她喜欢干练的着装。原本就骨骼健硕，随着年龄增长有些发福后就更不容易选到合适的成装，但这只是让荣花更多的时间去挑选。每到周末荣就让叶荫陪她逛街，叶荫茫然地跟在荣的身后，走过那些永远觉得陌生熟悉不起来的地方。

遇到旧日朋友夸荣还是跟年轻时一样没什么变化，荣会非常高兴。如果再回忆当年她是多么聪明能干，是厂里的一枝花，她就会和人家聊上很久，即使人家看表她都不会发现。

但是叶荫看得出，荣没有朋友。在荣的眼里，与她相处的人都多多少少有这样那样的缺点，独有她是完美的。如果非要她承认她有缺点，她可能也只知道自己的脾气有点儿急。她这个年龄的人有些已经含饴弄孙，朋友聚在一起也是图个乐子，没有谁愿意浪费时间精力迁就她哄着她。一切都不影响荣的自我感觉。又一次听见荣赞美自己贤良淑德时，叶荫想，有人说过欺人容易自欺难，但此刻竟然轻而易举。叶荫还是什么都不想说。

分配的单位在叶荫上班不到一年就改制了，荣花了冤枉钱没处说只能骂叶荫是倒霉命。虽然叶荫毕业前荣就一再要求叶荫回老家，但叶荫的倒霉永远都是叶荫自己的事。

叶荫想起了晴晴的话。她特别想和华年说说自己的事，但华年离开后一直没有联系她。到华年家发现房子已经被华年的哥哥卖掉，华年妈妈到外地去了。窗下堆放几个旧桌椅，上面晾着干菜，叶荫发现那张桌子是自己和华年用过的，两个人在上面写作业，趴着说悄悄话。叶荫呆呆望了它许久，然后发现窗户外侧积满灰尘，这真的不是华年的家了，想起很久以前静姨常常边擦玻璃边得意地夸自己手艺说："这要是落地窗走过的人得小心撞到头。"

家乡连华年都不在了，离开没有什么眷恋。

叶荫在家听了一周关于自己命理运数的评价，和惠借了两千块钱决定去北京。荣也给她两千，并且告诉叶荫她已经没钱，以后只能靠叶荫自己。言外之意就是叶荫不能再向自己伸手，无论什么情况。叶荫明白她的意思，在那之后没有再拿过荣的钱。

第三章 浮生万隅千旬烟

1

近距离相处，旭才发现黄山其实非常任性。

黄山洗澡从不擦干身体，她喜欢水在身上慢慢蒸发的感觉。黄山妈妈多次说过也没有用。黄山自己也明白这对身体不好，可还是喜欢这样。哪怕不止一次肩膀风湿，依然披着湿头发不肯吹干。

旭不肯在黄山洗澡后抱她，他喜欢干爽。而黄山一定要贴着起了鸡皮疙瘩的他躺下，长长的湿发让他联想到勒死人的水草。

黄山问旭："我是你的女皇吗？"

旭说："你是我的上帝。"

"哦？"这回答让黄山颇为吃惊。

旭似乎想都没想就说："你消费我的爱情，消费者是上帝。"说完戏谑地笑了。

这答案让黄山郁闷！第一次从旭的嘴里说出爱情两个字，但自己竟然是消费者！黄山也笑笑，女皇有被篡位的可能，上帝却永远不会下岗。黄山想问旭是不是无神论者，又咽了回去。

黄山将脸靠近旭的脸盯着旭说："你真像远古遗迹，让人不知道该挖哪儿不该动哪儿。"旭问："为什么是遗迹还是远古的？"他好奇黄山是否把自己看成一个老古董，自己是否真的那么古板。黄山笑笑，说："我只想知道下面的东西被人盗走多少。"

其实旭只需要说"完好无损没人动过"就会让黄山消除疑虑，哪怕是暂时地消除也好。但他不说。他说："我就在你身边，干吗那么好奇？"他对黄山想挑起的话题没有兴趣。如果是说他古板，他倒是乐于和她辩一辩。

旭是科室里最沉默的医生。手术科室一向比其他科室热闹些，安静的旭像走错了病区。跟台的护士常常忍着活泼的心性互相吐吐舌头来发泄一下，虽然她们不反感旭。

七床的患者是个漂亮的舞蹈演员，宫外孕入院。因为患者要求主任用纯中药治疗，所以需要管床的医生护士格外小心监护。主任让旭一天三次去号脉观察病人情况。黄山陪上级领导和外院参观的同行来妇科，来了四次，在七床遇到了旭三次。

下班时看着黄山的脸色，旭说："你有什么要问我吗？"黄山反问："你觉得我会问你什么？"两个人对视着，过了一会儿黄山先笑了，说："你就不会哄哄我，我不就是吃醋了吗？"旭被说得不好意思，正巧走过花店，旭走进去买了枝红玫瑰递给黄山，拉着她往家走。

不知为什么黄山想起了那束黄玫瑰，不禁咬住下唇。

黄山不喜欢安静时的旭，确切地说是发呆的旭。尽管随着日渐繁忙的工作旭已经很少写诗或者读诗，但那神情仍然是大学时在诗社时常见的表情。

不同的是，那时黄山有多迷恋那种神情，现在她就有多反感。每当这种时候她总会想起叶荫。

妈妈说可以把男人管理成自己喜欢的样子。且不说黄山爱不爱管，首先是没时间管，可不管，那又是自己的势力范围。

时间久了黄山觉得有点儿悲哀，无法想象旭对叶荫的热情竟然数年不退。她一直不相信人对情感的追寻能达到望梅止渴的境界，现在发现自己错了。她开始感慨爱情亦是尽人事听天命的。

其实，少有人会在幸福中执拗地把自己绑在过去，只有不快乐的现实才会把人推向往事，寻找甚至虚拟出安慰剂效果的美好。所以，黄山真的冤枉了旭。还没有完全喜欢上自己的工作时总有说不清的无可奈何,虽然旭相信自己终究会做到很好,但旭对家庭生活是满意的。

所以,与其说旭在想念叶荫,倒不如说他偶尔会感怀无忧无虑的大学时代。

2

叶荫到北京的第一份工作是药品推销。

李姥姥和彦的离开都没能激发出叶荫成为一名优秀医生的愿望。刘珊珊在电话里问叶荫为什么,叶荫回答治病治不了命。看不到叶荫的脸,刘珊珊听到了绝望,其实叶荫表情平静。

叶荫没有立刻去找森,甚至很长时间都没有去,她也说不清为什么。

为了省钱叶荫住在远郊,坐车上下班就要花去四五个小时,这份忙碌更让她淡了找森的念头。至于霄,她根本不知道他在哪儿。

虽然工作辛苦些,但挣钱很容易。体重和银行卡上的数字成反比。好处就是上大学时的衣服穿着都还合适。忙得没时间花钱,半年下来叶荫查查自己的卡有了近两万块钱。她汇给荣两千,电话里听到荣的声音很高兴,叶荫立刻感到一种难得的轻松。听见荣说老家物价涨得快好多东西不敢买,叶荫又汇了一千。

可很快,熟悉了工作流程和工作环境的同时,叶荫也厌倦了这个工作本身。

叶荫和五六个同行在一个医院等一位门诊量最大的医生,但医生下午还有手术,所以只接待了其中关系最好的男孩儿,其余几个人只好长吁短叹地走了。一个叶荫很反感的男医生看见了她坚持要请她吃饭,被她拒绝后铁青着脸走开。叶荫明白自己以后也不可能找这个人了。

叶荫又累又困,决定奢侈一次。没有吃医院附近的沙县小吃,她迈着疲惫的脚步又走了一段路,在一个她很喜欢逛的小胡同,有家她心仪许久却因为不舍得钱只进过一次的咖啡馆。

一杯摩卡一块奶酪蛋糕,叶荫极其满足,心情也香甜起来。

咖啡馆正在招工,吧台边上一个卡通牌子上写着条件,叶荫看着墙上一幅仿佛烟花散落的抽象画,转过头微笑着问老板自己可不可以试试,老板看着她问:"你什么时候可以上班?"

这个工作最大的好处就是可以时时溜号。

叶荫经常望着那幅抽象画出神,想起小时候过年时爸爸给她买的各种烟花。曾经最响的爆竹叶荫也敢点,不知什么时候开始不喜欢自己动手了。但还是喜欢烟花,看它们在天上仙女散花般盛开,美丽而热闹。有时看着咖啡馆外行人匆匆移动,竟然也有那种感觉,不过窗外的一切离自己并不遥远。这世界总有些事情近在咫尺却与你遥远得仿佛隔着天际。

叶荫想,什么时候自己也有这样一个小店就好了。

因为叶荫的勤恳,小店的生意倒是好了许多。老板丁给叶荫加了工资,老板娘飞儿抱着肚子冲叶荫温婉地笑道:"有什么事就跟我们说,我们也都是漂在这儿的,没有亲人只有朋友。"飞儿以前做的就是叶荫现在做的事,后来和丁谈恋爱结婚也都是在这个小小的咖啡屋。怀孕后不方便再做事,所以才招了叶荫。

叶荫想,飞儿算好运,偌大的北京,她仅仅找了一份工作,福利竟然就是爱情。

拿到第一个月工资,叶荫买了几枝弗朗干花和小花瓶,在每个桌上都放一枝。原先桌上只放蜡烛，很素气，放上弗朗就活泼起来。叶荫喜欢弗朗，也喜欢干花。在肆意怒放时被定格成永恒，永远花枝招展。不是每朵花都有这么好的运气。

想起在学校时，那句"零落成泥碾作尘，只有香如故"，她改了一个字，"另有香如故"，旭说改得好。

弗朗不香，香是她的想象，在心里。

丁问多少钱，叶荫说自己只当装饰自己的小屋了，不用给钱。因为最后一拨客人常常不知什么时候才走，她晚上就睡在那里，省钱也方便。飞儿说："你不害怕吗？"叶荫说："我上大学时，半夜同寝的女孩儿去卫生间都叫醒我，因为我胆子大。"飞儿说："你这样的女孩儿还真不多。"叶荫笑笑，说："要不怎么办呢。都说出门闯荡的都是胆大的，你不也是吗？"飞儿也笑了，说："是啊，要不怎么办呢。"时间长了，叶荫和飞儿更像是朋友，虽然挣钱不多，但很愉快。

叶荫发现自己已经写不出诗，但偶尔会写几句像诗的话。她记下来，觉得以后也许有用。上街时会背上一只布艺小猴子和移动硬盘。小猴子是超市赠送的，盘里有她的文字，都是她最珍视的，这样就是永远在一起了。

叶荫养过一只捡来的狗。它不要吃的，只想进屋里。它想有个家。咖啡店不是它待的地方，不久被丁送人了。后来看到了那只狗，胖胖的，欢天喜地地跟在主人后面，看见叶荫还认识，围着她转。做狗很好，不挑主人，有人爱它的地方就是它的家。不像人，人太麻烦。叶荫不喜欢人，甚至不喜欢做人。

叶荫没有想过未来，每天过得自在轻松她已经很知足了。

仿佛历经沧桑终于可以歇下来，只有休息好了才能想以后的事情。

3

心情不错的一天，叶荫给晴晴打了电话，听见叶荫的声音晴晴立刻兴奋地大叫起来，说："荫荫你怎么才找我，我问姑姑可总是等不及她去翻电话本。"说完大笑起来，还是和小时候那般肆意自在。

这是第一次在北京见到晴晴。

晴晴看见叶荫高兴地跳起来，涂得长长弯弯的睫毛一颤一颤的，也许是操劳，她的眼角已经有了些细纹。

晴晴从小不爱学习，惠也不太管，顶多问问作业写了没有，所以晴晴高中毕业就上班了，在全市最大的一家饭店做迎宾小姐。晴晴嘴甜眼尖，让大老板和小老板都很满意，大老板是小老板的娘，所以她嫁给小老板没有什么阻力。

晴晴生来吃素，和叶荫不喜欢吃荤不同。这一点也深得老来信佛的婆婆喜欢，说什么生辰八字和丈夫也极匹配。用晴晴的话说自己简直是为了婆家打造的，只不过暂住娘家，时辰一到就归位了。叶荫可以想象舅妈望着享受荣华富贵的女儿一脸满足地点头说"是啊是啊"，根本不会去仔细听女儿说了什么。叶荫不禁也笑了。

晴晴说婆婆在北京投资开了家粤式火锅店，生意很好，又有了几家分店，现在自己算是定居在这儿了。晴晴心满意足地叹口气准备说下去，却突然盯住叶荫说自己的胸已经做过了怎么还比叶荫的小。叶荫觉得晴晴的胸已经大得不像话了，像晴晴小时候说过的，她已经同时拥有了可能出乱子的胸和屁股。

晴晴略显出一点儿烦恼，对叶荫说老公觉得假的手感不好让拆了。

叶荫无语了，实在没法像表妹一样轻松地谈论这个话题，无论是手感还是拆装。

好在晴晴换了话题。晴晴说:"其实我今天有的一切要感谢姑姑。"看着叶荫诧异地看她,她笑笑说,"小时候看姑姑把钱摔给我妈妈时,我就想一定要有钱,很有钱,让我妈妈不再为了钱难堪受气。"

叶荫不好意思起来,说:"你别多想,我妈妈就那样,你又不是不知道,她对我也那样。"

晴晴说:"所以你自己挣学费嘛,对吧?"

这次轮到叶荫诧异地望着她,晴晴说:"你奇怪我怎么知道的,当然是姑姑自己说的。"

叶荫沉默了,她并不愿意谈这些。晴晴也识趣地不再说这个话题。

两个人正说着话,晴晴的婆婆来了。

晴晴亲热地迎上前挽起婆婆的手说:"妈妈,我姐姐正夸我有福气,我是福星,对吧?"老太太很受用这句话,说:"当然了,你是福星,这里被你照着。"晴晴急忙说:"您是太阳,是您高照着让我们享福。"说完躲在婆婆背后冲叶荫挤挤眼睛。

看着眉毛像片柳叶·刀似的老太太眼睛笑成一条缝,叶荫想晴晴从小练就的本领真是通行天下,老少咸宜男女通吃。

老太太视察一番走了,晴晴半真半假地说:"可以不演了。"叶荫说:"你婆婆对你挺好的。"晴晴说:"因为我们两个都是聪明女人,她不想让儿子为难我不想让老公不高兴。"叶荫笑了:"你老公挺幸福嘛,两个女人都为他着想。"晴晴幸福地拉长了声音,"他呀,"又笑笑,说,"我也不完全为他着想,我是学乖了,他妈对我可有一套呢。"叶荫奇道:"难道你还能碰到对手?"晴晴说:"给你讲最近的一件事吧,我老公喝完酒还开车,我气得不行就到他妈那儿去告状,老太太也生气骂了他一顿,然后你猜她怎么做的?"叶荫摇摇头:"不会是让他给你道歉吧。"晴晴撇撇嘴:"她从柜子里拿出两瓶茅台递给我，说'以后看着他少喝点儿，喝了之后不许开车'。"叶荫竟然没反应过来，说："她说的有错吗？"晴晴翻了一下白眼，说："真应该让老太太见识见识你这种儿媳妇，她才知道什么是郁闷。"叶荫这才明白过来，笑弯了腰，说："你婆婆真不一般。"晴晴说："那是，老爷子是她从别人手里抢过来的，不是因为她年轻漂亮，而是嘴巧。"

看来每家都不缺故事，可叶荫不想再听晴晴婆婆的革命家史，向晴晴告别。

晴晴说："叶荫你就这样最好，一点儿不三八。"

叶荫说："你难得夸我，就此别过吧。"顿了顿又嘱咐晴晴要耐住性子，不要急躁。

晴晴明白叶荫担心自己的脾气，说："放心吧，我和姑姑虽然都像冒泡的香槟，我顶多是冒些气泡，而且还知道用手挡着，姑姑是瓶塞，崩到谁谁就惨了。"

叶荫想把从惠那儿借的钱还给晴晴，晴晴坚决不要，说："姑姑这些年搭给我们的太多了。"叶荫想想觉得也许应该还给惠，晴晴仿佛猜到了，说，"我妈那么大年纪了哪里用得了那么些钱，给咱们花她反而高兴，放心吧，现在最不是问题的就是钱。"

晴晴突然认真地抱了抱叶荫，说："姐，你一定好好生活要快乐啊。"

叶荫愣了，看看晴晴，晴晴的举动和语言都是从没有过的，足见她的认真，叶荫很感动，用力地点点头，说："你也是。"

叶荫很久没再找晴晴，晴晴也没给叶荫打电话，叶荫有时会有点儿想她，但觉得现在每个人都很忙，何况在北京这个地方，没有事不联系也正常。

叶荫见过温暖的亲情，也见过冰冷的。冰冷的纽带让两边系着的人都不舒服，倒不如没有省心。自己和舅舅一家已经是很好了。

4

刘珊珊因为是职工子弟，被分配到学校附属二院，不如旭和黄山所在的一院，但也是其他同学求而不得的，这次有个机会到青岛开会，返程时挤出一点儿时间到北京看叶荫。刘珊珊是叶荫见过的唯一能把格纹衬衫穿得好看的女孩儿，走在一起叶荫颇为她的帅气骄傲。

叶荫请了假陪刘珊珊，一天里俩人像连体婴儿样粘在一起。刘珊珊很满意，说："叶荫你现在爱笑了。"是啊，叶荫笑得次数非常多。问路时，买水时，点餐时，都笑容可掬。

叶荫笑道："变色龙是进化的产物，如果把我放到树上我觉得自己可能变绿呢。生活所迫嘛。"

两个人去吃回转寿司。刘珊珊记得叶荫喜欢圆满紧实的食物，像在学校时吃的素鸡就是这样。

一个盘子里放两个寿司，上面盖着透明的盖子。

叶荫指着盘子说："多像俩人的精致生活。"

刘珊珊想这算不算叶荫最真实的渴望？

刘珊珊在青岛啤酒厂买了个酒桶形的打火机送给叶荫。小孩儿拳头大小的啤酒桶横在桌子上，拙朴可爱，尤其那竹皮般的颜色。后来叶荫把打火机放在自己的柜子里，怕它被哪个客人硬要了去。

刘珊珊告诉叶荫，云舒把自己重新装修了。现在两只眼睛终于看不见对方了，看见的是硅胶垫起的鼻梁。

叶荫笑道："你多大岁数了，还不改改嘴刁的毛病。"

刘珊珊说："人的肉体不就是这一世的房子吗，整容当然就是装修。"

叶荫说："我老了也去做拉皮，你不准这么说我。"

刘珊珊说："你那叫重整旗鼓再造辉煌。"两个人笑得抱到了一起。

这一次刘珊珊知道了叶荫的生命里有个叫霄的男孩儿。那天她们漫步在向往已久的未名湖畔，叶荫仿佛不经意地讲起自己的故事。

刘珊珊终于明白了大学时代看叶荫有点儿奇怪的原因。她对此的评价是这属于非常古典的学院派的思念，很有未名湖的气质。但说实在话，如果不是叶荫，也许刘珊珊对这种感情会不以为然。但即使是叶荫，她还是觉得不值得。尽管什么是值得的她也不知道。

相聚的时刻总是短暂。刘珊珊望着车窗出神，她记起叶荫很早就说过每次宴席都是离散前的聚餐。

临走前刘珊珊说起黄山和旭快结婚了，刘珊珊道："我是听云舒说旭的妈妈病重希望俩人尽快完婚。"刘珊珊挑挑眉毛又道，"不过云舒挤眉弄眼的不知道是真有内幕还是她胡说八道，她说旭的妈妈犯病很遭罪但还不至于重到要黄山冲喜。"叶荫说："这是什么话？！不过也不用理她，她不是总那样嘛。咱们准备贺礼就是了。"

没有像其他大学情侣一样毕业就结婚，因为黄山是要强的人，不希望刚上班就请婚假。她在机关，考虑的事情更多些。这让旭的妈妈颇为不解，黄山那么爱自己的儿子却似乎根本不着急做自己的儿媳妇。黄山妈妈本来对结婚时间是无所谓的，但看对方强调后她表示支持女儿，她明白有时候一步退步步让，如果立即同意结婚，是不是也意味着要立即同意生孩子？在生孩子这件事上她是主张晚些的。

一拖再拖之后和黄山的父母见面，很平静，却也不欢而散。黄山妈妈觉得两个孩子的想法有道理，开场便表明支持的态度。

妈妈无言的叹息让旭握紧了拳头。黄山和她妈妈淡淡的样子，旭再熟悉不过。若不是胜券在握，如何能这么淡淡的。旭偏激地想。

其实，旭没有想明白真正让他喘不过来气的是他自己的妈妈。她是一个从来不斥责孩子但绝对会让孩子自责的妈妈，她每一声轻轻的叹息都像无形的乌云，房间里总有如大雨前的憋闷让人压抑。尤其在父亲走后，妈妈每一个细微的不满都会让旭如坐针毡。

似乎每个人都各怀心事，旭觉得一切索然无味，包括婚礼。

其实，淡淡的，对女孩儿来说，何尝不是饱含忧伤的坚定，只是旭眼里的黄山不懂忧伤，也许觉得她不用忧伤吧。

黄山对于旭和他妈妈的想法知之甚少，或者说她没有时间精力去特别关切这件事，直到旭的妈妈又一次入院。这次黄山答应尽快办婚礼，因为旭明确说妈妈怕看不到自己结婚，而且在黄山提出要求之前就答应生孩子的事情黄山说了算。

黄山买了很多吃的送到医院，说自己考虑不周，算是道歉。也许这份歉意让旭的妈妈心安，两个人聊了很多体己话。旭走到门外时，听见妈妈对黄山说他的性子倔，像他爸爸，所以要以柔克刚，自己这辈子就是这么过来的。

旭呆呆地站了很久。

妈妈确实从来不靠大声吵闹让人顺从。从小到大旭数次听到妈妈说起生他时如何艰难如何大出血差点儿死掉，他的心充满对她的愧疚。父亲去世前大约是血压高，终于忍不住说："你那不能算大出血，如果大出血医生怎么会生产当天就同意你回家?!"也许旭满脸的惶惑刺激了妈妈，她流着泪对父亲说："又不是你生孩子，我痛得快死了，你怎么能懂？"

其实，即使此刻旭已经作为一个优秀的医学毕业生，并且成为一名妇产科医生，这件事他想起来还是觉得惶惑仍在。

当时父亲像一定要把事情辩明白似的说："你的主观感受不是客观事实，痛得要死不是大出血。"旭记得那天母亲很快哭得晕在地上，而父亲的脸红得像门上那副过了时日的旧对联。

旭想，妈妈的温柔有如藤蔓，父亲的敦厚让他像一棵树，任由她盘缠，日子就是在那种松松紧紧中喘息度过，如果是其他男人，也许早就跑掉了。

旭没有听见黄山回应的声音，不由得笑了下。想，有时候骄傲也挺好，可以直率些。

5

那些天总梦见李姥姥，对自己笑着说："你还好吧，小荫荫。"

叶荫很郁闷，因为梦里的李姥姥总是没戴假牙。李姥姥不爱去医院，总摆出死也不去的样子，像个老小孩儿，是叶荫强迫她去镶牙的。

叶荫不由得想起童年，那时真好，爸爸在，李姥姥也在。爱自己的和自己爱的人都在。

爱仅仅存在于回忆是不够的，但只能这样。对于叶荫，人生的诸多片段似乎就是以各种所欲不遂连接的。

就是在这样一个梦醒的早晨，叶荫决定去找森。

森给叶荫留过地址，她放在钱包里，钱包被偷时她难过许久。于是叶荫拿着地图一点点找，"回龙观"三个字进入视线时她激动得跳起来，森说过他在那儿。

北京太大，叶荫到回龙观竟然用了三个小时。好在那里只有一个大的菜市场，找到森竟然没太费劲儿。远远看着，森还是老样子，一脸满不在乎的神气。叶荫不禁微笑起来。

正要走过去,却见森突然抱起旁边的女孩儿转了一圈,女孩儿兴奋地哇哇叫,然后在森的脸上用力地亲了一口。她的兴奋劲儿让旁边的人大声起哄。

那个女孩儿叫玫瑰。

原来,森和玫瑰还有几个朋友玩扑克,说好输的请吃饭,最后玫瑰赢了,但她要看店不能去,于是她一定要输了的森背自己转几圈,森因为前几天忘了玫瑰的生日正愧疚着,所以立刻答应了她的要求,玫瑰得意地又笑又叫。

叶荫远远地看着,猜想这就是给森打电话的那个女孩儿。

玫瑰不肯让大家立刻走,出了个脑筋急转弯给大家猜,森说:"这还难得了我。"玫瑰说:"你输了还得背我转一圈。"并拿出牛肉干逗森说先给他补充能量免得摔了自己,森一口咬住牛肉干也咬到了玫瑰的手,玫瑰疼得跳脚,森得意地晃着头催她:"快点儿说。"

玫瑰的谜语是刀出鞘是什么字。

森仍和大家说话,没有答题的意思。玫瑰推他的肩,森不以为然地回答:"力呗,这么低能的问题。"玫瑰又问:"刀不出鞘呢?"这下森难住了。

玫瑰跳上他的背,强迫他转圈,并说是围着市场转一圈。森随意地转动身体,把玫瑰甩了下来,说:"你说是什么字?"玫瑰说:"就是刀呗。"然后得意地笑起来。

森斜她一眼,显然不认为这是幽默。

玫瑰泄气地撇撇嘴,扭身进了店,回头冲森喊道:"给我打包!反正你知道我爱吃啥。"

叶荫最终没有走过去。安静地走了。

那夜没有梦。叶荫安静地躺着。

过了许久，叶荫起身点了一支雪茄，用刘珊珊送的打火机。雪茄是闲逛时下意识买的，却从来没有吸过。雪茄的气味让叶荫感觉舒服，犹如有人唱了首催眠曲。

催眠曲本身不重要，重要的是它的陪伴。

6

在网上看到同学相册里黄山和旭的结婚照，叶荫用最好看的信笺写了一首《青玉案》：

> 黄花地上秋实归。欢颜喜，鸳鸯对。
> 山色霞光无限媚。一笑花愧，人虽胜酒，还愿长长醉。
> 传语叮咛勤看护，休使朱颜玉色褪。
> 柔情纤纤系丝蕊。旭日风吹，摇铃声脆，犹似赞心慧。

在烟袋斜街淘到的一个琉璃风铃，上面是九只栩栩如生的蝴蝶。这是叶荫自己最喜欢的。叶荫把信笺插在风铃上，又精心地包装过寄给了黄山。

里面有"黄山"和"旭"三个字，而且镶得恰到好处，学中文的黄山爸爸连声说好，黄山不自在起来。

还是妈妈更能发现女儿的心思，她把风铃放回盒子里，说："这孩子真是不太讲究，结婚怎么送风铃，黄山你可不能这样。"黄山轻轻答应着，没再说话。

黄山爸爸说："这有什么，梁祝化蝶，蝴蝶可是象征爱情的。"黄山妈妈瞪他一眼道："梁祝的爱情可不是幸福的典范。"黄山爸爸有些醒悟，不再说话专心品茶。

旭明白这个风铃不能挂在客厅，就把它挂在了书房。

他小心翼翼的样子让黄山气结。

父母走后，旭开玩笑说："咱爸还真懂得妇唱夫随的，我得努力学习。"

黄山说："当然，主要看谁唱得对。"说完自己就笑了。

两个人都没再提叶荫。之后的几个晚上黄山都会到书房探班，看看旭是否对着风铃发呆。

黄山拒绝提起叶荫。叶荫犹如一道伤疤，阴天都会不舒服，更经不起反复撕开来看。

何况，不说，是种高贵。

后来俩人一有分歧，旭就说："听你的，你唱得好听。"有旭这句话多大的事气氛都是和谐的。渐渐地，这句话没有了。

黄山忘了，或者根本不了解，一个爱玩文字游戏的人大多不爱重复一句话。

旭不喜欢妇科，更不喜欢做手术。虽然他工作做得还不错。因为受重视，他进手术室的机会最多，也因此压力最大。他努力调整自己的心态，没有和黄山说起过。旭在决定来这所没有填写志愿的大学上学时，对命运已经有了敬畏，因而少了点儿冲劲。有人说过，任何看似颓唐的态度背后，都隐藏着深深的不能如愿的热爱。婚姻也好事业也罢，都如此。

但旭始终记着父亲的一句话，云淡风轻地活着，很多时候是份奢望，云会变形，风会消散，重要的是灵魂要保留着向往。

把绝大部分时间放到专业书的同时，他也留出少许时间看看自己喜欢的东西，偶尔写点儿字。

把你放在心底，就是一片波澜不惊的海。透过露珠看到你，是露珠下的花瓣。

这是旭想起清华时写的话。和爱情无关。是对一个女孩儿青春的缅怀和歉意。

黄山看见了却没有问起，她从不认为清华和自己的生活有关。只相信叶荫的影子一直在。

叶荫从不知道这场厮杀，更不知道进行了如此之久。希望一个人过得好，自己却无从为他的好添砖加瓦，叶荫如果知道也会选择消失。

和旭缠绵在一起时，黄山要旭看她，而她也看着旭。但她也曾问自己，如果只有身体纠缠在一起时心灵才会靠近，爱还有意义吗？

黄山最纠结时甚至想过分手，但不会对旭说，哪怕只是发泄。以旭的性格，她如果说出这两个字，他会永远在她的世界里消失。她怕。

7

叶荫在休息的日子独自去逛雍和宫、潭柘寺、红螺寺，所有她知道的寺庙，走在那些古老的小街，日子平静得让她知足。她觉得雍和宫里绿度母的脸像极了林眉雅。她也叫她绿妈妈。敬香时她会想起彦和李姥姥。她相信他们现在一定会很好。

常常在雍和宫坐上许久，渐渐成为一种习惯。

不知是不是祈祷有了作用，偌大的北京城约好的人都容易走散，但她居然再次见到了霄。

有时候不到十点就没了客人，叶荫会换上二胡的曲子。白天店里只放欧美的怀旧歌曲。

欧式装修的咖啡馆在灯光暗下后凝重静谧，低沉哀怨的《二泉映月》并不突兀。有的客人进来会愣一下，叶荫就再换上原先的碟片。偶尔有人说很好不要换了，就一起听，如同知音一般。

就是在这样的时刻遇见了霄。

那天霄刚刚见了前女友銮。

是銮约他的，劝他留学，希望他别跟自己怄气毁了前途。霄回答不是怄气，其实很想问留学有用吗，但没有问出口，如果有用也是私奔。看銮的样子霄很清楚，没有人想和他私奔，毕竟感情也会时过境迁。

銮只是好心，想给他推荐一个导师。有点儿余情的好意，霄的骄傲同样受不了。

霄推说公司还有事，銮似乎也有其他安排，两个人没坐多久就分手了。

霄心情很复杂，望着銮的背影明白没什么再见的理由，信步闲逛着来到这条离俩人见面的大厦很近的老街。

他以前几乎没来过这种地方。认识銮之前的时间都用来学习，认识銮后人生开启了完全不同的篇章。銮的成绩平平，对学校生活也不太感兴趣，如果出现在图书馆也只是为了陪着霄。两个人的约会她从来没提出过逛逛这种休闲小街。

从小知道自己比别的孩子家境优越，但与銮相比，霄觉得自己简直像是被随意抛掷到这世界的微不足道的生命，渺小得对自己人生的缺憾不得不接受，认命。

确实，銮的每一步早已被精准设计，确保步步生辉，甚至遇到的每个人也都是精挑细选的备料。即使霄这个意外，其实在自身条件上也符合那些要求。这点儿銮也知道。可见，銮早已认可了每一次非自由意志的胜利。服从是与生俱来的天性一般，割舍霄的爱情没有太多犹豫。不舍是有的，但那眼泪在霄看来让他非常不解，他想不出这是怎样一个女孩儿。

霄走进咖啡馆，叶荫一眼便认出他，走过来对他说："你好。"却没问他喝什么，微笑着望向他，那句你是否记得我终究没有问出口。

霄当然记得叶荫，她是救过他的恩人啊。即使现在想起那天的场面霄还会毛骨悚然。尤其在长大后想起来就越发后怕，如果没有叶荫，也许他在掉下的瞬间那个小木头会穿破他的颈动脉。

霄对叶荫最深的记忆自然是她救了自己那次，还有一次是学校集体郊游。

中午大家休息时他离开了小组，走得远些，没想到看见了叶荫。她把花瓣撕下来扔向空中，仰头看它们散落。那情景并不浪漫，因为叶荫的表情不浪漫，是与年龄不符的冷漠和倦然，虽然很美。叶荫抬头时和他对视了片刻，烈日下的某个角度，霄觉得她的眼睛竟然是黑色泛着微蓝，像深海的颜色。她对他笑了下。那次他明显感觉到她喜欢他。

此刻，叶荫就像那天一样凝望着他，不再像中学时代，每当他发现她在看他时就转头离开。而且，她对他笑了。

和霄的重逢像做梦一样，以至于叶荫几次给点了咖啡的客人送去奶茶。

霄说："我喜欢你的眼睛。"叶荫长长的睫毛划过他的唇，就像清风吹过。如此自然，他们重逢的第一个晚上，霄就亲了叶荫的眼睛。叶荫没有躲开。

霄问叶荫为什么上大学没给自己写信之类的问题，叶荫都微笑着垂下眼帘并没有回答。霄也报之以微笑，觉得这正是叶荫的特色。

叶荫就像上天为霄打造的天使，一次次拯救他，第一次是肉体第二次是精神，他在銮面前失落的尊严，被一个暗恋他多年的女孩儿用崇拜找了回来。

第二周的周末霄约叶荫去郊游。正是生意好的时候，叶荫不好意思请假，丁听见电话就主动给假催她快去，飞儿挤眉弄眼地说："反正你在这儿也是梦游。"

霄预订了两个森林小屋，名字浪漫，其实就是建在山坡上的小木屋，但在京城已经非常难得。

霄喜欢看日出，早早就把叶荫叫起来，两个人搬了凳子坐在阳台上。

叶荫说自己更喜欢看夕阳。朝阳太霸气，初生牛犊不怕虎似的热力四射，群山也好，天空也好，都成了它的配角。夕阳却用余晖和天空、群山连成一片，温情脉脉。

霄已经多年没听过这么文艺腔的话，好在叶荫说得自然。

山上的清晨寒气逼人，叶荫冷得声音有点儿抖了。霄很自然地把她搂进怀里，说："有没有夕阳温情脉脉的感觉？"叶荫的脸靠在霄的肩上，觉得自己像融进了斑驳的树影里，温暖而安全。她对霄说："你把眼睛闭上，就进入了宇宙的黑洞。"

霄明白叶荫的意思是说这样的时间若没有尽头多好。他很感动，这种渴望无疑是信任。但他更无法克制对日出的追逐，睁开了眼睛，然后用力推叶荫说："看太阳出来了。"

叶荫不看太阳，只看霄。而且在之后的时间就那么静静望着他，他有点儿不好意思，想，也许除了妈妈外，叶荫是最喜欢自己的人。

两个人静静地坐了一会儿，然后各自拿出书看，吃着带来的零食，中间几乎没有再交谈，直到太阳快落下去光线不太好了。到山下吃完饭走回来已经很晚,两个人都有点儿不好意思,谁也不看谁说了再见就回了各自的小屋。

叶荫有些失落。

早晨起来把叶荫送到咖啡馆,霄拉住已经打开了车门的叶荫说:"别在这儿工作了,这儿离我那儿太远。"叶荫想都没想就点头了。

丁说:"以后我这个店改成婚介吧,肯定特火。"

飞儿哭了,送叶荫走出好远,其实霄的车就停在咖啡馆的门前。他不忍打搅两个惜别的女孩儿在后面跟着。最后还是丁追上去,揽住飞儿不让她再送了。

8

霄的房子很干净,简单不简朴。柜子上的泰迪熊让叶荫有点儿出神。

霄走过来搂住她,贴在她耳边说:"明天我上班了你再研究这个屋子,现在咱们要把小木屋的损失补回来。"

霄亲吻叶荫的每寸肌肤,叶荫在他的怀里颤抖着。原来幸福也可以使人战栗。

霄看到了叶荫腿上的疤痕。

霄吻吻那个疤痕说:"我陪你去医院,这是可以手术的,我的一个大学同学不小心烫到,做完手术就看不出来了。"

叶荫轻轻地对霄说:"有人说苦难是化过妆的祝福,我接受祝福得到了幸福。"

叶荫的眼里只有霄没有其他人,更没有想起灼。那不过是她等待霄的时候发生的插曲而已。

她累了，甜甜睡去。

霄没问叶荫什么，心里却很遗憾。

被重逢的喜悦冲昏了头脑的叶荫对此一无所知。

她在某些方面实在稚若女童。她对很多事情都不十分清楚，甚至包括她自己，看她的样子却没人信。叶荫的这种心性，刘珊珊懂得，森也了解一些。残酷地说，这都是和她追求的幸福无关的人。

懂得才慈悲。

爱有时如此脆弱，总是需要悲悯，才会在某个特定的时候跨过某道坎得以保全。

第二天霄就陪叶荫去了医院，医生说叶荫的腿需要做两次手术才能把疤切掉。第一次手术很成功。

尽管后来没再做手术，那个疤痕竟然自己慢慢掉了。

9

霄习惯了大写字楼里极低的温度，家里也常年把空调定在十八摄氏度。叶荫说这样不好，买回了电热毯。

霄的床单被罩都是纯白的。叶荫买来大花的图案，细致地告诉霄这朵是什么花，那个抽象花是哪种花的异型。霄笑笑，表示随她。霄买给叶荫的睡衣是白色的丝绸，冷静低调。

早上把霄的内衣放到电热毯上，霄穿上的时候说真舒服。叶荫熨的衣服不像洗衣店熨的那么平，穿上自自然然。

銮不可能做这些，她也几乎不曾在这里过夜。銮倒是常送霄质地非常好的一次性内裤，以至于他后来在商店看到这种东西就立刻走开。

霄问叶荫中学时为什么对他那么冷漠，她笑笑说怕他瞧不起她，她觉得自己像只丑小鸭，一年四季只有两条裤子，每次和别的女生在一起都很自卑。说这番话时，她裹在真丝睡袍里的小脸平静淡然。这些话她第一次对人说起。

霄不理解叶荫说的话。他想起电影《风月俏佳人》里的台词，每个女孩儿都喜欢把自己假设成落难的公主，受尽命运摆布然后等待一个王子来拯救自己。无论生母还是继母都会被想象成拿着毒苹果的坏皇后来增加悲剧色彩。銮何尝不是这样！但銮嘴里的严苛要求，霄除了自己被拒绝这件事之外同样想象不到其他，他亲眼所见的是銮的锦衣玉食。因此他认为女孩儿都有些夸张，听听就好。

所以，他不接叶荫的话，刻意淡去这个话题。

叶荫也聪明地打住，她渴望安慰，但这渴望也只在心里。她不会要求。

过了会儿霄又轻轻覆上叶荫，说："幸福如果不能来自减少不幸，那就只能依赖可靠的欢愉。"

霄的公司在国贸附近。其实不必租在那里，那是北京最贵的地方，但他喜欢，尤其想到銮就更要租在那儿。

但他无论怎么做都不会有扬眉吐气的感觉。痛苦，不是失去爱人的痛苦，而是伤自尊的愤怒，尤其对霄这样一个自负的男人。

叶荫去过霄的办公室几次就不肯再去。很坚决。

因为，霄喜欢在办公桌上要她。

即使叶荫不知道銮的故事，敏感的她也明白这跟另一个女人有关。霄的脸畅快淋漓有种雪耻的味道。她装作不知道。

那一刻霄是多么恣意，甚至看不见叶荫眼里的失落。

也许，这就是霄说过的"可靠的欢愉"。因为叶荫的拒绝，霄想起了之前的失意。

接到黄山的电话，邀请叶荫回来参加婚礼，叶荫婉拒了。她自己去了酒吧，一杯杯地尝着鸡尾酒，除了天使之吻。

霄之前给她点过，说那是叶荫之吻。当时的空气甜得如同插在杯子上的樱桃。然而今天他的态度隔着电话让她察觉到明显的凉意。

此刻叶荫发现自己的回忆中最温暖的时光竟然是大学时代。她想起刘珊珊的快乐、旭的温和。这么想时她有点儿黯然。她觉得想起这些跟今天黄山的电话有关。

喝到第六杯，叶荫终于兴奋起来，服务员见惯了这种醉眼蒙眬的笑意，不以为然，但还是在她能自己走出去前，劝她别再喝了。

买醉真的买到了。但之后叶荫却再没喝过。她不肯做一个醉生梦死的人，可以不聪明但不可以不清醒，更不肯纸醉金迷。那个晚上有几个男人和她搭讪，她不理。一辆车跟得锲而不舍一定要送她回去，她坚持不肯。给刘珊珊打电话假装是打给男朋友。

刘珊珊正在黄山和旭的宴席上，这一桌是提前宴请将在婚礼上帮忙的大学好友。刘珊珊也喝多了，正对新娘表示羡慕。

和刘珊珊一样没有男朋友的云舒向刘珊珊举杯，说："大胆爱吧，甭怕失败，失败是成功他妈。"她的双颊本就涂了腮红此刻更是鲜艳。刘珊珊仍然妙语连珠："失败确实是成功之母，但它是不肯生孩子的育龄妇女。"旁边的人听到把嘴里的茶水都喷了出来。

叶荫的电话就是在这时候打进来的。

刘珊珊说："霄要是不肯替你赶车，宝马该坐就坐吧。"叶荫说："我还是用自己的腿吧。"喧闹的背景下俩人没法多聊就挂了。

说好晚归的霄比叶荫到家早，看着叶荫摇摇晃晃地进来他很惊愕，随后就发火了，说这样太不安全以后不许她这样了。

叶荫竟然有点儿高兴，觉得也许这就是爱。

10

旭和黄山举办的是中式婚礼。

黄山认为传统婚礼上告天地，让人心里安稳。她望着旭羞涩而安心地笑笑，旭心里突然一暖。黄山又说她喜欢蒙盖头的感觉，希望揭开盖头时，一切重新开始，宛如初相见。

旭知道黄山的意思，也愧疚自己让黄山吃的苦。但黄山感觉的苦涩要比他想到的多很多。

黄山和旭度蜜月回来又约同学们一起吃饭，并且买了花草茶送给大家。因为量大，旭开玩笑说自己像进货的茶商。黄山附和着笑，但又用眼神示意旭不要开这个玩笑。

刘珊珊问："黄山幸福吗？"黄山想都没想就回答："幸福。"刘珊珊问旭："是不是高兴得艳阳高照成了日不落？"

旭开玩笑说："你是八九点的太阳，我是被夸父射下去的那个。"

黄山笑着道："那你是暗珠明投了，怎么这么幸运呢。"

刘珊珊发现黄山假装瞪旭的眼睛里真的有些许不满。旭的谈吐很好却经常和黄山的话风不搭调。那是跟另一个人和谐的腔调。不过，旭也是活该，追叶荫时比灼慢半拍，答应黄山更比黄山希望的时间慢了无数拍。现在尘埃落定，黄山有的是时间收拾他。刘珊珊有点儿想笑。

云舒歪过头，低声对刘珊珊说："知道黄山拿的是什么包吗？"刘珊珊摇头，她一向不在意这些。云舒说："Chanel，而且不带 logo，她绝不会拿 LV，这叫跟俗气绝缘。那种小护士猛攒几个月工资也买得起的包，她怎么能拿。"刘珊珊也明白黄山的脾性，黄山无意向所有人显富，只给看得懂的人看，高傲得不着痕迹。云舒又道："只是我看旭未必愿意陪着她显摆尊贵。旭还是最搭叶荫那款。这就是富贵战胜了情分。"刘珊珊瞪了云舒一眼，说："干吗扯上叶荫？"心里不得不承认云舒在世俗世界倒是慧眼分明。

刘珊珊想起不久之前叶荫欢快地告诉自己遇到了霄，那一刻电话线好像溢出了她的幸福。可是凭直觉刘珊珊对霄的印象并不好，是种面目模糊的疏淡。距离带来的无力感让刘珊珊为叶荫捏了把汗。

独自一人时，黄山不得不承认，自己的坚持、隐忍成就了和旭的婚姻。但这不是什么可以欢欣鼓舞沉浸其中的胜利，细细品味时自尊心上的伤痕总是不愈。

隐忍时会将许多情绪挤压到最小，但这些情绪一旦自由就显得如此沉重。

沉淀的感情珍贵，情绪不同，也许它们忍受不到更年期时有明确的借口再来发泄。

父母和朋友们一起吃饭，妈妈开玩笑说现在她才不管老黄上了哪张床，主要是按时睡觉，因为他睡眠不好。黄山想不知妈妈会不会真这么大度，自己反正不会。但妈妈告诉她到了这个年龄真的要这么想。黄山觉得妈妈的识时务有点儿悲壮，妈妈听完竟然笑了笑什么也没说。

11

不肯去霄的办公室，叶荫还是愿意在附近的商场等霄。

穿着内联升的布鞋、中式的布裙在街上闲逛，边等霄下班。被一个老外邀请合影，不好意思拒绝，照完后老外连着说了好几句"pretty"，要给她留电话。她假装听不懂他的话，说了声再见就走了。

霄老远地看见问怎么回事，叶荫说了，霄有些不悦，说可以拒绝嘛。

叶荫心里偷笑霄的吃醋。

霄给叶荫买 YSL 的套装，说这种高贵内敛的品位正合她的气质。

叶荫看见霄眼里的赞美，也小小地得意了许久。问霄怎么知道自己的尺码，霄说自己的助理看见过叶荫，所以知道。

什么助理，明明是猪里脊。叶荫讨厌霄那个体重芦柴棒罩杯却是 G 的助理。

霄哈哈笑起来，吃醋的叶荫另有一种味道。霄说："你是老板娘怕什么。"叶荫说："怕胸高镇主。"霄再次大笑起来，说："玩文字游戏我还真不是你的对手。"

叶荫偶尔会想起森，但没有再去找他，没来由地觉得会尴尬。

也许，因为幸福，其他人都被忽视了。

霄大多时候是沉默的，如果交谈就极爱辩论。叶荫是个很好的听众，不同于銮让霄有棋逢对手的感觉。

两个人一起逛博物馆兴趣也截然不同，霄喜欢色彩冲击力强的油画，而叶荫喜欢国画。看着那些国画霄想起了銮，銮不喜欢国画。"宋仁宗出行竟然要和百姓一起挤，这是浪费时间。"銮一脸正色说，"人应该把有限的时间用在有意义的事情上。"她觉得这种性格的人欣赏的艺术品也必然是温吞吞的。那天銮刚从波兰回来，因为《抱白貂的女士》原画在那儿。她告诉霄自己没有在那儿停留，看过就回来了。霄喜欢銮这种时刻的轻描淡写。

看出霄在走神，叶荫问怎么了，霄说他想起有个朋友在大都会博物馆看到拉斐尔的画，觉得喜欢就立刻飞到俄罗斯去看这个画家的其他作品。叶荫却并不好奇他口中的朋友和朋友的经历。

"这样才哒哒"，是銮的口头禅，说的时候她伸直中指和食指，食指搭到中指上，把手举向天空，显得非常可爱。说起看画的感受，銮经常说这句口头禅。

不同于因为森和霄而对小学印象深刻的叶荫，霄对小学乃至中学都没有太多印象。所以他和叶荫没能把那段回忆当作共同的话题。或者可以说，两个人的共同话题真的很少。如果有，大约就是关于海的故事。

霄每次望着叶荫的眼睛爱讲海边长大的外公讲给他的故事。海边的打鱼人把人们很难到达的深海叫老洋，老洋里有着人们不知道的生物，是神秘的地方。那些故事惊险而离奇。李姥姥也给叶荫讲过类似的故事，比如有人说自己遇到过龙王和它的虾兵蟹将。有时候霄和叶荫说着说着开始编故事，打打闹闹很开心。

霄说坐海船时自己近距离观察过大海，从岸边到深海，海的颜色是不断变化的。有时想着外公的话，老洋的颜色会让他的胳膊惊起鸡皮疙瘩。霄对叶荫说她眼睛的颜色就像老洋的水，有那样的眼睛才有那样的眼神。他学叶荫的眼神，高傲又古怪。瘦高的霄这个时刻活像一座黑色哥特风格的雕塑。叶荫跳起来打他，说自己的掌力比眼神厉害多了。霄连连求饶，一反往日的刻板孤傲。叶荫很满意。

不仅在叶荫的眼里霄是孤傲的，从小他在大人眼中也是如此。

瑾并不引导他什么，也许因为瑾本身也是这样。柳曾试图让霄和大多数孩子打成一片，鼓励他去找同学玩，但仕并不赞成，他觉得有限的时间应该用到学习上。至于不要显得不合群这种事情，他觉得霄参加集体活动并且是学生干部就足够了。霄记得只有中学快毕业时的一次联谊会外公很鼓励他去，说："去玩吧，这里的同学恐怕以后都很难再见到。"然后外公端起茶杯似乎陷入了沉思。霄当时有些想笑，心想怎么会见不到呢，这个城市又不大。直到工作以后他有一次回家打车，碰到的司机是初中同学而自己竟然没有认出来时，才想起外公那句话。

那是叶荫一生最幸福的日子，和霄在一起叶荫觉得是上天满足了她的祈盼。

快乐，可以更快乐，而幸福不会更幸福，因为只有最幸福。

叶荫对生活满意极了。不知不觉间小小的巴掌脸丰润起来，胖了很多。并且顺利应聘到附近一所医院，虽然她更喜欢另一个需要出差的工作。

她告诉霄自己要上班了，没想到霄说如果俩人都忙起来就没有相处的时间了，他希望每天早上叶荫陪他到他去上班，晚上下班他回家也要立刻看到她。叶荫愣愣地想好像很难做到啊。霄笑起来，他觉得叶荫有时候傻傻的样子真的很可爱。霄说："你在家写东西好了，你不是爱写东西吗？"又说自己的工资卡就在叶荫手里，一个人拿两张工资卡有什么用。

于是叶荫每天抱着泰迪熊写东西。霄拿起她的稿子看了几行说这就是伤痕文学吧。

虽然和最爱的人在一起，叶荫的底色还是雨过天未晴的灰色，看她的文字就知道，但霄没时间看。叶荫知道即使有时间霄也不会看，霄只看有用的东西。

什么都不影响叶荫喜欢霄，喜欢霄的一切。

甚至，叶荫喜欢霄的霸道。他覆在叶荫的身上说："我是你的God。"叶荫说："Good。"

那只泰迪熊是銮留下的，昂贵的限量版。是霄在大学里半年的生活费。而他的花销只好由銮负责，銮喜欢这种交换。銮说她家里的泰迪熊放在一起就是个嘉年华集会。霄买的这个穿着骑士服，霄说它是参加圆桌会议的。銮把它放在霄这儿，玩了两次就忘了。霄想早应该提醒銮带走它，放在嘉年华的队伍里，也许它才有最初的意义。

叶荫不知泰迪熊的来历，也不知道它的身价，抱着它开开心心。

霄只是没来得及扔掉它。现在觉得它像潜伏下来的间谍，所以不让它在卧室过夜，否则叶荫给它洗了个澡后就想抱着它过夜了。叶荫没问过它怎么在这里，她接受霄所有的东西，把它们当成自己的，安排得服帖舒适。后来霄还是偷偷把那只泰迪熊扔掉了，叶荫找不到，生气地嘟起嘴，有点儿想明白了。霄急忙哄她带她去了新中关，她才知道最昂贵的一只泰迪熊的售价竟然够她读完大学。

她看看霄问："你那么有钱吗？"霄夸张地说能买下所有的送她。她敲霄的头说："然后喝西北风吗？！"霄想买下穿着羊毛裙胖胖的那只送她，说："给你做个榜样免得你总硌到我。"叶荫顾不得还击他的特别意味，拉着他的手跑掉了。

在另一家店里买了只外星人似的史迪仔，花了168元，叶荫觉得好贵，心疼不已又爱不释手。

霄第二天回家看见叶荫正抱着史迪仔在写东西，她叫它"小闲"来自嘲无事可做。

更有甚者，他发现她把它放在围裙的大口袋里，因为她太瘦所以不像孕妇，更像只袋鼠。那一瞬他想俩人有个孩子可能会很有趣，念头转瞬即逝。

霄没有和叶荫提起结婚的事。这和上一段感情无关。

想到婚姻霄就仿佛看到妈妈冰冷的脸和父亲绝望的神情。父母一天说不上两句话的日常，还有舅舅家外公家惹来无数麻烦的生活，让他从小就对婚姻没什么好感。而自己，那是连爱情也守不住的。和叶荫在一起的日子，平静而快乐。足矣。

叶荫对婚姻也没有特别期待，她相信水到渠成。

12

霄不太忙时，两个人偶尔会在街上逛到很晚，只为了等街灯点亮的那一刻。然后霄带着叶荫去自己喜欢的店吃饭。

在簋街已经吃了二十只小龙虾，叶荫舔了舔手指明显没吃够的样子。霄不打算再买了，不心疼钱心疼她的胃，说："再吃你就是簋街上一个撑死鬼了，会跟簋街一样出名。"她斜着脸挑起一侧眉毛看他一眼，不理他，又夹起一根鱿鱼尾送进嘴里，太爱那种麻麻的感觉。

在霄面前，叶荫丝毫不掩饰自己的吃相。她不再是他记忆里找不到家的忧郁公主，此刻她活泼得像只翻飞的蝴蝶。

他望着她的快乐，觉得有点儿陌生。他带给她新生的喜悦，却也让她失去他记忆中的质地。

霄欣赏荃那种什么都不爱吃的样子，表面平和骨子里却对什么都真实地不屑一顾。

霄回忆起初中遇到叶荫，自己高兴地冲她走过去，他很少这么忘形，但叶荫跟不认识他一样不肯打招呼。那时男女同学之间的关系是个敏感的话题，在学校名列前茅的霄经常像模像样地在主席台上代表同学发言，很注意自己的形象，也知道自己的名字在女生嘴里出现频率最高，所以他对叶荫的冷漠止步了。但这恰恰让他好奇，让他喜欢。

习惯了銮强大的气场，霄想不到，白天鹅的外表下有可能是丑小鸭怯懦的内心。出生就是白天鹅是难求的命运。

也许，无论是谁，只要被救过，那个救他的人在他心里就是强而有力的。曾经，叶荫在霄的眼里就是。如今，似乎变了样。

虽然到北京很久了，但叶荫仍然像那些第一次到北京的人一样，非常喜欢长安街，确切说是华灯闪耀的长安街。常常会想起刚来北京的日子，那时她幻想着和霄会在长安街上重逢。

未知总给人想象的空间，因为想象，这空间尤为可爱。

如今和霄一起坐在国际饭店顶层餐厅，一切仍然像个梦。

夜幕中从窗户向下望去，看不清楚密密麻麻行走不快的车辆，但车灯忽闪着，能感受到街道上的秩序从容。

霄说他喜欢夜色，因为和所有的事物都有着安全的距离。叶荫突然明白了自己其实也是这种感觉。两个人就那么无声地望着窗外。

夜色掩盖了不愿意见的一切但喜欢的那些一样无法清晰。

很巧，又遇到了銮。

她从霄的身边走过，笑一笑没有打招呼，叶荫还是看出这个女人和霄不一般的关系。霄淡淡地告诉叶荫这是自己的前女友。叶荫再也没有向銮的方向望第二眼。霄满意叶荫的礼貌，也好奇她的不好奇。

霄也问起叶荫的前男友。

叶荫讲起灼，不修饰不回避，霄甚至有点儿愤怒她的平静流畅。其实，叶荫只是觉得这是自己经历的一部分，无论如何都去不掉。何况她不恨灼。她对于銮也是一样的态度。

无论如何霄都很失望——这样一个男人曾出现在叶荫的生命里。

但霄也惊讶于叶荫是个不知道后悔的人。相比于自己偶尔会想，那个中午如果不去那个餐厅没有和銎相遇会怎样，叶荫显得勇敢而无畏。

被关注的不是那个人而是那段青葱岁月的自己。那个人更像是你的纪念册，他会让你想起你都忘怀了的自己。多年以后叶荫想起灼时仍然这么说。

13

霄带叶荫去过社交场合，叶荫应付也算得体。但霄看得出她并不喜欢。霄问她是不是不喜欢热闹，叶荫说名利场总是热闹的。

霄当然知道那句著名的话，"这就是我们的名利场，这里虽然是个热闹去处，却是道德沦亡，说不上有什么快活"。

霄张张嘴没说什么，他想，无论如何，这就是自己的生活。

很多时候霄觉得叶荫像座孤岛，因为她没什么朋友，即使飞儿这种聊得来的女孩儿，叶荫也很少主动联系。对于叶荫来说，飞儿是谈得来，但相处的时间没有长到让她相信随时联系不是一种骚扰。

叶荫看屋里飞着的一只苍蝇，没有打死它，寂静的屋子因为这只苍蝇才有了点儿生气。她告诉霄说她想喂它树汁和蜂蜜，看能不能把它养成澳大利亚那种蜜蜂一样的苍蝇。

每次霄出差，就让叶荫趁着这段时间去旅游，说她可以顺便写游记。

叶荫不肯去。后来养了桔梗说舍不得桔梗。其实是想霄回来时能看见自己，却不好意思告诉他。

叶荫记得霄说过他希望回家时看见她。他的希望，她总是记得清清楚楚。

　　她最想说的是我愿意就这样等你，像许多年来我做的一样。但说不出口。

　　叶荫最喜欢的还是雍和宫。霄出差的日子她就在雍和宫缭绕的烟气中长坐，闻着烟香溜号。在烟香中想念彦和李姥姥就不会那么痛，甚至有种安宁的感觉。也许，这一刻就是在一个被包容的空间里学着包容一切。

　　桔梗是霄送给叶荫的小狗。

　　叶荫喜欢狗，所有种类的狗。遛弯时看见狗就会停下玩会儿，霄很佩服她，多大的狗她都不怕，伸手挠挠狗的下巴，狗乖乖地跟她摇尾巴。霄怕狗，多小的狗都能让他肌肉紧张。所以当霄抱了只两个月的拉布拉多犬回家时，叶荫高兴得难以置信。霄说这种狗能当导盲犬，不会主动攻击人。

　　霄想有了它，也算荒岛上有点儿狗气。

　　叶荫知道霄怕狗，是为了自己不太寂寞才买的，所以格外高兴。

　　霄说给它起个名字吧，叶荫嘴里快乐地嘟囔着："宝宝叫什么呢。"反复念叨几遍，笑道："叫桔梗吧。你记得老家的狗宝咸菜吗，不就是桔梗吗？"霄笑起来，说："肯定不会重名。"他拉起桔梗的两只前爪晃来晃去，桔梗哈哈地呼气，嘴咧成大笑的形状。

　　叶荫去洗水果，听见霄大叫："桔梗怎么会湿吻？！它的大舌头伸进了我的嘴里！"叶荫跑回客厅，两个人和一只狗就闹做一团。

　　叶荫对霄说："你看我可以把手压在它的头上挡住眼睛，它都不会躲开，它信任我。"

　　霄笑道："一只小狗信任你你也这么高兴。"

叶荫说："我信任别人别人信任我我都高兴，信任是份高贵的情感。"

霄说："大人们可都是教育小孩子不要轻易信任人。"又开玩笑道，"你出门小心些不要被拐卖了。"

叶荫突然望着霄说："我可以信任你吗？"

霄想都没想，说："当然。"

想都不想的回答显得草率又轻佻，但叶荫听到很愉快。

霄带着叶荫和桔梗到附近的河边玩。叶荫在桥上来来回回地跑，桔梗也跟着跑来跑去。

桔梗的快乐在于跑，叶荫兴奋是因为桥。书里彼岸是幸福的意思，而有了桥，从此岸到彼岸是这么轻而易举。

告诉霄，霄笑起来，说："你带着桔梗到彼岸去，我开车过去接你们。"

有些人寻找无果，一生都没碰到他爱的人，仿佛白来了这一世。这一刻叶荫觉得自己非常幸运。

小区晚上有很多孩子，有些家长对桔梗不太友好，所以叶荫宁可半夜起来带桔梗出去，看它在空荡荡的草地上疯跑，她跟在后面笑得手舞足蹈。桔梗奔腾跳跃，它认定脚下的路可以走一生，在这个舒适的高档小区，身边有爱它的人。那真是段快乐的时光，桔梗快乐，叶荫快乐，霄快乐。叶荫快乐不是因为乐观，而是现实给了她一个奇迹。

霄还是怕其他的狗，包括小小的吉娃娃。叶荫想，在霄眼里，桔梗更像是自己家的孩子，所以他不怕它。

因为桔梗，叶荫觉得俩人更像一家人了，桔梗就是俩人的孩子。

虽然霄总有些什么是叶荫看不清的，但叶荫觉得自己认识霄的时候他就是这个样子。他是她生命中的苦涩与甘甜，她因他而新生。

叶荫想如果先苦后甜被叫作幸福，那么我该是幸福的吧。

幸福让人忽略了时间，叶荫和霄重逢已经一年了。

桔梗的照片放在随处可见的地方，相框千奇百怪，有不经修饰的橡树皮的，也有五颜六色瓢虫形的，竟然还有一个是只米老鼠抱着相框。这些可爱但廉价的小东西和房子原来的装修风格不是很搭，倒像是暂时借住的客人随手放的。

霄好奇叶荫从哪里淘到了这些东西。他看见了就轻轻地笑笑。甜蜜可以使人一时忘记自己因习惯养成的要求。

霄此刻就这样香甜着，像沾上了叶荫酿的蜜。

桔梗的耳朵里流出黑色的液体。和其他狗主人一起遛弯时，有人说是正常分泌物，有人说是耳螨。都建议洗澡时别进水，叶荫就不敢洗。过了两天还不好，霄和叶荫带着桔梗去了最好的动物医院。确定是耳螨，给桔梗开了药，也不让洗澡。叶荫每天数次给桔梗上药，耐心的程度让霄觉得叶荫没做医生太可惜了，叶荫无所谓地笑笑说自己喜欢做兽医。

桔梗很久不洗澡，霄不知道每天叶荫是如何忍受它的体味的。他叫桔梗流浪汉。终于有一天忍无可忍，趁叶荫不备霄将桔梗抱进浴室。洗完澡没了臭味的桔梗神清气爽起来。但叶荫不高兴了，说霄破坏了她的劳动成果，好不容易才让桔梗的耳朵不流脏东西了。霄逗桔梗玩球，假装听不见。

第二天上午叶荫打来电话，兴奋地告诉他桔梗耳朵完全好了，不再红红的，是健康的白色黏膜了。他正在开会，听了电话还是笑起来。

事业顺遂，家里时时有笑声，霄觉得生活仿佛有了岁月静好的意思。

14

叶荫往家里打电话时知道荣感冒后身体一直虚弱，就想接她来住几天，霄说好啊，把客房收拾一下就可以住。

荣是气病的，还没到真正退休的年龄就办了内退。

荣的脾气没有因为年龄增长而减小。厂里分来一个重点大学的毕业生，作为培养对象被安排到行政熟悉情况。因为想好好表现小伙子什么都抢着干，本来荣喜欢这种年轻人，但年轻总是经验不足的，在一次他犯了小错误时，荣像对待自己曾经的同事一样，指出错误时什么难听说什么。对方涨红了脸只是道歉没说别的。第二次他又犯错被荣骂时他对荣说："别拿粗鲁当直率，尊重都是相互的。"荣愣在那儿，她这辈子发脾气把对方惹急了时，都是用自己性子直来摆平，其他和稀泥的人也是这个理由调停，她从来不认为自己会跟"粗鲁"这个鄙俗的词语扯上关系。她觉得自己受了天大的委屈，闹到厂长那儿，哭得天翻地覆，结果不了了之。那个年轻人很快去了车间。但不久之后她在人事科的暗示下办理了内退。

到站台上接荣，看着另一个来接站的女孩儿扑进她妈妈怀里撒娇，叶荫觉得有点儿尴尬。连叶荫挽住荣的手也只保持了一小会儿荣就抽出了胳膊。五十多岁长途旅行仍穿着细高跟鞋一步裙的荣，还是那种独自去独自来的气势。

荣用的不再是紫罗兰香粉，叶荫不知道那是什么牌子的粉，不仅没有盖住粗大的毛孔，反而衬得毛孔非常明显，像劣质皮包的皮板。过度涂抹的彩妆使皱纹格外清晰，越发让人惊觉五十几年的凌厉全都长在了脸上。公平地说不太漂亮的惠因为慈眉善目，在年龄越大时反而比荣要好看很多。

好在粉不香，叶荫没觉得刺鼻。

安因车祸去世后，晴晴接惠来京住了段日子，所以荣专门去看她。叶荫也就和晴晴又联系起来，但她没要求霄同去。

看到晴晴的生活，让荣每次提起钱更是一脸愁苦，总是那句"家里的底太空了"，叶荫感到耻辱，面红耳赤。晴晴开玩笑说："看看姑姑的行头，再没钱也是给自己花钱不知道心疼。"看到荣没听见似的什么也没说，叶荫知道不会像以前那样又起纷争才感觉轻松了些。

趁着荣和惠聊天，晴晴拉着叶荫坐到了户外的秋千上。

晴晴还是更喜欢说她愿意讲却无人可听的话题，比如，老公太喜欢她的屁股，只愿意从后面要她。听得叶荫目瞪口呆，如果不是晴晴半得意半忧郁的眼睛盯着她让她明白这确实是个问题，叶荫还真不知道这个话题能这么自然讨论。当然，只是晴晴的自然。叶荫很快逃了，她看出来晴晴是有兴趣问问她和霄的这种事，所以在晴晴开口之前叶荫告辞了。

离开前，晴晴说："我得给我妈和姑姑找个老伴儿，不然我妈总管着我。还有姑姑。你们两个准备着。"惠生气地说："你爸没了才多久你就胡说八道。"荣没有吱声。

与其说荣是因思念彦不嫁，不如说她始终都没遇到如意的。

晴晴说："喜欢钱容易，喜欢好人也容易，哪怕喜欢老帅哥也可以，但三样放一个人身上，难了，要是有，我都换人了。"

叶荫笑笑不说什么，心里同意晴晴的说法，但她不劝荣。因为她几乎看到了结果，找了有钱的会挑剔人不够好，而没钱的，荣压根不会考虑。至于又帅又有钱叶荫觉得还是想都不要想，怎么会落到荣的头上。所以，找与不找，顺其自然。

荣回来一直笑话叶荫不如晴晴在家说了算。因为舅妈不仅住了个大房子，晴晴花钱也很大方。荣觉得叶荫小气，霄给叶荫买的化妆品是兰蔻，叶荫买给她的却是羽西。她鄙视地看着叶荫，让叶荫无地自容。

叶荫记得，舅妈坚决不让晴晴给她在商场买化妆品，说自己只用大宝，其他牌子都过敏。晴晴说是价签让她过敏，终于还是没买。

叶荫可以反驳荣，但什么也没有说，面对荣，她的嘴越来越懒，像彦当年一样。而荣觉得自己的要求合理才让叶荫无话可说。

也许这次见到叶荫毕竟是高兴的成分多，荣的话也比平常多。

只是，以前给李姥姥家的物品，一会儿说是叶荫的保姆费，一会儿又是可怜李姥姥的无偿给予。曾经的那些东西早已不在，即使有也不能为自己说话。荣说得毫无愧色，叶荫经常觉得难为情，但荣说着说着仿佛自己都信了，相信自己不仅给了足够的保姆费，还尽最大可能帮助了邻居一家老小。叶荫听着听着终于明白，荣所说的一切不过是满足自己的心理需要，她只想告诉别人——自己能干、善良。

霄只是礼貌性地听着，很少置评，叶荫看出每当这种时候霄其实是溜号了，并没有听进去，她因此还好受些。

在荣的卧室，叶荫挂上一张霄很久以前拍的老家那条河的照片。望着照片叶荫想，河道也许弯曲不平，水面无波无浪就足以苟活了。

一切似乎很平静，叶荫觉得应该满意，岁月静好，首先是静。

霄看上去不如晴晴的老公有财力，这也是荣早料到的，笨笨的叶荫怎么可能比晴晴嫁得好，但她总体对霄还是满意的。所以荣的出发点无非是想和霄相处好些。

不知为什么霄突然想起了叶荫腿上的疤，尽管在手术后它已经不明显，叶荫此刻正穿着短裙在屋里走来走去。

霄自幼跟着外祖父阅人有些心得，也很惯用外祖父的方式。他给舅舅打电话时随意问了几句。小城找人真是特别容易。那人是荣工作时的人事科长。她说谁和荣在一起都不能做红花，想当绿叶也不可能，在荣眼里都是牛粪。其实，荣自己就是冻了冰坨的牛粪，看着溜光水滑而已。当然，她也知道荣的另一副样子，在那些比自己强大的人面前荣就不再是花，而是春泥。她强调是强大而不是强，因为强大比强更容易感受到，又问霄懂她的意思吗。霄轻笑了一下没说什么，心想就是怕流氓不怕秀才呗，也听出来这人在荣眼里肯定既不强更不强大。

几分钟的电话让霄很清楚，叶荫和荣不是一类人。

不知为什么他突然想起一首老歌，哼唱了出来："春风再美也比不上你的笑，没见过你的人不会明了。"叶荫听见了无声地对他笑了笑。

过了一阵子，晴晴真给荣介绍了一个比荣大两岁的有钱人。惠有点儿担心，说："能行吗，那种有钱人不是都喜欢找年龄小好些的吗？"晴晴说："这人不一样，就想找个年龄相仿的，这样才聊得来，能真正一起过日子。他说那些年轻的女孩儿只想享受都没吃过苦，怎么可能真正合得来。"惠点点头说："这人还算实在。"叶荫听着也觉得靠谱。

荣却问："吃过苦的？他不是那种抠门儿给自己花钱都舍不得的人吧？"晴晴说："当然不是，他住朝阳公园附近，小汤山还有一栋别墅。"荣又问："是他的还是孩子的，或者已经给了孩子？"晴晴有点儿不耐烦了，说："我也没看见他的房产证。"

叶荫叹口气，看晴晴一眼，晴晴正看着荣，眼里浮起不屑。爱钱不算错，但连一样爱钱的晴晴都觉得是问题了，那就是真的出了问题。

叶荫的脸红了。叶荫明白荣不见得是想占便宜，她是怕吃亏。因为没想占便宜，所以她不觉得自己问的问题有任何问题。但除了她谁都不能不在意她的问题。

过了一会儿，晴晴嘀咕道："有多少人傻傻地觉得直率就是正直，幼稚！品质是品质，性格是性格。"

叶荫不想听晴晴评价荣。

也许这是对母亲这个人设的最后一丝维护。

事情出乎所有人的意料。

相亲的人看上了惠。尽管惠比荣小两岁，但荣做过美容手术，看上去比惠年轻五六岁。

叶荫心想，这个人还真有眼光，如果是要一个生活上的伴儿，舅妈正是最佳人选。自己聪明的母亲一定做了舅妈的陪衬。而这怨不得晴晴，这次晴晴是真的想帮姑姑，绝无二心。

荣先是埋怨晴晴没介绍清楚情况，最后抱怨叶荫像个傻子坐在那里让人看不上。仿佛因为有了叶荫这样一个女儿，让她错失了一段好姻缘。

按荣不满的程度，似乎法律规定孩子有满足老人所有愿望的义务。

叶荫面无表情地看着一脸怒气的荣，除了无语还是无语。

晴晴叫那个人波叔，和荣见面那天，叶荫无意间听见了晴晴跟他的一段对话。

波叔说："看重钱不是错，但我希望喜欢的是有钱的我，而不是我的钱，更不能是穿越了钱和我望向远方，我这岁数可不玩什么心跳。"晴晴打起哈哈说："我姑姑也没有什么特别的意思。"波叔说："我这岁数看人还是不出大格的。"晴晴说："要不咋叫您波叔，博览群书嘛。"老头被逗乐了，说："无论男人女人，幽默都是重要的能力。如果没有这种能力起码要懂得尊重别人笑的自由。"听到这儿叶荫轻轻走开了，没错，这两个优点荣都没有。至于为什么说荣望向远方，叶荫不知道原因，但她明白有钱人的钱都不是地上捡的，会的就是揣摩人心。

惠的喜酒荣自然没去喝。

晴晴对来送贺礼的叶荫说："其实姑姑不找波叔也对，他的两个儿子总拖家带口来看他，要是姑姑肯定受不了，我妈倒是乐颠颠地给他们做饭，就算有保姆帮着，十来个人的饭也不容易做。"

叶荫说："得到就要付出，天下哪有免费的午餐。付出的多得到的也多，舅妈还是有福气的。"

晴晴说："是啊，上次我过去，老赵的孙子说我妈做的锅包肉比饭店还好吃，赶着叫她奶奶。我有点儿心疼我妈，可我妈说她高兴，说自己喜欢热闹。"晴晴的声音喜忧参半。

叶荫说："舅妈高兴就好。"也不得不承认这些都是荣做不来的。

晴晴能想到叶荫的处境，安慰她道："算了，表姐，你不要想太多，我觉得姑姑就算嫁给波叔，她也不会快乐，她就像小学课本里钓到金鱼的农妇，永远不可能满足。"停了一下，晴晴叹口气，说，"有的人永远对周围的人不满意，对生活不满意，独独对自己满意。"

15

荣拌的饺子馅儿很容易让霄想起瑾，所以那段时间问霄晚饭吃什么他经常选饺子。在霄面前荣还算克制，看不上叶荫的时候也尽可能不当着霄评论，比如她很看不上叶荫孕妇裙一样的长袍和粗布鞋子。

荣住的房间在北侧，这是荣最不高兴的地方。她一向认为北边阴气重,对身体不好,叶荫知道荣的想法,但总不能因此让霄腾出主卧。荣每晚睡觉都会念叨霄的房子不好,卧室都应该在阳面才对,这里和晴晴的房子没法比。正常情况下霄听不到这些,但那晚洗发液没了他到客卫去拿,听见叶荫正解释说这个地方的房价比晴晴那个地方贵。荣"哼"了一声,叶荫不再说什么。霄悄悄回了卧室,荣"哼"的那声像一种让人心里不爽的摩擦音,霄很久才睡。

荣讨厌桔梗,当着霄的面也会忍不住踢桔梗一脚,大声地骂桔梗。桔梗每次看见她就灰溜溜地夹着尾巴藏到桌子下面。霄很吃惊但没说什么,原先答应周末陪她去香山后来却说没空。叶荫只能自己陪荣去。

荣不见得看不出来,但她一生只对自己的心情负责。

叶荫知道霄讨厌别人高声大气地说话。公司的员工说话都耳语似的。

霄曾说自己宁愿接受虚伪的软语温存也不喜欢真诚的粗鲁亲热。叶荫说就是书里说的上流社会戴着虚伪的假面具。霄认真地说面具戴久了就会长到脸上,修养就是这么练出来的,给到下一代就是教养。又说,其实咱们都缺这个。

叶荫很不好意思荣的行为,但不知该怎么和霄说或者说什么。当然也没有和荣说。

又过了几天,灶台的打火器坏了没能修好,厂家说已经没有这个型号。如果换其他的型号要把整块台面换了,叶荫觉得麻烦,就和霄商量改用电磁炉,直接放在灶台上就行。霄同样不愿意麻烦,想以后收拾房子时一起换也好。

这是霄和叶荫对彼此满意的地方,两个人从来不会为了柴米油盐发生分歧。

但荣忍不了。虽然叶荫不用她做饭，她还是做过两个拿手的家乡菜。不料再想做时就碰上灶台坏了，刚开始叶荫劝她不用管她还听，过了两天她又想做时终于对用不惯的电磁炉忍无可忍，没告诉叶荫就去附近的苏宁商店买了新灶台，而且要求当天装上。叶荫无论如何也拦不住。

霄到家时工人正在切台面，因为很晚了两个工人正念叨："快点儿弄，过会儿物业不让用电锯了。"飞屑呛得霄一阵猛咳。霄面向狼藉一片的厨房说："有些人就是有能耐让生活乌烟瘴气。"叶荫歉意地望着霄，不知该说什么。

第二天霄说自己出差，之后好几天没回家。荣很生气，说自己出钱出力难道还错了？！

过两天荣想回老家。看看时间快过年了，叶荫决定和她一起走。霄在她们出发前回来了，该有的面子大家算是共同守住了。

霄每年春节都会去一个寒冷的地方，大多是北欧，而且是一个人。因为瑾的百日在年三十，仕去世时五七也是年三十。叶荫理解霄，从不要求他在过年时陪自己，也不会要求他带上自己。

荣听完不能理解，叶荫突然觉得自己说多了。

过完年离开家时荣对叶荫说霄和她不是一路人，让叶荫好好地找个工作。叶荫别的没听进去，觉得自己确实该找个工作了。

很多年后叶荫对刘珊珊说自己一生为情所困不值得。

刘珊珊懂得这个情不仅仅指爱情。刘珊珊还懂，叶荫的痛就是觉得值得爱的，没来得及多爱些。她的大部分爱，如果不能说是给了无关痛痒的人，也仿佛酹向天地的酒，给了某种念想。真的是那句：无缘何生斯世，有情能累此生。

16

霄在世贸约人见面，早到了一会儿，就四处看看想给叶荫买套杯子。

銮正和朋友喝下午茶，身边放着一个婴儿车，他远远看见想走开，但此时銮已经看见他并主动过来打招呼。霄告诉銮那次她看见的是自己高中时的初恋女友。说完霄有点儿脸红，后悔说起这个。

銮笑了，知道霄在撒谎，自己才是他的初恋。他说过的，而且，表现无遗。

但銮什么也没说。她能在众多美女中以不太出众的容貌得到霄，就是因为这种对什么都不见怪的气定神闲。

此刻霄有一丝庆幸，遇到銮的频率说明俩人的差距比以前小，这无疑是他这几年奋斗的成果。可当銮把和她一起喝茶的人介绍给霄之后，霄颓然觉得一切都没有变，差距是固化的鸿沟，承认不承认永远都在那里。

突然觉得餐厅四处可见的玫瑰图案不那么宜人了，杯子也没有买，那一刻任何标着价格的东西都显得触目惊心。霄想婚姻确是物质的。你无论怎样提升自己的价值，标好的价格就在那里，刺激你一次之后随时准备再刺激你。

那晚，他疯狂地要叶荫，报复一样地冲撞她。

叶荫不知道为什么，只是抱紧他，相依为命似的抱紧他。

霄洗了澡躺回床上还是没说什么，亲亲叶荫，说："睡吧。"就把背留给了叶荫。

叶荫愣愣地望着他的背，明白刚才相依为命的感受是种错觉。

叶荫两只眼睛在黑漆漆的屋里像夜空的星星闪了一夜。天快亮时叶荫才睡去，自然睡过了头。

她的睡眠一向很少，所以从不用闹钟。醒来时，霄做了早饭，竟然端到了床前。

叶荫呆呆地看着他，礼貌地说了声"谢谢"，却笑不出来。

霄喂她鸡蛋，她勉强吃了一口，坚持说要洗脸，还是下了床。

洗脸时，看看自己肿成一条缝的眼睛，她敏感地意识到自己似是第二次踏进了同一条河流。

童年的时候也曾这样地不知所措。

霄走后叶荫给飞儿打电话是空号，去找飞儿，丁说飞儿带胖子走了，叶荫问起孩子，丁说那不是他们的孩子。叶荫愣了下没再问下去，只是心沉了又沉，一直到晚上都无法高兴起来。霄应酬回来见叶荫在落地窗旁的躺椅上睡了。

又过了两天，叶荫梦见自己结婚了，却看不清新郎的脸，醒来郁闷。和霄说起，霄说："这说明你还没想好嫁谁。"虽是开玩笑，但因为霄就此打住了，叶荫更加郁闷。

其实，她并没有试探霄的意思，却一不小心就明白了。

聚的结果总是散，一切都是看得到结果的过程。霄在瑾走时就明白了这个道理，等銮离开时更认定这个道理。所以他觉得如果快乐是种稳态，不去触碰它的周边是最明智的。他认为自己和叶荫会走得久些，因为没有和銮在一起时遭受的外力。

毫无疑问，他和銮是所有校园恋里最不自由的一对。銮在周末固定的时间被人接走，他们没有共同的周末。也许那个时候他们的结局就已见端倪。

和銮的开始其实很平常，銮却始终念着他当日的好，分手后每次想起，霄总觉得像白雪公主赞美木屋里的小矮人。霄觉得自己仰头才听得到銮的感恩。

那天中午排队买饭，大家都等得不耐烦，不时用勺子敲盆，霄后面的两个女生在说话，其中一个是銮。因为没吃早饭她已经饿得虚脱了，满脸汗珠。銮有低血糖的毛病，霄知道这有危险，所以不仅和她换了位置，还和排在最前面的同学说了情况，让銮先买了饭。晚上霄就得到了回报，四个杯子大小的芒果，那时北方的市面上还没有这种水果，有钱也买不到。

銮后来从霄的同学口中得知霄曾被高中推荐读数学系，但因为喜欢经济专业，所以拒绝了保送选择自己参加高考。銮喜欢这种自信，指哪儿打哪儿是王者的气势。

所以，他们开始了一段大学恋情。一段。

銮常常盯住霄目不转睛，她专注的表情会让霄想起叶荫那从不肯和自己对望的眼睛。

曾经，偶尔会想到叶荫，他的救命恩人。

霄最终没有走进女友家的大门。

一次她自作主张没打招呼就决定把他带回家。结果是他连门都进不去，警卫耐心地笑对女友也对他但不放行。

霄绝望了，进这个门只有女友的爱是不够的。公主不是假的，但在一个王国里她不是最大。

不想让那个比自己小很多、方言很重的小警卫为难，他选择离开。小警卫让他想起上大学时军训的教官，分别时大家都喝多了，教官讲了他从小兵到排长的不易。霄想其实自己和他们是一样的。

霄终于明白，銮和自己的爱情，是公主生命中的罗马假日。

也许霡一开始就明白，这是关于青春的记忆，是此生对于爱情的念想。

霄想到这儿就更加绝望，他伤的不是情是自尊。

无能是相对的。霄毕业不久就做到一家大公司的副总，之后自己创业做得也不错。

底层是相对的，你不够高你就是底层。你觉得你是棵树，可也就是小树。小树长成大树颇费时日。有时候，先天就决定了。

霄喜欢忙碌，忙得忘了一切。他的一个大学好友曾经调侃他，是不是每个工作狂都有着不堪的过去。

17

霄的浴室很大，但没有浴缸。叶荫做主装上的浴缸，霄当天就让人拆下去，并且发火了。

他没有解释为什么。

叶荫也没有问为什么。

她没问过霄的事情真的太多了。

比如霄小腿上的文身。一个女人头像，梳着日本髻。叶荫觉得似曾相识。

西装革履的端庄下，那个文身有几分诡异。即使这样，叶荫也从未问过，仿佛那一切随着霄与生俱来。

朱砂刺青，平时极淡，在饮酒后才明显。

是瑾。叶荫在家长会上见过，不过日子久远她记不得了。

虽然叶荫没有完全想通但还是有点儿明白，霄的火气似乎总跟浴室有关。

那天叶荫的"大姨妈"来了，她把脏衣服放到卫生间想等睡醒再洗，不料睡过头，霄回来她都不知道。霄进了卫生间看到血渍又发火，叶荫吓醒了。

瑾去世后，霄看见血就会暴躁。

霄说不清自己是否非常想瑾。人们常说想起妈妈就会想起家，忆起来时路，霄从不觉得，尽管他爱瑾。瑾让他看到的来路从来不是路，而是一团雾霭。妈妈只是作为妈妈这个称呼来回忆，似乎跟一切都没有关系。

记忆里最清晰的是瑾会突然对他痛哭，哭得莫名其妙。在霄很小的时候就这样，他甚至不记得自己几岁，却一辈子记得自己当时的那种惊恐。

也许霄的爱不是枯竭而是凝固在心里了。

对瑾的爱葬在心里。墓地总是荒凉的，走近的人就有感觉。銮也有感觉，但与生俱来的无所畏惧，让她固执地走近霄，又残忍地离开。

对銮来说，来去都是爱，爱自己。爱别人首先要爱自己，这没什么错。

叶荫没有这种力量。

霄不肯说明发火的原因，后来告诉叶荫自己晕血。

叶荫知道晕血不是霄这种表现，所以只当他是道歉。

霄睡去，叶荫坐在露台看星星。

和遇到霄之前的这种日子一样失眠了，那时她警醒着怕自己出错弄脏被褥。仿佛回到了过去。

周围一片漆黑。黑暗，确实让人分不清过去和现在。

第二天俩人都没事一样，霄在南边的阳台举哑铃，叶荫在北边的阳台做早饭，跟所有的早晨一样。

也许，霄心里知道这两次自己欠叶荫一个解释，但还是不想说，也不知道如何说。他决定利用周末好好陪叶荫作为补偿。他精心挑选了一个度假村。

度假村在深山里，仿佛被世界遗失了的地方。

霄说："真希望这里是传说中的黑洞，咱们就把自己丢在这里。"

叶荫笑笑，说："你肯吗，你可是水泥森林里的动物。"

霄耸耸肩说："偶尔为之。"

叶荫当然希望霄对她说："为了你我愿意。"哪怕撒谎也好。

桔梗过来推叶荫的腿让她带自己出去，叶荫对桔梗笑了，心想自己如果也能这么无所顾忌地提出要求就好了。

霄看着叶荫，觉得她的话比以前少了，那笑容竟然有些中学时代的样子。

那段时间叶荫经常给刘珊珊打电话，她说得少，都是听刘珊珊说。

白天刘珊珊鼓励一个上了白连夜又不得不再替个夜班而哭鼻子的小护士说："瞧，你这双漂亮的眼睛简直像睡足了二十四个小时一样水灵。"小护士擦干泪水笑了。晚上，她看一位女主持人在节目里介绍一个乱蓬蓬的发型说像睡足了二十四个小时一样，她兴奋得赶紧拨通叶荫的电话说："瞧，我已经赶上著名主持人了，要不我换工作吧。"

叶荫说："她要是跟你一样管不住自己的嘴，就没人敢上她的节目了。你知道她的聪明不是把话都说出来，而是要咽回去一部分。"半天没听到刘珊珊出声，叶荫对着电话"喂"了两声，才听刘珊珊慎重地回答："我还是干一行爱一行吧。"

后来俩人养成习惯，如果同时看这个主持人的节目，就一起猜她恰到好处咽了回去的那些话。很多时候刘珊珊觉得叶荫猜得很对，她不禁会想，曾经不解世事的叶荫经历了什么才学会了揣度人心？

刘珊珊到过两次北京都没有见到霄。其实有一次霄并没有出差，但叶荫也没约霄和刘珊珊一起吃饭，原因连她自己都不清楚。

刘珊珊隐隐觉得异样，却又分明感到叶荫对生活的满足，她有些搞不懂。她试探地问叶荫要不要回学校来读研究生。听叶荫说自己考虑考虑，刘珊珊兴奋不已，立即寄了招生简章给叶荫。刘珊珊是真的希望叶荫能读研究生，这样叶荫就可以留校，两个人又能在一起了。至于霄，刘珊珊想对叶荫说考验他的时间到了。但叶荫没有提起，她也就没有说。

刘珊珊用玩笑的语气跟叶荫说自己的工资供她读书绰绰有余。刘珊珊看不见电话一头的叶荫听得眼角有泪花，因为叶荫知道她用玩笑的语气说的真心话。

那晚叶荫正想着要跟霄说自己的规划，霄却慌张无措地递给她一份体检报告，他竟然得了结核！好在不重，住院前的晚上霄躺在沙发上枕着叶荫的腿，任由叶荫梳理他的头发安慰他，说就是三周时间嘛当疗养了，自己会一直陪着他。

叶荫没有丝毫犹豫就放弃了考研的计划，甚至没有对霄提起。

那段时间叶荫忙得团团转，换着样给霄煲汤，逗霄开心。霄乖乖的、依赖自己的样子让叶荫非常满足。

对于叶荫放弃考研刘珊珊倒不意外，这确实是她所了解的叶荫一定会做的选择。但刘珊珊还是说了自己想说的话："人生有时候真的就是运气，稍一恍惚，人生最重要的几年就过去了。"叶荫沉默了。问叶荫霄对于她放弃考研是怎么想的，叶荫说没有告诉霄。刘珊珊叹口气没再说话。

刘珊珊想，希望霄能不辜负这份不吝付出却没有要求的爱。

当然，她最想提醒叶荫的是，不要把霄的需要当成爱情。她还是没有说，她了解叶荫撞倒南墙继续满身尘土往前走的性格。叶荫的停下只能是她自己想停下。

18

霄爱吃海螺。治病期间怕过敏一直没吃，停药后霄说希望天天吃。以前总是在饭店买，但霄生病后叶荫对油和调味品都极其在意，所以在家做。做了几次之后叶荫终于总结出自己的方法。

把海螺放入冷水中等水刚一烧开就拿出，所以无论厨房多热叶荫都要等着水开那一刻，捞出后再细细切成薄片。霄看着叶荫一会儿煮一会儿切，说："太麻烦了，还不如去饭店吃省事。"叶荫扭过头冲霄挤挤眼睛，说："爱心化成耐心哟。"于是，霄经常能吃到叶荫耐心做出的葱油螺片。霄觉得在家里吃的好处是可以多做些，饭店里的一盘量少，点两盘又显得贪心。

有一天霄发现叶荫有一阵子没做螺片了，问她，她说自己不能去买海螺。原来，海鲜市场门口的一个摊床竟然卖蛇，叶荫站在旁边买海螺突然发现了，尖叫着跑出来就再没去过。叶荫怕蛇。她喜欢很多动物，甚至蜥蜴，唯独怕蛇。

霄不怕，他对所有的动物都不喜欢也不怕，说周末一起去。

到海鲜市场后叶荫拒绝进去。霄独自进去她又极不放心，强调黑色肉是新鲜的。霄冲唠唠叨叨的叶荫笑笑，感觉琐碎而幸福。

和玫瑰一起来找朋友的森看到了他们。当森走过来时，霄已经进了市场。

两个人对望时都笑了起来，仿佛只是几天没见。叶荫的眼睛扫过玫瑰的脸对森说："那天我在回龙观的市场看见了你。"又急忙说自己是路过那儿。森低头笑笑，拿起电话拨通了叶荫的号码，说自己还有事改天再联系，就和玫瑰走了。

玫瑰惊讶地边走边又向叶荫的方向回望，叶荫低着头摆弄手机估计正记下森的电话号，玫瑰说："在北京遇到熟人的概率约等于零，什么人这么有缘啊?!"

森甩开玫瑰紧紧攥住自己的手大步走开，说："真人！"

玫瑰立刻双手合十，森反应过来时不由得笑起来，玫瑰说："你笑得真难看。"

19

平静的日子过得不快不慢，让人觉得生活即使有些许瑕疵也是寻常事。

叶荫收拾屋子发现之前送霄的杯子他没有用，是一个很贵的绿色紫砂杯，少见的颜色非常精美。杯子的把手是只凤凰，霄觉得花哨不肯用。霄随外公爱喝红茶，用的也是外公的旧杯子。叶荫笑话他说："没听过凤求凰吗，凤是男的凰是女的，你想这是一只凤好了。"霄还是拒绝了。叶荫就自己用来泡普洱。霄说："你已经快成楼兰公主了还喝普洱。"叶荫当然明白他是说她太瘦了。她也不知道为什么自己越来越瘦。霄的结核好了之后叶荫拍了片子并没有被传染。霄自己也很瘦。霄说自己喜欢饥饿时那种清醒，那是一种濒临绝望拼命调动全身能量的清醒。叶荫觉得霄对瘦简直有种病态的迷恋。

霄常常在拥抱叶荫的时候问咱俩会不会硌伤对方啊，叶荫就把小闲放在俩人中间说那就夹个胖子吧，两个人大笑好久。

霄的身体逐渐恢复，工作安排也恢复到往日的状态，叶荫却错过了考研的时间，她开始留意工作机会。

参加完一个面试沿着地铁通道的地摊边走边看贝壳做的耳饰。叶荫喜欢贝壳做成的东西，有环佩叮咚的感觉，很便宜，十元一副。商店里没有这种美丽却廉价的东西。霄买的饰品太昂贵，一副钻石耳钉竟然两万多。但它扣在耳垂上时，叶荫感觉不到它的存在，觉得那是给别人看的。

她喜欢耳环垂下的坠子轻触自己的脖子，像刘珊珊的手轻点她的颈动脉，威胁她说没财就劫色。

美丽的耳环如耳鬓厮磨的密友，跟价钱无关。可惜霄不喜欢，看见会皱眉。想到这儿叶荫举着耳环有点儿溜号。冷不防有人碰了碰自己，回头看竟然是霄的助理睿。叶荫知道她已经辞职。因为睿很能干所以她离开后颇让霄过了段焦头烂额的日子。

睿看着叶荫手里的耳环微微一笑说："霄会喜欢吗？"叶荫也笑笑没有回答，换了话题问睿忙吗。睿叹道公司离家远了为赶时间不能开车，自己只能来挤地铁。又问叶荫在忙什么，叶荫说自己在找工作，因为想照顾家所以要找兼职目前还没有合适的。睿说自己隔壁的公司在招兼职叶荫可以去试试。叶荫连声道谢。睿和叶荫摆手道别，说："我先走了，有些人一出生就在罗马什么都不愁，我这种只能靠自己的人必须抓紧时间。"叶荫觉得她话中有话，却听不懂。但睿是白说了，因为叶荫对别人的事不好奇。

叶荫之前对睿有几分不放心，睿对霄的关心确实也超过普通员工，甚至看见叶荫还有点儿不自然，所以叶荫曾敲打过霄惹得霄笑她醋劲大。

霄可以在开会时口若悬河，也可以几天把自己关在办公室连个电话也不主动打。在那些刚进公司不谙世事的小女孩儿眼里霄是神秘而迷人的，像一个悬于宝座之上的谜。而待久了的女员工就不会再被这个谜吸引，生计艰辛量力而行，哪有心情和多余的力气去解谜？

此刻叶荫看得出换了公司的睿虽然辛苦但心情非常轻松。叶荫不得不承认睿努力的样子十分动人。

叶荫去睿提到的那家公司应聘，比预想的要顺利，她非常开心，霄认为也挺好。两个人都觉得生活步入了正轨。

终于，霄在叶荫的工作开始之前有了时间，就和叶荫去逛古玩市场。

霄喜欢逛古玩店，是随了外公的爱好。叶荫知道霄一直用老银首饰做年末抽奖的奖品。去年的一等奖是一对老银镶翡翠的耳钉，抽到的女孩儿当时乐得抱住霄，可以想象多高兴才能这么忘形。

叶荫换上霄买给她的一件白色开衫，前襟比后襟长很多，下端呈三角形，非常优雅。她飞快地跑出去，衣襟飞起，像蝴蝶的翅膀。

霄交叉着双臂抱在胸前，笑着看她。因为快乐叶荫瘦弱的身体在这一刻散发着饱满的热情。觉得和记忆中的某个场景非常相似。熟悉而亲切。那是瑾。瑾高兴时的样子。

叶荫挑新的东西。霄笑她这样何必来古玩市场。他帮叶荫选了一款古旧的翠玉耳环，可她说什么都不肯要。尽管霄说得没什么不对，古旧的东西自有一种气质，是种岁月沉淀的美。

"那是一个人或几个人的爱物，我怕她们不舍得。"叶荫小声说。认真没有开玩笑的样子。尽管声音小，老板可能还是听到了，看她一眼，霄尴尬地走了出去。

叶荫很坚持，喜欢是种尊重，喜欢却不留下也不失敬意，都没什么错。霄想叶荫太敏感，也许是从旧物上感到生命消失的痕迹不舒服吧。

叶荫买下的东西让霄发笑，是一个画着老头抱元宝的葫芦。她拿着它，有些出神，爸爸年纪大了就是这个样子吧，可惜他没让她见到。她叹口气发了会儿呆。

直到霄在一块鱼化石前面流连了一阵儿，发现她没跟上返回来找她。

之后霄陪叶荫去了商店。霄的目的就是要给她选件礼物，不买到不罢休的架势。

白色的翡翠不是最贵重的，然而那白而润的颜色让叶荫想起李姥姥喂她的羊奶，但她没有对霄谈起她的回忆。这时霄拿起深绿的翡翠让她比较，贵了好多。那种浓幽的绿翡翠太像一片叶子，她怕自己供给不了它充足的水分。最后她坚持选了白翡翠耳钉。霄原以为她嫌贵，看她坚持，就以为女孩儿原本都喜欢白色的，深绿的确有些老气。霄有点儿遗憾，他想送她最好的，因为叶荫这两个字总让人想到绿色。

并不希望霄给她买那么贵的翡翠，其实叶荫想要一条脚链。据说，男孩子送女孩子脚链是希望拴住她。而且父亲送了手链，霄自然该送她脚链。

可惜，彦走了五年，叶荫已经忘了怎么撒娇怎样提要求。

叶荫从商店出来有点儿闷闷的，霄想不出她为什么不快，难道叶荫喜欢更贵的那个？可她分明不要啊。

霄也沉默下来。

叶荫没有告诉霄自己的种种想法，不是不信任，是没有力气说。何况，如果有力气，她宁愿用尽全力控制自己的思绪，不想不代表遗忘。

20

　　毕业五年，黄山已是省级医院中最年轻的医务科长。在职硕士已经毕业，开始读在职博士。旭有些担心提升这么快会不会有闲话，黄山昂昂头说："我又不是阿斗。"黄山没说假话，就算没有家庭的原因，她也适合这个位置，只是有了扶助她向上走得更快些。

　　其实旭也觉得黄山是胜任的，她努力勤奋能吃苦。不只在单位，黄山对自己的每个角色都很尽力。在家接到公事电话她会走到另一个房间去接，不想让旭看见自己角色转换之快。

　　为了幸福，她愿意做一切，只要旭配合。他明白。

　　一次黄山出差回来，一周不见，旭的渴念巨大。第二天早上闹钟响过黄山仍酣睡，他才发现她的疲惫。后来知道她在北京等批文已有两天两夜未合眼，但她不拒绝他。他问她："你累了为什么不拒绝我？"她盯着他的眼睛说："我不累，愿意就不累。"

　　一个女人做到了只要你要、只要我有，一个男人也只能倾尽所有，除非不是人。旭想。

　　黄山不急于生孩子，在做到院长助理之前不要孩子，这是妈妈同意的。这件事旭也不急，只有旭的妈妈很急，说怕自己见不到孙子。之前为了她的催婚已经闹过不愉快，在黄山心里迁就要分轻重，后来黄山有点儿躲着婆婆了。

　　旭被妈妈逼急了，就说要她别管。因为已经答应了黄山所以连商量都咽了回去。旭的妈妈不再说什么，她住在黄山父母的老房子里，本就有些人在屋檐下的样子，所以每声轻轻的叹息都像三九的风刮在旭的心上。

其实黄山结婚前就知道婆婆超常的控制能力，后来因为工作忙也就渐渐合理地疏远了。

为了幸福俩人不遗余力地努力着，不遗余力总有沉重的意味，他们都不说。生活如同一个固定轨道，他们有条不紊地负重前行。

毕业之后各种规模的同学聚会常有，黄山因为忙很少参加，这次聚会是为了旭调到新建的妇瘤科召集的，黄山自然要到场。

同学都说旭有望成为主任的接班人。多数人觉得旭是妻贵夫荣，只有少数同学认为这其实和黄山没多大关系，毕竟旭是那种即使漫不经心也能把事情做好的人。

看着黄山和旭一次次地和来恭贺的同学们举杯寒暄，云舒说："黄山努力地做两件事，幸福和秀幸福。前者做得不知道好不好，反正后者旭做得挺累。"又说，"旭算听话，家里家外的聚会吃虾时都给黄山剥虾皮。这就是纵然不幸福也要有幸福的样子。"刘珊珊讨厌云舒的刻薄，说："明明黄山和旭就是很幸福，你看不出来？"但也明白黄山绝不容许别人看她的笑话。云舒放肆地笑出声，说："那可真算扒瞎。"刘珊珊知道旭的妈妈几次住院都在云舒科里，她自然了解些情况。

聚会还没结束，黄山就接到院长打来的电话让她回办公室写材料。院长的材料都是她写，他说别人写的没法用。这无疑是最高赞美。

黄山觉得虽然写不出叶荫那些花花草草的诗句，可自己写的东西终究是有用的。妈妈说得没错，这世界上最重要的东西就是有用的东西，只有它能成就你。

但这次让黄山既骄傲又心烦，本来和旭约好聚会后看电影只能取消了。

黄山离开时旭站起来拿黄山的大衣给她披上，云舒说："黄山你要帮旭整理领带还要相视一笑。"有了云舒这个导演，大家都成了观众。黄山的脸微微红了下，真的轻抚下旭的领带，对云舒说："怎么样，导演？"然后微笑的眼睛云淡风轻地扫过大家的脸。

刘珊珊觉得自己像参加了一场化装舞会。有些人可能生来就是为了演戏，也无所谓累不累。

云舒终于可以很淡定地评价黄山再也不用羡慕，因为她嫁了个条件不错的老公，叫寒。寒除了个子矮些其他条件都不错，虽然不是名校毕业，但在一家大公司的销售部做经理，收入很可观。

凑巧的是寒竟然是霄的高中校友。

21

云舒和寒逛街时遇到了柳。

云舒依稀觉得面熟，寒和柳打完招呼已经走过去，云舒却突然想起了那是柳，因为柳曾经到图书馆找叶荫拿文稿，碰到过云舒。她兴奋地问寒这是谁，并且说了叶荫的事。

不是一家人不进一家门。两个人为了这个传闻兴奋不已。这时寒还不知道霄的女友就是叶荫。

不久之后寒到京出差，是和霄的公司相关的业务，一笔大单，如果谈成了对寒的升职非常有利。

云舒有年假正好一起去。上班时云舒没空打扮，总是穿得中规中矩，既然是度假她特意买了最合意的衣服。那是一件露肩上衣，穿在模特身上很好看。可惜云舒穿上仿佛是被她撑坏了，而不是设计成那样。看她特别喜欢，售货员就极力迎合，成交顺利。

霄和寒在办公室里谈得并不顺利，到了饭点霄总要尽地主之谊请寒吃饭。因为之前寒说带了夫人同来，霄早上告诉叶荫要她一起和同学一家吃晚饭。

寒虽然自认混得不错，但看看霄虽然不大却位于 CBD 的公司，难免产生些不得志的凄凉和幽怨。他高中时见过叶荫，只是不知道叶荫的名字。不由得调侃霄功成名就抱得美人归。霄也晓得这位昔日同窗的性格，虽相识多年但不是所有情谊都像酒酿越陈越香。所以寒的话，霄都是边听边打哈哈。寒看在眼里只觉得霄傲慢如旧。

云舒和叶荫见面也不由得感慨这世界真的不大。霄说不是不大，是大家有缘。云舒本来无所谓，虽然看上去霄的经济条件比寒略好，但她觉得老公的单位比霄的小公司好，自己的条件也不比叶荫差，尤其刚晋升了主治医生怎么也比多年不干专业的叶荫强些。

寒第一次在饭桌上提起合作的事情，霄含糊着说以后谈。几杯酒下去，寒再次提起就有些强人所难的意味了，霄有些不快几乎直接否决。

寒不快的样子到底是刺激了云舒。

大学时的小矛盾不是云舒当着霄的面说起往事的原因。云舒并不那么坏。但一个不坏却护夫心切的女人是可怕的，尤其是云舒这种战斗力强的女人。

也许她的内心不希望叶荫生活得坏，可比自己好就不对了，至于这种欺到自己头上的事更是万万不能忍。

云舒轻柔地叫叶荫："叶荫，你说过，一个拥有很多父爱的女孩儿会很容易相信男人。这次终于信对了，真替你高兴。"

叶荫愣愣地望着云舒，不记得自己何时说过这句话。因为了解云舒，叶荫知道风浪来了，她不禁挺直了背。霄立刻发现了叶荫的紧张。

霄笑一笑，揽住叶荫的肩，说："当然，风雨相伴值得托付。"这是寒曾经任职的保险公司的一句广告词，他只工作了一年就离职了。那不是一个愉快的经历。听到这句话，寒移动下身体才又坐直了。

叶荫看霄一眼，霄很少当众和自己这样亲密，也很少说笑话，只能说云舒很成功地让她那句貌似不经意的话取得了预期的效果。

丈夫不自然的面色再次刺激到了云舒。

她赞美霄是青年才俊，比那些没了能力的老男人强。说自己和寒前几天看到了柳。寒很配合地碰云舒让她不要乱讲。

叶荫甚至不知道霄和柳的关系，霄从未提起。柳来京次数有限，来了也只和霄吃顿饭就走了。因为霄的心结，他没有想让叶荫见柳。叶荫问起时他只说父亲在国外援建，其实那次援建柳只在国外待了一年就回来了。

云舒貌似什么都没说。叶荫气得发抖却不知道说什么，一如大学时候。叶荫在那顿饭后完全想不起来，这对夫妻是如何把话题引到自己身上，并且提到了柳。

叶荫多一句话都没有。不讨好不乞求，云舒想叶荫倒是一点儿没变，这么想时她竟然得意不起来了。

结账出来霄微笑着跟寒和云舒告别，仿佛什么也没听出来。叶荫淡淡地盯着云舒，没说再见。

父亲的女人?! 霄有些晕。

这一刻他的牙齿足以咬碎世上最坚硬的东西。

寒终于雪耻了。从高一开始他就不觉得自己比霄差多少，不过是霄的家庭背景强过自己。同样是班干部霄出尽风头，自己却是干活的那个，他一直压着一口恶气。

这次终于等来了霄的笑话。叶荫虽然比云舒漂亮，可云舒比她安全。他完全可以在某一刻打断云舒让老婆把这个秘密咽下去。因为它足以改变一个女人的一生。可那一刻对寒来说再没有比改变别人的命运让他更惬意的事。

和云舒回酒店上电梯时又说起霄知道真相的脸色，寒简直因为快乐要飞起来了，他担心自己的头会碰到顶壁。

云舒看着得意忘形的丈夫，心里却没了底，毕竟没签合同，而且大学同学如果知道自己这么整叶荫，自己又该怎么办。

但寒不介意，签合同是公事，雪耻是私事，云舒的事是云舒的事。

霄了解寒，自己即使下午和他签了合同，他还是会给自己难堪。但叶荫的事也绝不是临时编出来的，虽然霄对妆化得像艺伎衣着无品的云舒好感全无。

寒让霄再次想起了灼。那个和叶荫根本不是一个世界却竟然有交集的人。霄的心里念着叶荫的名字，脸色铁青。

霄曾经觉得叶荫像个特别小的孩子，只是游戏不讲究游戏规则，所以容易让人误会。可当他否认叶荫的时候，他觉得她险恶。她简直不像他之前认为的那么幼稚，而是老奸巨猾。气愤让霄失去理智。

那夜霄没有回家。

叶荫第二天到办公室找他，想当面和他说清楚。

22

叶荫进屋之前霄刚接了高中时一位老师的电话。这位老师当年离开教育界历经各种工作变迁后，一年前高升到寒的公司做领导，打电话目的是劝霄想开些,说寒不是故意要让霄难堪。又说霄应该理解父亲,柳毕竟独居那么多年。霄气得发抖,寒一定在解释没有合作的原因时故意说了些乱七八糟的话。听到最后霄明白为什么老师会打这个电话了,寒并没有说叶荫和霄的关系。寒利用老师把故事推向高潮,他赌霄不会告诉老师他没说的事。

独处一夜的霄本已平静,此刻再次被激起怒火,拿起桌上的笔筒摔在地上,挂在笔筒上的桃木珠散落了一地。

寒竟然一箭三雕,既推了责任又造了谣,并且把自己的领导也牵进来。

霄猜得没错。高中三年,他与寒可谓知己知彼。还是十五六岁的孩子时寒就说过,泼脏水泼到头上别人会觉得过分,要像浇花一样浇到下面才行。所以霄一直与寒无多来往。

当年瑾骤然去世,流言蜚语也曾让年幼的霄崩溃。外公出去疗养很久,一直带着他。此刻霄再次体会到当年那种愤怒无奈。

"云舒的话除了声音是真的以外其他的都不要信。"这是叶荫见到霄的第一句话。她还想告诉霄在大学里云舒就是这个样子,总说别人坏话。但霄没等她再说什么就低声道:"对,真的东西不一定良善。"叶荫不明白霄的意思,望着面无表情脸色铁青的霄,想说的话都说不出来了。她不知该解释云舒的哪句话,她等待霄开口问她。这时她突然看见地上的桃木珠。

那是小时候彦给她做的那个手串,由九个桃木珠串成,桃木珠上刻着星星、月亮、太阳、花朵、树木、叶子、山川、河流和家里的房子。到北京后叶荫用一根皮绳拴住它做了项链。后来把它作为最珍贵的礼物送给了霄,霄把它挂在笔筒上,说可以时时见到,就像叶荫在自己身边。叶荫有点儿遗憾,她希望霄像她一样戴在脖子上。

叶荫趴到地上捡起它们，当她抬头仰视霄时，发现自己那么卑微。

仿佛世界坍塌了，她只想立即离开废墟。但她没有力气，霄的嘶吼让她眩晕战栗。

当霄对叶荫吼出那句"除了耻辱你还能给我什么"时，他觉得血液冲上了自己的大脑，不知道下一句该说什么。刚才接到的电话带来的伤害远远大于昨夜面对寒。

叶荫的脸色惨白。霄从来不会对下属这样，不是没脾气，而是觉得有损风度，能气得他高声大气的人都待不到第二天，但此刻她在乎那句话多过霄的态度。那句她听到了就会茫然不知所措的话。黑发随着她的颤抖垂到了眼前，像片乌云。

她什么都给不了。她看自己的手，反复地看，除了桃木珠确实什么都没有。荣常常说的就是这句：叶荫你看看你的样子，除了伸手要钱你能给我什么。

霄是这个意思吗，她不确定。甚至忘了他生气的真实原因。她抱歉地对霄笑笑。仿佛多年前霄对她说谢谢时一样，笑笑。

霄与叶荫重逢时已被命运宠得不会道歉。即使鉴使他受挫，也只是让他愤世，对人情人性更是冷眼罢了。此刻霄意识到自己很过分，不再说话，却控制不住自己的愤怒。他恼怒地推开桌子上的一堆文件，出差带给叶荫的礼物忘记拿回家此刻被弄到了地上。

那是一盒紫罗兰香粉。市面上早已没有，霄在一个卖老物件的地方淘到的。据说产量极小，只为了满足怀旧的人们一点儿念性。霄喜欢那个圆圆的铁盒，小时候他会央着瑾快点儿用完粉把盒子给自己。他喜欢搽了粉香香的瑾，喜欢这样的瑾对自己抱了又抱。

盒子在地上腾起一片香雾，叶荫"哇"的一声吐了出来，借着这个力气，叶荫从地上站了起来。

看着叶荫握着桃木珠离开，霄想说什么到底还是没说出口，更没有去拉她。

叶荫对那个礼物的生理反应是留给霄最后的不快。

叶荫很早就明白，一个人的自尊如果高于爱情，那就是还不够爱你。爱可以让人低到尘埃里，这对男人女人来说都没有区别。

在路上走了多久叶荫不知道。觉得无处可去，却始终没有再走向那个熟悉的小区。

家是你身无分文也可以安心回去的地方。

叶荫觉得自己没有家，像多年前一样。

23

叶荫固执地哭。彦去世后她从来没这么哭过。

试着劝自己，不管用。哭得眼睛像掉出来一样疼。最后她视物模糊，已经没有眼泪了。她知道有些人确是哭瞎的。

然后吃了很多东西，胀得难受，心不再空得害怕。胀满，也许是暗示你其实拥有很多。经历失去的人最需要这种感觉。但叶荫的胃终于还是没忍住，吐掉了。

叶荫在宾馆这样待了一天，霄没有打电话。

霄根本没有回家。

胃痛得再也撑不住，在清醒的最后几分钟叶荫给森打了电话。

醒来时，她似乎闻到了父亲的味道。熟悉而好闻。睁开眼，森就在眼前。

叶荫没有再哭,森只看到她肿得水泡似的眼睛。

来北京后叶荫没有联系森,森以为她一定过得很好,比自己过得好。森握紧拳头。

森不问叶荫。他相信霄的冷血来自遗传。

树死后,森断断续续地听邻居们似避讳自己又当自己是个孩子不用避忌的闲言碎语。他知道霄的舅舅在自己还没出生时带人砸了自己的家。

叶荫不让森抱她。即使离开酒店时那种虚弱的状态。哪怕只是像童年时那种拥抱。也许,这种情形下叶荫仍然清醒,知道流血的伤口粘在另一块皮肤上容易长在一起。分开时,会把那块完好的皮肤撕破。伤口继续是伤口或者重新是伤口无所谓,但完好的皮肤无罪。

森把叶荫带到她之前来过的那个市场附近,在路上森发信息跟朋友借了一处房子,他们到时房子已经大致收拾好了。一个两室的房子,朝北的一间放着冰柜,里面放着海参。森说:"你不住也是空着,只当帮我看着海参,而且冰柜的声音很响,你不嫌弃就好。"

其实,关上门什么也听不到。

叶荫不知道,森另有库房,这样做是森不想让她为难。

房子在一楼,经常有金龟子钱串子之类的小虫出出进进。这些小虫子精力旺盛无忧无虑。叶荫看着好玩儿,并不害怕。她经常盯住一只看许久。

森买来环保壁纸。服务员告诉他贴壁纸是免费的。森说不用。他告诉叶荫一个朋友把一些壁纸的边角料给了自己,但是不能找工人否则要收人工费,所以不如自己贴。两个人一起贴,忙了三天才弄好。忙碌起来的叶荫情绪似乎也好多了。

壁纸白天看上去纯净普通，到了晚上，就是满墙满天的星星发着柔柔的光，像不会散落的烟花。

叶荫笑了，是她从小喜欢的烟花。

叶荫高兴森就开心，和小时候一样。

叶荫的样子看起来似乎已经没有什么不对劲，但森总觉得还有那么点儿奇怪。只能寄希望于时间了，森想。

晚上，森打开门，屋内漆黑。"叶荫，你在吗？"森轻声问。

叶荫坐在窗台上望着远处，没有回头，说："我来接它。"

森问："接什么？"叶荫说："风，风吹不进来。"又问森，"你记得吗，小时候咱们在山上看远处的灯火。"

森说："当然，那时候我总问你这有什么好看的。"

叶荫回过头说："我那时就是个怪小孩儿，是吧？"

森说："其实每个小孩儿都有自己的想法，只不过大人不理解觉得怪罢了。"

叶荫继续望着窗外，说："其实，我现在也喜欢看窗外，我最怕半夜还亮着灯的窗户，幸福的家庭多半不会半夜开着灯。"她清楚记得父母半夜吵架荣会突然打开灯，然后灯就那么亮到天明。森不说话，在靠近窗边的地上坐下来，仰望着窗外。这个角度看不清对面的楼，眼里有灯火，也许没有。

森买了漂亮的本子给叶荫，觉得她不肯说，如果能写也不错，总比憋在心里好，但叶荫发现自己什么也写不出来。

最后那个漂亮的本子上只写了一句话，横尸当场的爱比历经岁月被消磨掉好些。磨碎的东西只有咖啡有味道，其他的都像魂飞魄散的怪物讨人嫌。

森不觉得这句话恐怖，反倒觉得叶荫有点儿安慰自己的意思。他对叶荫说："我觉得蒜泥心里会不舒服，还有辣椒面、胡椒粉、孜然碎……"他的排比被叶荫的拳头打断，叶荫大声笑起来，是这么多天来叶荫第一次笑。

24

那段时间森常带叶荫出去兜风，只有他们两个。

森不仅没有告诉玫瑰也没有告诉萍叶荫来了。他觉得大家暂时不见面比较好。

十三陵附近的高速路上有很多不起眼的路口，开进去别有洞天。绵延的山路似乎不会到头，不高的山丘裸露着或浅或深的黄色石头和车身近距离交错，是种不期而遇的喧闹。看到的水域都平静得没有一丝波澜，像专门为天空设置的镜子。一如几年来这些地方给森的感觉，包容，不推不拒。他希望叶荫也能感受到，并且因此而安心。

开着开着就到了某个小村，自给自足的样子，连到处溜达的鸡鸭都一副舒服知足的幸福模样。森在某个瞬间会想，如果永远和叶荫留在这就好了。然后自己笑笑，重回现实。叶荫问笑什么，但这不是需要回答的问话，因为叶荫同时会高高在上地白他一眼，像小时候一样。

叶荫望着桃花源般的地方发呆，想的却是，幸福就像山上的那片天，似乎触手可得，其实却遥不可及。

森说人们都会喜欢自己出生的那个季节，比如他喜欢冬天。叶荫说似乎有道理，自己确实喜欢春天。

第一次总是给人深刻的印象。深刻，然后成习惯。叶荫和森同时想到俩人的感情也是如此吧。不只青梅竹马，他们是彼此人生的第一个朋友。

这世界上是不是真的有种感情混杂着亲情、友情和懵懂爱情的诚挚，从而超越了它们中的任何一个？

这段日子叶荫爱上了香烟。

在黑漆漆的屋里，点燃一支烟，那微弱的光亮在她疲惫的眼睛里异常温暖，是啊，这个世界上还有什么东西愿意燃尽自己给你光明呢。慢慢吸着，像一种无性的亲吻，成人的世界里有这种无目的的肌肤之亲吗？吸吮是生命之初最简单的动作，靠着它可以恣意索取爱和温暖。重复着这个动作，叶荫觉得自己迷乱的思绪似乎可以停滞下来，如果再有一杯酒，就可以睡着了。

白天她一根烟也不吸，它的气味并不让她上瘾，而且她不愿意让森看见。

森还是发现了。一声不吭地拿来条女士香烟，说这个淡点儿。

看着叶荫恍惚的样子，森说快过年了，每到这时候自己都很忙叶荫不如帮帮自己。

顽固失眠造成的恍惚加上严重耳鸣，叶荫有时需要望着森的口型来猜测他的意思。叶荫望着森，感觉他问了一句很想要自己肯定的话，便毫不犹豫地答应了。

25

早上，森带着叶荫去进货，路上叶荫竟然睡着了，一直打着小小的鼾声，到了批发市场叶荫才醒过来。恍惚状态下查着商家搬来的箱子计错了数。第二天叶荫不肯再去。

晚上，森回来进门喊叶荫，发现房间里黑洞洞的没有开灯。森打开灯冲到窗边叶荫才发现。看到森惶恐的表情，叶荫问森："你可怜我对吗?"声音遥远陌生。

森想哭。好一会儿,森说:"你说过,我是你哥哥。"

想说那个一直憋在心里的三个字却说不出来。他握紧了拳头,在有了诉说的机会时,一个没了说的权利,一个没了听的心情。但这似乎并不是原因。至于为什么他想不清楚。也许,他感觉无论什么时候他说出那三个字都像是哥哥对妹妹说的意思。

这是机会吗,更像两条直线交会后即将分离的那个点。

森不能忍受,决定说出来。

"叶荫",仿佛他喊的不是叶荫而是玫瑰,因为玫瑰推门走了进来。

后面跟着萍。

叶荫跳起来,扑进萍的怀里。这是她最亲的长辈之一。

是森的朋友说漏了嘴,玫瑰和萍才知道叶荫来了。

玫瑰看见萍飞快地走,像跑一样,以至于自己差点儿跟不上。她想,这个叶荫还真是个重要的人。

其实,她不知道,叶荫重要不假,但萍有更重要的原因。

萍依然眉目清秀却也是离了枝头的花。一如往昔温婉谦和的笑让人觉得暖暖的,仿佛岁月的风霜刀剑都早已入鞘,只在暗处藏了些故事。

叶荫的记忆里是萍三十多岁的样子,总是低着头,就像是岸边对着湖面的垂柳,你看到的总是背影。叶荫记得邻居总拿萍和树开玩笑,因为萍看见自己的丈夫竟然还会脸红。

叶荫在萍的脖子上看见了一个雕得非常精致的桃木花瓶,已经戴得光滑异常。她想那一定是爸爸送的。

萍望着叶荫说:"这个年龄最好,什么都不搽也是油油嫩嫩的。"

森笑道:"妈,你和叶荫多久没见了,才见面就冒出这么一句来。"

玫瑰笑着对叶荫说："我知道你，上次咱们见过啊。"转而又呆呆地看了叶荫许久，突然说，"你是那张照片里的小姑娘。"

叶荫一愣，玫瑰刚想接着说，萍打断她说："是呀，他们一起长大，亲如兄妹。"

叶荫感觉到萍急匆匆地只想打断她们的谈话，于是就只微笑不再说话。

萍仿佛想起了什么，对森说店里有点儿事把他叫出来。

离开门有段距离，萍说："我想我们来得很及时，你想说的还没说。既然没说就永远不要说了，就算你这阵子不考虑玫瑰的感受，以后怎么办？叶荫愿意看玫瑰痛苦吗？你们以后都笑得出来吗？而且玫瑰那么烈的性子你想过她会怎么样吗？"

听完萍一连串的问句，森颓然蹲到地上，他最怕萍的最后一句话。他不想做父亲曾经做过的事情。

森在兄弟连喝得烂醉，一个哥们儿把他背回家，桌上没人知道他为什么醉，甚至没看出来他有什么反常的情绪。只是他很快就醉了，让大家怀疑他的酒量是不是跌了。问他怎么这么快就喝高了，森闭着眼睛低声道："无可奈何。"

无可奈何的还有萍。

26

玫瑰很会做吃的。她包的小笼包是叶荫吃到过的最好吃的小笼包。

森说："小笼包是最闷骚的食品，别看白白胖胖鼻子眼睛扭成一团，但你一旦靠近就哇了。"这种时候森的一口京腔显得痞痞的。

玫瑰一定听过森的这句评价，因为森刚开口她就笑了。听完笑着打森，打只是轻轻一下，然后像橡皮糖挂在了森的身上。

森推开她说："你瞧，你笑得也像小笼包一样扭成一团了。"玫瑰笑得更厉害了，不肯松开森的胳膊。

萍也笑起来，说："别闹了，你们活像两个粘在一起的包子，汁儿一会儿都要挤出来了。"边说边夹起一个包子递给叶荫让她尝尝。叶荫咬下去，汤汁欢快地流进嘴里，冷不防被这一烫，手发抖包子掉进碗里，为了不失态叶荫含糊着把嘴里的东西咽下去。

森看到了，起身去拿餐巾纸，玫瑰这才松开他的手。

叶荫笑道："真不好意思，我实在抵不住它的诱惑，这可是我吃过的最好吃的小笼包。"

萍对叶荫说："我做了一辈子包子但这包子我还是做不出来。玫瑰做的松鼠桂鱼比饭店的还要好，下顿让她做给你吃。"

玫瑰拉着叶荫开心地说："我有好多拿手菜，你都尝尝，这顿先吃包子。"然后夹起一个放进叶荫碗里说，"吃吧，再不吃凉了就不好吃了。"说着自己又去忙着蒸下一锅包子了。

叶荫点头拿起了筷子，看看森还没有吃，只是笑笑地看着她，没了痞痞的样子。她夹起一个包子冲森晃了晃放进嘴里，也笑了。

玫瑰利落地动作着，一根擀面杖翻滚着同时擀出两个包子皮来，简直像变戏法一般。她的手修长干瘦，一看就擅长劳动，不像叶荫的手小而丰润。叶荫帮不上忙再对比下俩人的手，心里有点儿尴尬。又吃了一个包子，叶荫还是想帮帮玫瑰，但她只会包饺子不会做包子。玫瑰不要叶荫帮忙，说她是客人。森倒是鼓励似的问叶荫："你不是最爱玩面团吗，包不好还包不坏呀，坏了我吃。"

玫瑰说："谁像你总想着玩儿，再说叶荫是客人。"她又强调一次。

"叶荫以后住这儿，不是客人，你就让她包一个，包得难看又不影响吃。"森说得自自然然。

玫瑰手里的擀面杖有点儿不听使唤,两个包子皮粘在了一起。

生活里出现疑似尤二姐时,每个女人都有成为王熙凤的潜力,再温柔的尤二姐也是个入侵者。

玫瑰见到叶荫后一反常态,变得很温顺,温顺得连森的朋友们都有些怕了。一个朋友对森说:"你碰上事了,狼可以把羊一口咬死也可以把它耗死。"森的好朋友路开玩笑说:"头一次见着一只披着羊皮的狼,还是只母狼。不过我以前还真没想到玫瑰肯把羊皮披上。"森对着路空踢一脚,然后那只脚无力地落地。

森受不了玫瑰的眼泪。玫瑰什么都不说,只是流泪。完全不是俩人感情开始的时候那个看上去拿得起放得下大大咧咧的女孩儿。

那时森和玫瑰还没有明确关系。

路对玫瑰说:"森在老家有一个青梅竹马,他的脾气又让人摸不着头脑,要不你别跟他耗着了做我女朋友得了,你让我打狗我绝不骂鸡。"玫瑰白了他一眼说:"我让你改名叫'红尘'。"玫瑰毫不扭捏,说完自己已经笑得前仰后合。路说:"你这'滚'字说得挺文雅啊。"路不介意,他就是欣赏玫瑰虽是南方女孩儿却像北方大妞的率真。也是那天晚上,玫瑰借着酒劲儿对森说:"森,我做你女朋友得了。"并且现学现卖地说,"我能做到你让我打狗我绝不骂鸡。"森听完笑了好久。玫瑰第二天就告诉别人自己是森的人了。

那时玫瑰还不懂爱一个心有等待的人会有多么累。

等待不只是一场旷日持久的思念,更是自己跟自己的各种抗衡挣扎。两个人酒醉后第一次在一起森哭了,推开紧抱自己的玫瑰。玫瑰咬咬嘴唇说:"我不用你负责。"森更不好意思了。玫瑰说:"实在不行咱俩做一辈子的好朋友。"森听完不哭了抬头瞪着玫瑰,简直快傻掉了。

玫瑰在森走后才哭的。

之后一切似乎顺理成章。玫瑰毫无怨言地接受了森对自己昙花一现的心无旁骛，却始终奉献着自己不降温的热情。

后来俩人又在一起，森解嘲说："我还真是说话不算数的混蛋，咱们可是说好要做一辈子的好朋友。"玫瑰拍拍被子，说："确实是一被子呀。"森大笑起来说玫瑰是个虎妞，也许正是这虎妞般的性格让森着迷。

27

霄回到家才知道叶荫根本没回来过。幸好桔梗自己会开水龙头喝水，但狗粮盆早空了。看见霄进门，桔梗冲向他的身后，没找到叶荫桔梗哼哼唧唧在霄身边无力地趴下。

在叶荫最爱坐的躺椅旁发现了那个自己不肯用的杯子。打开盖子，里面的茶水已经发霉。用力洗干净，杯体上的茶渍还在，他仔细闻闻，仍然有普洱的味道。

沏了一杯普洱，在躺椅上坐下来，霄闭上眼睛。

叶荫说过，这样就是宇宙的黑洞。此刻他希望能借此穿越，回到往日。

没有穿越，往日点点滴滴堆满房间。

霄记起，叶荫常买些他从未见过的古怪玩意儿。比如一个贝壳粉做的手链，由十多个齿状的小板串在一起。每个板子有两厘米长，如果短些就真的像牙齿了。叶荫举起手链贴到嘴上，让霄看她的"长牙"，或者套上它，让他看自己的手被一张嘴含着，一张只有牙齿的嘴。她玩得兴高采烈，他被她的孩子气弄得啼笑皆非。那时他想，也许他喜欢的只是回忆中的叶荫，抑或是记忆修饰了她的一切从而符合了他对爱人的想象。当时这种想法就吓了自己一跳。

他想，也许叶荫已感觉到俩人之间的问题，只不过她不说。她仿佛自自然然地享受着在一起的时光，活得很肆意的样子，其实心是忐忑的。所以，她的笑容越来越少。

明了自己也许不能如愿，那份肆意是种极致的珍惜吧。

此刻霄体会着叶荫那时的心境，渐渐明白敏感易伤的叶荫在笑容后有着怎样的无助。他抱住头，一遍遍问自己究竟对叶荫做了些什么。他相信叶荫从来没有骗过自己，那么自己愤怒的到底是什么。不知什么时候睡着了，梦见似乎是叶荫又不太像叶荫的女孩儿给他看一朵弗朗，金灿灿的很好看，转过去却发现花根已经发黑腐烂。他觉得难看，想让人把花拿走，却被捂住了嘴，挣扎着醒来，原来桔梗想出去遛弯，大爪子按住了他的脸。

霄来到他和叶荫重逢的咖啡吧。一个暧昧的女子有着暧昧的眼神，清楚地告诉他这里没有什么叶荫，自己叫小玉，希望他常来。他没再问这家店还是不是原来的老板。

叶荫不会再出现在这里，他明白。他不停地走，漫无目的地找。

直到有一天他突然明白，叶荫是成心要他找不到。他突然觉得很气。觉得俩人在一起那么长时间，叶荫怎么会这么不了解他。如果銮是一场终归要醒的梦，那么叶荫是他可以企及的追忆，一份洁净的念想。他有点儿恨叶荫破坏了这些。

他仍然没有问自己，叶荫是他的未来吗？

霄会经常忆起小学时在操场遇到叶荫的那个傍晚。周围只有叶荫的声音，柔柔的坚定的"勇敢点儿，跳下来，如果我去找人我怕你坚持不住"。某个夜晚霄喊着叶荫醒来,发现自己的手在空中乱抓。

清晨起床后霄回了老家。

28

父亲已调任外市,舅舅也不在,这个所谓的老家对霄来说格外空旷。

信步走到曾经就读的高中,完全看不出旧时的样子。所有的老楼均已不见,新楼也不在老楼原先的位置,而是占了以前的操场,因为不允许入内,霄在外面转了一圈也没弄明白那是怎样的设计。

更让霄不知所措的是自己竟然不知道叶荫家的确切地址,颇费了些周折才找到。荣不在家,据说已经好久不在,不知道归期。霄只好留下自己的电话给邻居,希望荣回来打给自己。

走上河堤的时候已经很晚,但路灯还没有亮起。河水轮廓模糊,颜色很暗,水声比白天听起来大。

生活仿佛眼前的河水奔腾肆意,但终归只能在这条河道里流淌,连任性都只属于这河道。流出河道便越了雷池。

突然,路灯亮了,河面有各种光影投下,像一个巨大的屏幕托载着所有喧嚣热闹。霄兀自觉得不自在起来,在这陌生的地方无处遁形。

也许正是这样一种情绪,让霄更迫切地想见到柳。用最快的速度赶到火车站,坐到座位上时霄长长地呼出一口气,疲惫的一天,但显然没有结束。

他突然想起父亲任职的城市也是叶荫读大学的地方,而那里的家,自己一共也没去过几次。列车出发时车厢外所有的景物还大致能看清轮廓,快下车时天已经完全暗下来,一切黑漆漆,他望着窗外,又仿佛一直注视着自己映在车窗上的影子。

霄到家时颖恰好在。霄感觉自己对柳的那种热情瞬间熄灭。

柳与颖开始正式交往其实是这两年的事。

颖仍然在老家上班，做了一辈子的工作不想调转，而且俩人都不急着领证，尤其颖，开玩笑说等了一辈子就不急在这一时了，自己退休了再说。现在偶尔见面，两个人感觉很好。

柳知道颖也是有故事的女人，但他无意细究，生活从不简单，人淳厚愿意同行就好。最让柳感动的是颖体谅他工作忙，从不催促他回老家，宁愿自己坐火车来看他。要知道颖的年龄也不小了，路途的辛苦和生活的琐碎颖从来不爱说。

颖走后霄忍不住挖苦柳："你们竟然还没结婚？你对妈妈永恒的爱简直就是颗永不生锈的螺丝钉。"说完准备回屋睡觉，甚至忘了回家的目的。

柳望着霄的背影叫住他。柳觉得霄的年龄已经到了两个男人可以正面地好好谈一次的时候了。

泡好两杯茶，柳在霄的对面坐下来，望着霄的眼睛说："我从来没有对不起你妈妈，如果你有什么疑问尽可以问。"柳的平静安抚了霄的情绪，他没有问起颖，而是问："你认识叶荫吗？"

柳没有迟疑立刻回答认识，并且讲了和叶荫认识的全过程，甚至流言蜚语。霄望着柳，相信柳什么都没有隐瞒。霄也回答了柳的疑问，他说叶荫是自己的女朋友，但是俩人闹矛盾了。

问柳之前，霄对叶荫已经没有怀疑，所以，霄的态度让柳觉得他只是想讲一讲自己的恋爱。柳以为是叶荫提到了自己，不禁笑了，说："还真是有缘，叶荫是个挺好的女孩子，而且，和你妈妈有点儿像。"

沉吟了一下又说，"因为和你妈妈有点儿像，你们相处时你要多体谅她。"

霄在成年后似乎第一次和父亲这么平平静静地聊天，他突然发现自己的父亲是个非常正常的人，性格脾性欲望无一不正常。

柳把瑾的日记交给霄，说："这个你现在可以看了，以后由你来保管。"

瑾的日记中没有提到霄的身世。柳曾有过隐隐的怀疑，但深究只会造成伤害，何况瑾已不在。不是委曲求全，是深思熟虑。柳觉得霄是否能从日记中察觉什么，对自己和霄都已经不重要。

即使认真读瑾的日记，霄仍然不能理解瑾的思想。尤其已经到了不再是对妈妈无限依恋、盲目到妈妈什么都对的年纪。

看着日记，霄想自己的判断没有错，父亲确实是凡俗生活里很好的男人。

霄读得懂却想不通的是，爱过别人的瑾喜欢上柳并且喜欢和柳一起生活，因此她不能原谅自己。好在这个年龄霄已学着承认不懂的事情也许有着不可否认的合理。

他读懂也认可的是，柳说："这世界有时间可循就是因为上帝不允许同时发生一样的事情。"他希望瑾可以把曾经的一切留在过去。

"不可能，不是一样的。"瑾说。

霄似乎回想起那个场面，瑾是对柳吼出这句话的。当时让霄震惊的是柳的眼泪无法打动瑾，也正是那个场面让他对父亲这个角色久久无法释怀。在一个孩子看来，流泪不是错了就是懦弱。如今看来只是自己年幼无知和对母亲毫不置疑的信任。

那一夜霄在日记里看见的是各种年久失修直至坍塌的辜负。

当然日记里最让霄震惊的是那个妈妈写作 S 的男人。这个男人随着年纪渐长不想再和妈妈保持世俗不容的关系。后来那个男人死于意外，知道那个男人死的那天，瑾就开始策划自己的死。

看着看着霄越来越愤怒，但不知这怒火该向谁发。

一个人，尤其一个女人可能爱上两个男人吗？日记本发黄的纸被霄颤抖的手弄碎了。

霄依稀记起在自己还不懂爱情的年纪，听外公和父亲谈起妈妈的事懵懵懂懂，但还是能感觉得到他们的无奈。如果妈妈能接受命运的安排，父亲真是一个不错的丈夫。妈妈也许是太执着吧。

一切都是自己小时候没有想过的答案。

自己是否也和妈妈一样，太过任性？

S 的心残废了，和我的那丝牵绊也许只是努力自救，希望证明自己还有爱的能力。但之后他只是更清楚地看到了自己的无力，对爱情对理想。

不是一直爱，所以不是爱而不得。

最后这一行字没有写在格子里，在这之后，日记就终结了。

霄想，如果，那个人一直爱，也许痛苦的浪漫或者浪漫的痛苦都能支撑瑾活下去。

霄很清醒，追求爱没有错，想要一个富贵祥和的家，也没有错。瑾错在什么都想要。这一点，也许柳并没想到，但霄不想说。

早上柳做好了早餐等霄。

看着一夜未眠的霄，柳说："时间帮助了我，也可以帮助你。其实，没有人能一时不忘地记着谁。记得就记得，忘了就忘了，不必勉强。"

霄想是的，没有人能一时不忘地记着谁，但一段将记忆改得面目全非的真实却足以湮没一个人曾经的向往。霄觉得拜母亲日记所赐，自己前所未有地平静，心却无比地疲惫，并且无法言说。

霄答应柳以后如果有机会就带叶荫回来，不是敷衍。他对柳态度的转变让柳觉得把一切交给时间是最好的决定。

霄想，叶荫启动了自己对正常的向往。但叶荫在自己身边消失也不能不说是她正常的选择。

霄走的时候对柳说颖看上去人很好，什么时候柳到北京时带上她，自己陪他们去逛逛。

29

叶荫的手机已经停机。森说再买一个充电器吧，叶荫不要。她用森的旧手机，换了一个号。没有勇气再用那个手机和号码，因为她会无休止地等待霄的电话，甚至拨出霄的号码。

纵使无法忘记也要做出忘记的样子是叶荫最后的尊严。

每天拨打叶荫的电话，然后听到同样机械的回答。霄觉得自己的感觉不再敏锐。想叶荫时的心痛是钝痛。不曾对叶荫说过"永远爱你"，但说过"要一直在一起"。

霄想，"永远"在爱情中为什么总是比人的一生还短。

"承诺时的真挚不代表能化作付出的力量。"记得叶荫在看完话剧《雷雨》时这么说。想来，如今的一切，不是叶荫希望的结果却也不在她的预料之外吧。难怪她走时那样看着他，凄凉无望却似看穿了他。

是真的看穿吧？霄颓然地坐下来，觉得浑身无力。

霄想起高中时给叶荫写的一首诗：

你是我的河，我钟爱你雾色茫茫的水面。
从这岸摆渡到那岸，远得有一生那样长。
却只是你我手心的距离。

他们的手心曾经没有距离——在他跌落到她背上然后站起拉住她的手时。

爱说愁的年纪，男生和女生一样。高中毕业后霄没有再写过诗，和鎏在一起甚至没有写过信。

不过霄不得不承认，他不肯对叶荫提起当年对她那份朦胧的爱恋，甚至自己都以为是时间久远得自己记不清了，其实不过是变形的傲慢。

而这夜他想了起来。人的失忆有些是伪装的，还是因为傲慢。

在叶荫留下的本子里，霄看到了一些断断续续的文字，不能算日记，是些零零碎碎的感想。她写道：

我是一条沉船。你走进我，打捞我只为了好奇。当我从水里被捞起那一刻，就注定了我们不再守望，因为你结束了你的好奇。而船也永远远离了海底的宁静。也许，沉船就应该在海底固守过往的一切，露出水面时就失去了让人向往的神秘。看过的人觉得了然无趣说是废铁，什么都不说的已是积了口德。

霄想，原来自己的想法叶荫都知道，或者说至少有怀疑，但她什么都没问过。不傲慢的叶荫很骄傲。

此刻，这些文字似乎在控诉人性的贪婪，没有时希望得到，得到了又觉得不是最好。

那天的事情不过是压死骆驼的最后一根稻草。

霄知道叶荫不会回来了。

霄找回做家政的阿姨。

叶荫在时不肯找人帮忙，她不喜欢陌生人在家里走来走去，宁愿自己做。哪怕是擦吊灯这种活也要自己来。一次，霄下班回来看见叶荫戴着报纸叠成的帽子站在梯子上擦吊灯，一边唱着《二泉映月》。那灯很脏，她下来时不得不换掉弄脏的衣服。叶荫把自己这一系列举动归纳为八个字"登高而歌，弃衣而走"。霄笑得把一口茶水喷在了报纸上。因为叶荫告诉过他，这八个字是形容人精神异常的。

每一处都有关于叶荫的回忆，让霄烦躁不已。数次在家里弃衣而走后，霄选择了忙碌，常常忙得忘了自己。

阿姨换下抽象百合图案的床单洗了，铺上了勿忘我图案的。他发脾气了，问："为什么不是白色的？""我没找到。"阿姨有点儿不悦。霄向来是尊重她的。

阿姨走后，霄翻出以前的纯白床品，自己换上，竟累得气喘吁吁，才意识到很久没锻炼了。

把勿忘我床单收起，把百合床单也收起，甚至它还没干，霄也顾不得了，他带着气做这些，不管没干的布这样收起是要发霉的。

在别人眼里，霄的生活也许是一种回归。回归到叶荫未曾出现时的样子。

第四章 也许薇莳许舍离

1

玫瑰一直想和叶荫谈谈,她有很多事情要让叶荫了解。她清楚自己要说什么却一直在考虑说话的方式。因为叶荫不是自己可以随意对待的女孩儿,那是森生命中极为重要的人。在玫瑰还没见到叶荫时就已经知道。

不只因为森小心保留的照片,还有森告诉过她,老家的奶奶是叶荫用打工赚的钱给她买药带她看病。森说叶荫从来没提起过这些,当然森也没跟叶荫提,从小他们之间就不说谢谢。

所以,玫瑰很清楚森和叶荫共有的那些过去只属于他们两个,自己无论如何都进不去,但过去的就是过去了。自己可以守护爱情守护自己拥有的现在。

这是叶荫没有的一种活力,不是坚强就能做到。

两个女人聊天很容易,七拐八拐地拐到想说的事上也容易。

玫瑰说:"以前有人和我争森,我对她说:'你爱他就该希望他好吧,可你没有我对他好凭什么要我让呢。'"说的时候玫瑰眼睛晶晶亮,瞪得圆圆的。

叶荫当然不会和玫瑰争森。虽然从未忘记过森,可是从幼时起就把森看作哥哥,这一点在成长的岁月中也许有过模糊朦胧的时刻,但大致没有变过。何况自己都是在最无助时才想起森,玫瑰却是时时刻刻都想着他。叶荫想这段时间也许太依赖森,所以玫瑰才误会。

叶荫没有更多表白,难道一定要说自己不会揭了别人的皮肤来补自己的伤痕?这不是叶荫的方式。她只告诉玫瑰:"你做的面很好吃,我还想吃你包的饺子。"玫瑰立刻明白叶荫告诉自己她一定会离开这里。

叶荫见到玫瑰后第一顿饭是玫瑰的包子,第二顿则是萍特意为叶荫做了北京特色的炸酱面,说这是上马饺子下马面。

两个人不约而同笑了,尽管芥蒂没能完全解除,但也算达成了共识。

玫瑰和叶荫说了什么叶荫没有对森提起。

叶荫想岁月中的纷杂还是交给时间去理清,这是叶荫的懒成就的智慧。

其实,玫瑰知道只要她不说分手,森一定不会先说。责任是他生活的重心,对叶荫的情谊也不能改变这个。森只会在这种纠葛里挣扎,玫瑰不要这种复杂的关系,她喜欢清爽。

叶荫懂得森。因为懂得所以平和,不只对森,也是对玫瑰。

所以,即使知道情形有点儿复杂不是她希望的,叶荫也不会立刻离开,是为了包括自己在内的所有人都能安心。

上了年纪的萍,眼睛有轻微的白内障。有人介绍她用一种成药,萍吃了觉得好些,便自言自语道:"看来熊胆汁真的对眼睛好。"玫瑰先是愣了一下拿起说明书越看脸色越沉。

叶荫对萍说:"取胆汁对熊太残忍,总能找到分子式相同的东西取代它,我明天帮你去选药。"萍不以为然,但也点头应了。

玫瑰抬头望向叶荫的眼神温柔起来。

只有森知道为什么。玫瑰从不回老家,对外说自己是孤儿。事实上玫瑰的爸爸一直在老家。因为逼玫瑰嫁给一个养熊的男人,她逃了出来。玫瑰曾在那个男人家短暂地帮过忙,所以对养熊取胆汁深恶痛绝。玫瑰说爸爸一直对她还好,村里能到县高中读书的女孩儿只有她一个,可惜她高考差了几分。后来爸爸娶了后妈情况就不一样了。更详细的事情玫瑰从未讲过，但白天嘻嘻哈哈的玫瑰常常睡不安稳。做噩梦时玫瑰会大喊大叫地醒来。森就会安静地拥着她直到她睡去。

渐渐地，叶荫和玫瑰融洽起来。

森相信善良的人终究是好相处的。

玫瑰爱唱歌，而且唱得非常好听，也能唱萍爱听的黄梅戏。

玫瑰问叶荫喜欢谁的歌，叶荫说自己只是喜欢某一首歌而不是哪个歌手。森问她最喜欢的歌词是哪句。叶荫说已经忘了是哪首歌里的了，有一句是"生命是条任性的河川"。也许意识到话题跑到自己这里来，叶荫说："我的声音和我一样任性，有自由就不知道跑哪里去了，我只能负责听歌。"

于是大家继续听玫瑰唱。叶荫喜欢听玫瑰唱一首老歌《如果能许一个愿》。玫瑰说这首歌她最喜欢，因为让她想起妈妈。

是的，如果能许一个会实现的愿望多好，叶荫想。她希望所有她爱和爱她的人都还在，多好。

年少时不懂得许愿，如今可以许个愿，未来也许并不完全符合祈祷，但希望是祈祷的应验。叶荫想，希望每个人都很好。

2

白天，森和玫瑰都去忙了，叶荫一个人在家。她也去市场帮过忙，但不会像玫瑰那样和送货的人你有来言我有去语地把该说的话说到位，也不会像称货的小姑娘在斤两上把吃亏占便宜拎清楚，每次去添乱似的要大家照顾，自己都怕了。

长久地望着窗外浓密的树叶，不再看云。像小时候得不到的玩具，她会躲得远远的。

曾以为和霄的相聚是自己在世间最长久的团圆，不料只是短暂的重逢。

如果说重逢有什么值得回忆，那就是桔梗。叶荫非常想念桔梗。

怕叶荫寂寞，森把汉姆带到了叶荫那儿。

汉姆四岁，是条不太纯的拉布拉多，颇懂主人的心意，用玫瑰的话说是个小狗精。除了森，它和叶荫最好，玫瑰次之。

叶荫喜欢闻汉姆的鼻子，和桔梗一样，无论洗得多干净，都微微有点儿腥味。萍说是臭味，猫腥狗臭。叶荫说不是，汉姆是腥味，很多东西都有腥味，像豆子和牛奶，是种好闻的腥味。她在心里轻轻说："我的宝贝桔梗也是。"

叶荫有点儿替桔梗羡慕汉姆，不用纯种不用漂亮，却被一爱到底。

心如止水，回忆还是偶尔在上面溅起微澜，有时流到脸上。汉姆就会走过来，伸长舌头舔干。桔梗没做过这件事，因为桔梗眼里的叶荫总是笑吟吟的，笑得皮肤光滑如脂眼内波光灵动。想一只小狗的眼泪被另一只小狗舔干。它们是如此的善解人意，是懂得爱并且感恩吧。人在奔波中反而丧失了对这些的感知力，叶荫想。

一个没看住，汉姆就当了妈。森很心疼不会提要求的汉姆，怕叶荫照顾不好要把汉姆接走。

难得叶荫笑得花枝乱颤，说："别自作多情了，除了人类以外，世界上所有的雌性哺乳动物在生育的时候都不疼，也不需要帮忙，人类生育的痛苦是人类进化造成的。"

叶荫的话森从没听过。他不明白为什么进化会让人越变越糟。叶荫说："骨盆宽不利于直立行走啊，可是婴儿又都有个大脑袋，所以生孩子的时候就很痛苦。"这个知识似乎有点儿违背森以往的知识，他只记得老师说过直立行走对于从猿变成人有重大意义。森嬉笑着说:"书上讲上帝是为了惩罚夏娃鼓励亚当吃苹果,才让女人有生儿育女的苦楚,我们男人多无辜。"玫瑰听见狂奔过来捶了他数下,说:"你怎么无辜了?"森哀叫着说:"汉姆下了崽就叫'苹果',有纪念意义。"

返回厨房帮萍做饭的玫瑰对萍说:"男人总是逍遥些,女人就要遭罪得多,不说别的,至少每月一次。"

萍面无表情,说:"这辈子做女人我悲无可悲,只想做人。"说得玫瑰愣了下,萍很少这样消沉。

做好饭萍却没吃,推说困了早早回卧室躺下了。

那天是树的生日。萍跟谁都没提起。

3

过年叶荫没有回家。荣和朋友去了三亚。

大家一起逛庙会。叶荫买了一个小孩儿拳头大小的蜘蛛,很柔软,用力握会变形。叶荫握着它甚是喜欢。玫瑰却吓得不敢看。

拿回去给萍看,萍说:"荫荫还是跟小时候一样,喜欢这些小动物。逮住了刺猬也要养着,拿到家里来我简直不知道怎么办才好。"森说:"叶荫小时候的理想就是当动物园的饲养员,结果被班主任批得一塌糊涂。"

叶荫不理森的话,问玫瑰小时候最想做什么,还没等玫瑰回答,森抢着说:"她最想做女巫,点什么都成金。"

叶荫笑得直不起腰,玫瑰气得追打森。

好不容易闲下来的森几乎每天被人拉去喝酒,不醉不放归。森的朋友三教九流都有,叶荫不喜欢喝酒侃大山时的森,森不为难她,醉了也不会找她耍酒疯乱唠叨，他知道叶荫爱清静。

玫瑰不同，玫瑰爱热闹也爱张罗，她记得每个人爱吃什么喝什么，坐下来就会帮忙点菜催着上菜，把大家照顾得周到妥帖，然后抢着买单，还要沉着应对喝多了还想喝的森，再担任临时司机利落地把他带回家，从不抱怨不甩脸子，这一切让森的朋友们羡慕不已。

萍对此的评价是玫瑰合群。

当然，这一切除了玫瑰爱森还有就是，森无论如何都比她那个喝醉了打老婆的父亲强太多。森符合玫瑰心中好男人的标准，是地道的男子汉，男子汉能不喝酒吗？这话和叶荫说起时叶荫哑然。

后来叶荫对森说："你跟我在一起是自由自在，但包容比自由重要，何况，玫瑰简直是纵容你。"

电视里正重播《红楼梦》，萍说："王夫人喜欢薛宝钗太正常了，宝钗大方又体贴，讨人喜欢。"

森说："那是对贾母和王夫人的体贴。"

萍反驳道："你看宝钗什么时候为难下人了，黛玉才动不动就冲下人甩脸子呢。"萍在婆婆的角度这么想很自然。宝钗这样的女人无论嫁给怎样的男人，她总有本领化戾气为祥和，娶了这样的儿媳当然是福气。

看着眼前的玫瑰和叶荫，萍心里不禁感慨，叶荫是自己看着长大的，有感情不必说，但自己确实喜欢玫瑰更多一些。萍不否认叶荫的温厚纯良，可她总觉得叶荫和自己不一样，具体的却又说不出来，反倒不如对玫瑰了解得多些。

萍甚至有点儿感激玫瑰，因为她的出现，自己对那些永远无法揭秘的陈年旧事不再心乱，过去的二十多年它们像飘不走的乌云悬在自己心上。

森不知道萍在想什么只看出她走神了，就逗萍说："我这个红学家和您这种了解名著靠电视剧的人没共同语言。"话音未落，头上就遭到玫瑰的一巴掌，说是专打红学家头的巴掌。森惨叫着逃开了，去给大家洗水果。萍说："冰箱里有大樱桃，别忘了洗。"森说："老妈你今天真大方。"

萍说："我记得荫荫小时候最爱吃樱桃，不过那时候家里只有樱桃树上的小樱桃。还是现在好，想吃什么都有。不过那时就算有咱们也买不起。"说完又补充一句，"还是现在好。"

叶荫看看大樱桃，心里很感动，觉得萍姨还像以前那么疼自己。

玫瑰抓起一把樱桃塞进叶荫手里说："快吃吧，森一会儿把口水滴到上面了。"说完自己也拿起一个说，"我也跟你沾沾光。"

萍立刻对玫瑰说："甭说沾光，我买了三斤，每个人都吃个够才是过节的样子。"玫瑰吃几个还是放下了，不是不爱吃，相反，这是她最喜欢的水果。但她似乎天生就有母性的谦让，看到别人喜欢的吃的用的，她就会放下留着，像她自己的母亲或者萍做的一样。

4

叶荫觉得幸福，很久没有过这么轻松的春节了。人似乎也一天天精神起来。大家都替她高兴。

一天，森问叶荫："还记得小胖吗，就是那个抢一个女孩儿的药瓶给你，结果被女孩儿的哥哥揍了一顿的小胖。昨天他跟着朋友来这儿，我完全认不出他了。"

叶荫斜森一眼说："是你告诉那个女孩儿的哥哥吧，其实你早就想帮她把瓶子要回去。那小丫头确实好看。"

森"嘿嘿"地笑起来。叶荫每次抢白他都仿佛很让他开心似的。

小胖让俩人想起好多往事。

玫瑰认真听着那些和自己没有关系的过去，不时地插上两句，开心地分享着俩人小时候有趣的事。虽然森的过去她无法进入，但森的现在她决意守望。只要守望，就是自己未来的过去。玫瑰觉得这句话自己说得挺诗意。

玫瑰见过叶荫后，明白叶荫和森确实没有过什么约定，他们之间没有一个情节完整的故事。但她却明白，那恰恰是森的死穴。

点向另一个人死穴的结果是对方死或自己死，玫瑰都不要。玫瑰要的是，既然没有约定那么森就无须履约。

那晚只有玫瑰和叶荫在家，两个人看《阿飞正传》。

张国荣一手拿烟，一手将张曼玉按在墙上，两个人默默对望，刚刚是那根烟燃尽的时间。张国荣说："你看到没有，这一根烟燃尽，刚好是一分钟时间。这一分钟你和我在一起。这一刻已经发生，永远也改变不了，这一分钟，我们在一起。"

"他曾属于你，就永远属于过你。"玫瑰没有看叶荫也不理叶荫的惊诧，自顾自地说完。

叶荫懂玫瑰的意思，曾经开始但已结束。

"只是那一分钟。"玫瑰又加了一句，"只是那一分钟而已。"

叶荫的嘴张了又合，终于没有出声。叶荫觉得玫瑰只想让自己听见她的结论，不需要自己的回答。

5

附近也有卖贝壳的饰品，叶荫选了个圆形的白贝壳，上面有些许发黄的印迹，她没有选纯白的那对。不完美才真实得让人觉得可以拥有。

并不戴，挂在墙上一个钉子上。她经常久久地看着它，仿佛它跟了她多年似的。

曾经一寸光阴一寸金，此刻最想浪费掉的就是时间。

也许，生命就是在此一时彼一时的感慨中走向终点，叶荫想。

刘珊珊一直没有叶荫的消息。

叶荫换了号码没有告诉她。她不想对任何人说自己跟霄的事情，包括刘珊珊。

有时候露出伤疤和撕开它是一回事。那些曾经的幸福现在想来总像一个随时能暴露真相的谎言。但随着时间流逝，叶荫越来越觉得霄没什么错。自己像一座年久失修的房子，让爱的人别无选择地去修复，有嫁祸于人的意味。

这次叶荫讲给自己的道理是，分手是对的，何必在意什么原因呢。

那段时间是刘珊珊一生中最重要的时刻。她不是不婚主义者但从来没有把"终身"当作大事，所以谁急她都不急。以至于后来她结婚时大家都逗她，说不急原来真的是不用着急，好菜向来不怕晚。

刘珊珊秉持一贯不拖泥带水的作风，遇到她刚毕业的硕士男友时没让他劳神费力，直接告诉他自己愿意嫁给他。因为想起叶荫说的那句话，男孩儿喜欢一个女孩儿时猜她的心思是雾里看花，只有男人才能一猜一个准，那是练出来的。她觉得没必要这么锻炼自己看中的人。

用刘珊珊自己的话总结就是她相中了一个慈眉善目的男生做老公。刘珊珊喜滋滋地想终于能告诉叶荫"那个有眼光说他愿意一辈子照顾我的人终于出现了"，可惜她没能联系到叶荫。

她翻开自己的大学毕业纪念册，叶荫写的最后一句：故人待看新妆成，纵别经年会有期。

多希望叶荫能做伴娘，看看自己的新妆。

眼睛湿润的刘珊珊让未婚夫惊奇她这少见的女人味。

等到叶荫来电话想把新号码告诉刘珊珊时，刘珊珊的新婚旅行刚刚开始。她不是关机，是压根就没带手机。叶荫问了别的同学才知道，她想，这才是刘珊珊的风格，心里也很遗憾错过了最好朋友的婚礼。

刘珊珊打来电话那天，叶荫已经在雍和宫里坐了许久。她刚刚上完香，断了一点儿的香被叶荫剔了出来。谨慎而恭敬。

刘珊珊说自己刚和老公闹了小别扭，大概因为这个，她竟然忘了怪叶荫没能参加自己的婚礼，只赌气地说："我要找最爱我的，结果不是。"刘珊珊此刻像负气的少女。叶荫轻轻地笑了出来，年少时找男友有两种泾渭分明的说法就是自己爱的还是爱自己的。

叶荫想了想对刘珊珊说："你现在气晕头了，容易判断失误。你消消气再做道题，你在最无助时会想起谁，那个人就是最爱你的，你最美丽时最希望谁看见你那是你最爱的。"她快速搬出最近不知在哪儿看到的一个测试，觉得一定能安抚到好朋友。

果然，刘珊珊想想，答案似乎不言而喻，气顺了些，问叶荫："你呢？"叶荫当然想过，却不肯说出来。

前者是森，后者不再是霄。

叶荫说自己没有答案。

幸福是爱神让叶荫抓的阄儿。失去灼不可惜，旭一再擦肩而过，希望霄留下却缘尽了。只有森一直在，是可望可即的哥哥。

所以，叶荫想，爱神也许来过。

聊了一会儿，刘珊珊才想起问叶荫在哪儿，叶荫让她听钟声，说：

"这如果不是喇嘛庙我就留下不走了。"

刘珊珊知道这不全是玩笑,但她并不十分悲哀甚至有些庆幸,于叶荫而言这似乎没什么不好,人总要有某个地方安放自己的精神。这个年龄的刘珊珊明白,有些人无处安放精神就会毁掉肉体。

只是情执重的叶荫是否在庙里就把什么都放下了呢,刘珊珊不敢问。她只希望自己最好的朋友快乐。

是否有些灵魂注定没有家园?刘珊珊那夜想着这个问题失眠了。

叶荫绝口不提霄。森和萍也都不问。
没有谁离不开谁,只是过得好不好而已。叶荫不担心霄。
留也无言,忘已无碍。
虽然,想起霄叶荫就会觉得心脏突然一酸,不是形容词,是真真切切肉体的酸楚,每次叶荫都不由自主抱紧身体,仿佛可以把那种不适挤出体外。

6

过了初七,叶荫买回很多报纸。仔细查看招聘广告,看到合适的工作就寄出简历然后等面试通知,最快的周期也要七八天的时间。这是个持续的过程,占用了叶荫很多时间,大家觉得这样也好。

叶荫得到的面试机会很多,玫瑰说这得力于自己给叶荫洗了三十张照片,每份简历都贴上。玫瑰托着自己的脸问森,如果他招人会在看到自己的照片时一见钟情对不对。森说对啊,可是一看身高她就白贴照片了。玫瑰长得很美,但身高不到一米六。

叶荫边粘信封边说森不要欺负玫瑰啊,又对玫瑰说甭信森的话,芭蕾舞演员就不要特别高的,小巧有小巧的好处。玫瑰不理森拉着叶荫去寄简历，嘱咐叶荫要找离家近点儿的公司，否则在北京这样大的地方，每天睡眠肯定不够。

发现自己怀孕那天叶荫有面试。

不舒服的感觉不同于痛经。那一刻叶荫突然想起自己已经四五个月没来月经。因为月经一向不准时所以她没有在意。面试之后去了附近的医院，叶荫却无论如何也想不起末次月经的时间。看到结果叶荫把化验单直接扔进了垃圾桶。

叶荫从小就不喜欢小孩子，和霄又是这样一种情形，她立刻决定不要这个孩子。却不由得想起小时候荣体检时带她去过妇科。她见过一个成形的男胎。

叶荫无法想象霄和自己的爱情止于一摊血肉被丢弃在垃圾箱里。

知道叶荫怀孕，森抽着烟许久没有说话。掐灭了烟头，森站起来说："我去找他吧。"

叶荫坚决地摇摇头："不要。"

森问："他没说过娶你？"

叶荫摇头，没有表情。她的漠然让森更加愤怒，他想把霄狠狠地摔到墙上。

森大声说："为什么你受了委屈总是这种表情，你不能说话，不能发泄出来吗？"

玫瑰听见森发火，悄悄走开了。每次森生气了骂店里的两个年轻店员，玫瑰总是去哄他们，像唱红脸的老板娘。两个店员经常吐吐舌头说看吧，打一巴掌给个甜枣，又演戏了。但叶荫的事情不一样，玫瑰知道自己什么都不说才是最好。

森平静下来，嘟囔道："小时候你不是这样，至少你对我不是这样。小的时候伶牙俐齿那么厉害，怎么长大就这样了？"
　　叶荫说："我的牙是往里面长的。"
　　苦难就是被这些牙嚼碎了咽下去。
　　好久叶荫又说："小时候我也只敢欺负你。"

　　那夜，叶荫梦见了霄。
　　霄站得笔挺，清灵得像株水杉，他的手插在裤兜里，叶荫的两手从他的胳膊和肋间穿过去环在他的腰上。
　　叶荫喜欢这样站着，听霄的心跳。
　　曾经，她对霄说："希望我们就这样化成石头。"霄说："算了，会有太多人来合影或刻句'到此一游'什么的。"叶荫说："我不怕，刻我身上吧。"
　　霄抬起手抚弄叶荫的头发，却越来越没有轻重，叶荫晃晃头醒来，是汉姆在舔她垂到床沿的头发。
　　叶荫努力去回忆霄的脸庞，总是模糊。也许，重逢太过匆忙，他们甚至来不及瞧仔细对方就再次分离。

7

　　叶荫回了趟老家，只待了一天。
　　和荣一起吃了顿早饭。白天荣没有在家，晚上回来时已经很晚了。
　　屋里的陈设没有变化。曾经，荣很能挣钱，但在物价飞涨的时期已经不算什么。家里没添置新物件，椅子和沙发上横七竖八放着几件鲜艳的衣服，应该是小城现在的时髦货。洗衣粉牙膏之类的日用品成箱地堆在沙发边，因为很久用不完，封条拆开的地方积满了灰尘，粘成了一块块黑渍。哪怕知道一定会用不完过期，荣也喜欢这种物质丰富的安全感。

什么都没变。

在阳光明媚的早上，老旧的家具让屋子有种平静温婉的味道。

叶荫静静地坐在自己的书桌前，仿佛时光倒流。

叶荫想摸摸墙上的二胡，荣立刻说："别动它。"

叶荫坐下不知该说什么，告诉荣自己和霄已经分手。

荣并不惊讶，其实荣在叶荫进门时就看出来了，只说了句："你哪有晴晴那么聪明，她总是知道怎么拿到自己喜欢的东西，好东西就算给了你你也留不住。"

记得第一次听到这句话是因为叶荫穿了新衣服去舅舅家结果回来穿了晴晴的旧衣服。

荣叹口气说："每次想起你真没有高兴的感觉。"

叶荫习惯了，习惯了荣的从不掩饰的情绪。

是的，如果想起一个人高兴，那个人肯定是你爱的。

叶荫已经不想知道荣想起谁会高兴些。

跟霄在一起，荣似乎不那么瞧不起她。如今和霄分开后，一切又恢复了老样子。哪怕荣曾经提醒叶荫，霄并不适合她，但不适合和分手是两件事。

荣看着电视上无聊的节目不知在想些什么，却不再和叶荫讲话。

晚上荣让叶荫睡在大床上，叶荫以为她有话说，但荣没说什么，叶荫也找不到该说的话题。

在昏暗的灯光下，荣的脸苍老而凄凉。

叶荫突然明白荣并不需要自己。荣的晚年没有把自己计划在内，她始终是以这种态度生活。按照荣的标准，无力的自己不可信也不值得爱。

叶荫的心在那一刻突然松懈下来，像一片落叶随时可以飞起或落下。

直到离开叶荫也没有说自己怀孕，甚至没有过犹豫。

坐在车上，叶荫望着缠绕在落日上的云朵发呆。

忽然想起云舒恶毒地嘲笑一个不太聪明的女同学时，说她就不配做个妈妈，什么事情都不能做决定。自己呢，自己配吗，活得这么糟糕会不会写进基因里。

8

恍惚而奔波中时间从不曾犹豫停留，刚报到的工作在叶荫突然昏倒后终止了。因为贫血并且孩子的月份大了医生不同意人流。

萍劝叶荫，留下孩子也好，不管怎样那都会是和自己最好最亲密的人。这句话是发自内心为叶荫着想，也是暗暗希望霄和叶荫会因为孩子和好。

叶荫对萍笑笑，眼睛落在灰蒙蒙的窗户上问："是吗？"

萍没再说什么，和叶荫不约而同地想起了荣。

经过调理叶荫的贫血有了改善，萍说怀孕不应该这么待着，要多动。玫瑰就拉着叶荫去逛街。

叶荫走了很多地方下意识地寻找和霄在一起的点点滴滴，但很快叶荫就发现，自己熟悉的凡俗生活里没有霄。地安门内的小街霄说太吵了。即使爱吃辣，也只和叶荫去过几次簋街，原因还是太吵。

更多的时候，他们一起去国贸买霄的西装她的包，一起去山间别墅度假，在人均消费五六百的日式餐厅吃饭。

叶荫想，也许在霄的心里，其实她不属于他的生活。想到这，叶荫的心忽地揪了揪。

国贸里，在一个男人身上，她闻到了一种熟悉的气味，不知不觉跟他走了很久。那是霄的气味，他惯用的香水。

就在那一瞬叶荫再次想到了桔梗，非常想。

后来叶荫再也不愿去逛街，甚至玫瑰想让叶荫陪她去逛逛，叶荫也拒绝了。

叶荫似乎真的走不动了。

叶荫最终没去找霄，她不敢用自己的心去冒险了。

有的爱是一艘抛锚的船，有目的地却无法前行。

萍再次和森说起希望他去找霄，森沉默了好久说："妈，您真是为叶荫考虑吗？"萍顿了顿，说："是为大家好。"森不再说话。

萍不再提叶荫，说："你要学你的父亲，懂得责任能够自制！"但说完这句她仿佛想到什么，脸色瞬间苍白，连唇色都淡了。她极少提到树。森觉得在自制这点上，母亲做得极好。

欲望是人生的导师。森的脑海里跳出这句话把他吓了一跳。但以他的记忆力竟然不记得自己在哪本书里读到，想来是没有读完，为什么没有读完呢？

9

霄约了一个好友喝酒，不想他竟然带来个绿眼睛卷毛头的小不点。霄瞪大眼睛，这可是个不婚的人。

看出霄的想法，好友解释这是自己刚回国的前女友的孩子。前女友和丈夫去人民大会堂看演出，自己临时当保姆。

霄笑起来。作为一家上市公司的董事，好友是个不婚不闲的王老五，竟然能为前女友折腰当起孺子牛，看来在他心里这个女友应该是NO.1了。

霄还真猜对了一大半。

好友揉揉绿眼睛的卷毛头，说起和孩子妈的往事："那时年轻不想结婚，所以她怀孕了我就动员她做掉然后送她去留学，刚开始她不肯，我软硬兼施达到了目的。没想到我怕她打工受罪负担了全部费用后，反而让她有大把时间挑男朋友。然后，没了然后。去年又联系上了，她告诉我她已经奉子成婚三年了。"

霄笑不出来了，不知说什么好。心里很明白，他当初送她去留学未必不是盼着这个结果。

好友灌下一杯酒，叹口气："我们的孩子如果生下来，现在该读小学了。"

霄愣在那儿，好友的伤感也许不只因为不在了的孩子，可能还有孩子妈。

又喝了一杯，好友说："不喝了，让我带孩子我要是喝多了，她肯定是连打带骂，还像小姑娘时那么厉害。"

往日张扬的好友今天十分落寞，霄懂了，因为不想结婚他放走了最喜欢的那个，之后再没遇到过。

好友抱着小男孩儿走了，霄坐在那儿，感觉很累。

事业遇到的阻力分不清是自己走到了瓶颈期还是触到了天花板。除了累还是累。霄坐在沙发上打了个盹儿，醒来时已华灯初上，从落地玻璃窗向外望去，喜欢的繁华夜色依然如故。

酒店大堂里毫不意外地响起琴声。霄哑然失笑这钢琴弹得像弹棉花。他不经意地望过去,却立刻站住了,弹钢琴的是个女孩儿,背影多么熟悉,连头发都那么清汤挂面地飘垂在脑后。

旋即,霄嘲笑自己糊涂,叶荫不会弹琴。他从女孩儿身边走过去,甚至没有兴致看看她的脸。这时远处有人冲那女孩儿叫"荫荫",霄再次愣住,立刻转过身去,但这确实是一张和叶荫没有一点儿联系的脸,一张非常年轻的美丽面孔。只是伤心神情如同他们分开那天的叶荫。

看霄望着自己目瞪口呆的样子,女孩儿反倒笑了,她的同伴以为他们认识,挤挤眼睛说:"我先走了。"

女孩儿站起来对霄说:"你把我的同伴吓走了那就你送我吧。"于是他们一起走了。

但霄没送她回家,因为她说她想去酒吧。在路上,霄知道了她的名字是"茵茵"。

后来,霄回忆整件事的经过,相信自己那天一定是想叶荫想得大脑短路了,叶荫无论如何不会和一个刚认识的男人一起醉酒然后共度良宵。甚至茵茵脸上的眼泪,大概也是小女孩儿一时的情绪,而不是叶荫的绝望。叶荫最后望向他的眼神,他形容不出,是他一直无法卸去的重负。

霄不敢相信自己在同一个晚上竟然连续醉酒两次,然后带一个陌生的女孩儿回家。他问自己知道这个女孩儿和叶荫毫无相像吗?

而这种感觉不过是刚刚开始。

第二天,茵茵顶着一头刚爆开的爆米花般的发式再次出现在霄的眼前,发色黄得发白,像煮退了色的玉米须。叶荫同款的直发竟然是假发。

不等霄问,茵茵告诉他从今天起她陪他。霄问她不弹钢琴了?茵茵大笑起来说再弹怕钢琴受不了。

霄望着她，觉得自己老了。茵茵的活力和满不在乎像生鲜的小牛血混着白兰地让霄在迷离中感到了一丝放松——放纵的松弛。

那天，霄给茵茵讲了自己和叶荫的故事。

终于有一个人可以倾诉。

茵茵似乎听得仔细，心里只是满不在乎地想，这种故事总是千篇一律，有什么好说的呢。

10

勿忘我和百合花型的床上用品已经发霉，斑斑点点，茵茵想扔掉，碰巧霄在家，拿过来放进洗衣机洗了。茵茵看出来这是叶荫的东西，任它在外面挂脏了也不收。等阿姨来了问过霄，才收起放在了床箱里谁都碰不到的地方。霄大学时的球衣，奖状也都放在那儿。都是些无用却不舍得扔的东西。

茵茵咬咬嘴唇。她有着这个年龄许多女孩儿没有的自持。不是固有的性格，是经历使然。

茵茵看见了叶荫的 YSL 套装，S 码，茵茵撇撇嘴，和自己一样的尺码难怪霄会认错人。霄上班，保姆去买东西，她收起衣服打包送了人。

茵茵觉得自己在物质上一步步驱逐了叶荫，直到发现了那罐白茶。那天茵茵从橱柜深处掏出一盒白茶，说："这是哪年的陈茶，扔了吧。"霄宝贝似的夺过去说："这是治病的，我拿到公司去。"霄常为工作着急嗓子疼，叶荫用金银花、胖大海泡水给他喝，效果很好。后来听说白茶增加免疫力，尤其白茶放陈后对咽炎效果更好，决定试试。买来后她说能放上五年十年，在外面买不知道是不是陈的，还是自己储藏放心,所以霄没立刻喝到。叶荫走了,茶叶自然被遗忘了。

茵茵很恼火,自己这么注意,还是有东西漏网。她懂得,霄说什么东西治病或者含什么微量元素一定是在引用叶荫的话。

小姐妹劝茵茵不用那么着急清理叶荫的东西,茵茵翻翻眼睛,说:"不是对他有那么深的感情,难道这种骄傲你们没有啊?!"

大家逗茵茵说她可能爱上霄了。她说哪儿有这么快,自己从来没有一见就钟情。但茵茵不能否认自己确实喜欢霄。她喜欢霄酷酷的样子,尤其喜欢穿着西装的霄,像自己的爸爸,穿西装很帅。

想到爸爸,茵茵的面色沉了下来。

难得休息一天,霄很晚起来,茵茵也留在家里没出去。

无意间翻开一本书,里面夹着叶荫和桔梗的照片,是桔梗小时候爱撒娇的样子,紧紧贴在叶荫身上。霄记起来,那次自己和叶荫出去玩没带桔梗。叶荫担心了一天,因为小桔梗被关久了会很委屈地呜呜叫,像孩子的哭声。回来看见桔梗活蹦乱跳的,霄说叶荫小题大做桔梗怎么也是男孩子。叶荫坚持说它脸上有泪呢。霄说书上说狗不会笑也不会哭。叶荫坚持说它哭了,它眼睛旁边的毛是湿漉漉的。照片就是那天拍的。

茵茵看到霄拿着书发呆,本能地意识到这又是前任留下的东西,嬉笑着抢走书,翻开后看到照片做状要撕,说为什么还留着爱情遗物啊。霄夺过来,没有笑意,看也不看她走进书房。任茵茵在客厅怎样发泄也没有理她。

过了一会儿,茵茵在门口发出嘤嘤的声音让霄不得不心软开了门。

霄被索吻的茵茵弄得难为情,逗茵茵说小小孩子吻技了得。茵茵翻翻眼睛,说:"一直在吻青蛙从没遇到王子,久而久之练就了娴熟的技巧,现在不仅吻青蛙,连癞蛤蟆也能照吻不误。"霄似乎听过这样一句西谚，女人在吻到王子之前一定吻过许多青蛙。

这似乎是銮提过的，当时还以为自己是王子。直到銮吻了真正的王子，自己才知道自己其实是青蛙。想到这他对眼前温情的几分兴趣荡然无存。

茵茵常常玩得很疯。霄会在酒醉后的清晨被全身的猩红唇印吓到。茵茵把它们印到他全身不容易，而他洗掉它们也不容易。茵茵会为此配上不同的戏码，或者迷离沉醉地望着霄或者悲恸欲绝地要求霄说出肇事者的名字，让霄哭笑不得。

霄严肃的生活中这似乎是不错的调剂。

曾经醉酒醒来的清晨，叶荫会煮一锅稀薄的粥，拌上两个小菜，安静地等霄醒来。那情形对比起来，显得多么素淡。

浴室的镜子上又出现了蒸汽，以前叶荫用大葱擦镜子来保持镜子上不出现蒸汽。现在模糊的镜面映不出霄的脸，他觉得自己的内心也一片模糊。

第一次，霄支在手盆上的两手竟然有些抖他觉得自己疲惫不堪。

霄想到一句话形容自己最近喧闹的日子似乎很对，生活像放在火上的水，随时都会沸腾。这是谁说的呢？

生活像放在火上的水，随时都会沸腾。有的人就像没有包好的饺子，放进水里就塌在锅底，水越沸腾饺子散得越快。叶荫说的。

茵茵比叶荫深谙快乐之道。她从不缠着霄，自己玩得高高兴兴。

茵茵买了两包一次性内裤给霄，说洗着麻烦。电热毯也扔到了储物间，说看不惯到处是电源插头。

霄仿佛看见了銮，一种哭笑不得的感觉。

霄想茵茵该走了，等忙完这阵子就有时间处理极有可能出现的哭闹。

11

茵茵看了霄的记事本发现他有段时间没什么安排，于是没有和他商量就拿着他的护照定了北欧旅游。

霄想也好，当作告别吧。

茵茵是个有趣的玩伴。即将分手可能不会再见，霄很温柔，配合着茵茵的兴致。茵茵开心极了。

阿比斯库，夜是如此漫长。

霄想叶荫一定喜欢这个地方。他似乎看见叶荫静静地望着窗外漆黑的夜色长久地出神。

叶荫在霄的想象中静默了多久霄就静默了多久。茵茵看出霄在想别人，很郁闷。

中午两点，天空是暗蓝色。茵茵说："这个颜色太神秘了，穿在身上一定很漂亮。"

霄不说话。三天了，还是未见极光，久候不至，像极了叶荫。

第四天离开，茵茵郁闷极了，说："不能多等两天吗？"

霄说："不能。"

霄听见了本不该属于茵茵这么大女孩儿的叹息声。茵茵自言自语说："我不爱看书，除了童话。"然后问霄，"你奇怪吗？"不等霄回答，茵茵笑笑，说，"不是大家都知道的甜美童话，黑色的那种。"她沉吟一下说，"算了不给你讲了。讲点儿光明的，我最喜欢的一句，安托万·德·圣－埃克苏佩里说的'他总是相信黎明能治愈所有的疼'。这黑漆漆的地方，我没有等来黎明，我当然没什么高兴的。"

霄愣愣的，他完全没有想到茵茵会说这些，似乎还很认真。

茵茵又笑起来，说："你别呆若木鸡行吗，好歹我也是有文凭的，你忘了？"

霄感觉歉意，却没有改变主意的想法。

但阿比斯库之行，茵茵意外怀孕了。

茵茵告诉霄自己怀孕了。但她没告诉霄医生说她不能再流产了。

也许好友的故事让霄有所感悟，也许等待和前行都很疲惫，也许只是对的时间，他沉默了。喜没有，悲也不是。

流年似水，一切都是水中的景致。

茵茵以为这是默许了，得意忘形地扑上来亲霄，却被他推开。她愣住了，但霄并没有将她推远，让她并排坐着，轻轻揽住她。茵茵太年轻，年轻得不足以让霄意识到，她清楚地知道他在想另外一个女人。

霄问茵茵要不要给她买架钢琴。茵茵笑言要不把俩人遇见的那个酒店的钢琴买回来吧。看霄有点儿心动，茵茵说："算了吧，我这辈子最不爱练琴，还是别折磨自己了。"又说其实自己更喜欢弦乐，弦乐更富于想象力。霄问为什么，茵茵说因为弦乐声音连绵，更容易让人想象到流水的画面而不只模仿水声。说着又比画着海浪的样子，身体四肢起伏舞动，极富美感。

霄笑了，茵茵不仅有想象力而且表达能力极强。叶荫的想象力如果不借助文字，也许只能表达十分之一。

12

第一次产检是森陪叶荫去的，医生对森说叶荫太瘦各项指标都很低，要好好照顾。之后叶荫不肯让人陪，总是自己去。

叶荫怀孕不呕不吐，却也吃不下什么，浮肿得厉害。她努力地多吃些水果。早上照常带汉姆去散步，就是不再闻它的鼻子了。汉姆不甘心，把鼻子伸过去，被森挡开，于是撒娇去拱叶荫的腿，再被挡开，这么绕来绕去，看它玩得开心，叶荫高兴起来，继续扮小鸡，森只能当护驾的老母鸡。

七个月时，叶荫流了一点儿血，因为没有明显的不舒服就没有去检查。之后叶荫一直有点儿流血，医生想给她做内检，但怕对孩子不好犹豫着没做，B超胎儿正常发育着。

相比将要出生的孩子，叶荫对自己身体倒没什么担心。但她始终觉得害怕。

森明白叶荫其实害怕的是自己没有足够力量去爱。

看着在菜市场里快乐地跑来跑去的孩子，森说："其实，爱就是一切，而我知道你一定爱她。天性凉薄的人并不多，你肯定不是。"

叶荫知道他在说谁。笑笑说："我热情似火。"

森说："以后的火锅就靠你这盆火了，不然烧烤也成。"叶荫做状要打他，可是连挥手都觉得疲惫。

刘珊珊打来电话，说她的他太坏，专拣恐怖片让她看，吓得她直接钻进他的怀里。叶荫听得出刘珊珊很乐意钻进那个圈套。

看恐怖片有人陪的女孩儿绝对是幸福的。叶荫这时也爱上了恐怖片，看《午夜凶铃》时贞子爬向她的时候她竟然笑了出来。

无人陪却又不害怕，本身就是一个恐怖片。

叶荫说："要不你看我得了。"

一向聪明的刘珊珊沉浸在幸福里没听懂。

叶荫想，不懂是对的。

13

霄给过叶荫一张银行卡，叶荫走后的三个月他天天去查，可叶荫没动过那笔钱。后来认识了茵茵，他很久没查，再看时，卡上的钱动了，零零碎碎的一些小钱，想来她已经开始了新生活。他又往里存了一些钱，心里好过些。

叶荫是看到那笔钱才去接桔梗的。叶荫思念桔梗，竟然思念得睡不着。

怀孕快八个月的叶荫站在镜子前看着自己变形的身材，拿起一条披肩裹住自己。对于巧遇霄也许总会有一点儿暗暗的期待吧。

叶荫开门就叫桔梗，桔梗没有如期跑来迎接她。地上没有桔梗的饭碗杯子，什么都没有。

叶荫没有想到，桔梗已经死了。

桔梗不喜欢茵茵，无论她怎样讨好它都没用。即使霄出差了茵茵遛它喂它，它仍然对她很疏离，每天趴在门前等霄回家。霄没有说其实它在等叶荫。

茵茵当然想得到。她不是不喜欢狗，但她不喜欢所有不喜欢自己的人或狗。

怀孕的茵茵借口自己出现了过敏不能养狗，霄只能答应把桔梗暂时送走。

茵茵在霄的白沙发上放了几个印着五颜六色骷髅头的沙发垫，霄忍住没说什么。所有的一切与送走桔梗相比都那么微不足道。

桔梗以为霄和往常一样带它出去玩，到厂子里仍然快乐地撒欢。

霄上车离开时，它想跟上去，被霄推开，它坐在地上，温和的眼睛信任地望着霄，没有一丝怀疑。

霄不敢看它，开车走了。想追他的桔梗，被工人关进了门里。

被叶荫和霄宠惯了的桔梗始终不习惯那个乌烟瘴气的厂房。无论趴在哪，它的头总是向着大门的方向，也许在憧憬着霄和叶荫带它回家。在它溜号时，一个掉下的机器砸死了它。

霄到工厂时它的身体还是热的，他流着泪闭严了它的眼睛。

工人说它耳朵失灵了，叫它它经常听不见，除了对汽车的声音敏感。

为情所累的不只是人，还有动物。霄想叶荫一定不会原谅自己。

对茵茵的忍耐非常劳神，霄认为这是自己的报应。

叶荫本想在屋里歇歇，但没有桔梗的家空荡荡。

看得出来，霄的生活还是老样子。谁没了谁都能生活，只不过是更好还是变坏。而霄，看来过得不坏。

只待了一会儿就发现自己的东西几乎都没了，仿佛自己从来不曾在这出现过。自己的两年时间就这样和桔梗一样，声息全无地消失了。屋里新添的物品告诉叶荫，现在的女主人是个非常年轻的女孩子。她待不下去了。

本想把钥匙留下，但没有钥匙不能锁门，只好带走钥匙，还有自己放在抽屉深处的笔记本和小闲。茵茵一向对有字的东西不感兴趣，所以这个本子幸免于难。

逃似的离开了。

也好，就这样吧。

霄不见了叶荫的本子，对茵茵发起火，茵茵委屈得哭了，说："也许，她带走了吧。"这句话提醒了霄，他立刻又去找叶荫放淘来的小东西的那个抽屉，也是空的。

茵茵跟进来，怯怯地说："抽屉里的东西是我倒掉的，我看没什么值钱的。"

霄不看她，挥挥手让她出去。他不能确定是叶荫来过还是茵茵丢掉了叶荫的所有东西。

突然，霄想起叶荫的"小闲"，他跑到书房，然后大声喊茵茵，茵茵不情愿地走进书房，说："我可没扔过你的书。"这个房间她懒得进来，也知道自己不该碰。

霄说你见过书桌子上的蓝色玩具吗，茵茵茫然地摇头："书桌上放玩具干吗？"

霄颓然坐下，原来，叶荫真的回来过。

14

叶荫一直在附近的医院产检，森不放心，快到预产期时托了人带她到一家有名的妇产医院检查。这次叶荫同意了，她感觉自己的身体确实出了问题。

看见了霄。

叶荫先闻到了霄身上熟悉的香水味才看见了他。

那天霄陪茵茵检查。

叶荫压低帽子从他的身边走过。

霄没有认出叶荫。

遇到霄的第二天，叶荫生下了女儿。

弯弯早产，出生在五月初一的半夜十二点。

取名弯弯，不仅因为霄不在身边，仅就那天的月亮形状，孩子也不能叫满满或者圆圆。自欺其实很不容易。

　　曾经，叶荫喜欢那句"花枝春满，天心月圆"。她曾想如果和霄结婚生个双胞胎就叫满满和圆圆。人对诗词的喜欢总是因循着自己当时当刻的心情。那时她以为甜蜜是冰箱里的冰激凌随手可得。

　　叶荫抱着弯弯，看她薄薄的皮肤下依稀可见的血管，里面流淌着霄和自己的血液。霄会爱她吗？会爱这个粉色团状的小东西吗？她需要人无条件地付出，爱她觉得她是稀世珍宝，不爱则是累赘。

　　叶荫想起，霄从来没说过爱自己，虽然他说过其实他一直在找她，两个人要永远在一起。

　　萍提出是不是该让父亲见见孩子，立刻被森否定了。玫瑰也认为这个时候不适合。萍说："那就等叶荫仔细想想再决定。你们做哥嫂的现在就多帮衬她吧。"萍看了森一眼，不理森不满地盯着她，对玫瑰说："尤其你要多帮我想着叶荫的事，我老了，总忘事，其实我特别心疼她，小时候她吃过我的奶，我从来都把她当作亲闺女。"玫瑰愣了下，眼睛扫过森，立即说："我知道，您放心，我会好好照顾叶荫和孩子的。"说完，玫瑰冲森笑了笑，很温和，森对她点点头，没再说什么。

　　叶荫从未想过抱着弯弯去找霄。何况亲眼见到霄陪着一个女孩儿出现在妇产医院。

　　爱只能是两个灵魂的契合，其他的人或物都不能成为条件。孩子若是能给幸福加分，一定是那幸福本身就在。

　　弯弯来了最多只能说明他们曾经相爱，或者，仅仅是他们重逢过的印证，却不是共同生活的理由。霄没有求过婚，甚至，暗示也不曾有过。

理不清的过往是一张凌乱的网。如果叶荫对霄亲口说出这些话，霄简直想一头撞死。

15

叶荫望着弯弯，不再去想与霄相关的各种假设，只想着弯弯。此时此刻她的各种想法和别的妈妈没什么区别。

真好，这个小人儿允许你爱享受你的爱。叶荫常常亲着弯弯的小脸蛋，不自觉地笑起来。

弯弯很好看。她长着霄一样清瘦的小脸和单眼皮的凤眼，尤其那双眼睛清亮明澈。小小的人儿竟常常蹙着眉头，叶荫就轻轻抚平她的眉头。

在弯弯出生后，叶荫倒不那么焦灼了，她想明白了很多，担心少了些。爱有了去处。

叶荫常常抱着弯弯不肯放下，哪怕弯弯睡着了。萍劝她说："别总抱着，孩子会总看着你离不开你。"叶荫笑着问："真的吗?"可森看得出来叶荫对弯弯没有那种澎湃的母爱，更像一种宁静的相互陪伴。

叶荫最愁的是自己不爱说话，怕影响孩子学说话。玫瑰说："不用怕，有我呢。"森说："你好好练练普通话，别把'蓝天'读成'南天'。"

不过在时间上确实是玫瑰带弯弯更多，她喜欢孩子。所以，弯弯更像是大家的孩子。

森对叶荫说："你听到过一种说法吗，童年不快乐的人往往能从自己带大的孩子身上得到最大补偿。就像把自己带大了，用自己希望的方式。"

叶荫点点头。

森说:"其实,想想非常有道理,孩子是妈妈身上掉下来的肉,当然就是带大自己。不爱孩子的人无法获得这种补偿。这是公平的。"见叶荫不出声,森想自己也许说多了。是的,叶荫努力不去想那些不愉快的东西。即使忘不掉,总可以不想起。

其实,叶荫想的不是这些。良久,她说:"以后弯弯会不会因为某种缺失遗憾?"

森看着弯弯,对叶荫很肯定地说:"一定不会。"顿了一下森说,"我羡慕每一个因爱而来的生命。她是因爱而来的。至于遗憾,谁没有呢?"他的声音竟然有些抖。叶荫并不能完全懂他的意思,但还是有点儿明白他的某种失落。

森想起尼采的一句话,却没有说出来:"每部悲剧总留给我们一种超脱的慰藉,使我们感到,尽管万象流动不居,生活本身到底是牢不可破,而且可喜可爱。"

叶荫如果听见这句话会夸他的记忆力仍然那么好,可是不会评价这句话。

16

叶荫坐完月子也没有养胖,还是断断续续地出血,她没有告诉任何人也没有去检查。

发现叶荫一直流血的是玫瑰。她告诉了森。森托人找了最好的医院,叶荫不肯检查,更不肯到那么贵的医院。森根本不听她说,把她抱到了车上。

玫瑰认真地说："叶荫，你一定得听我们的。"

等待结果的日子似乎很漫长。医生拿着报告单说情况不乐观。玫瑰和森看不懂那些术语，结论里的"癌"字惊得俩人说不出话。

叶荫并不意外，生弯弯前医生一再嘱咐她生产后要尽快检查时，她就想到了。此刻她表情平静地和医生商量着入院日期以及治疗方案。

森和玫瑰都没有看到叶荫的失态。那些状态都在弯弯熟睡的午夜悄悄地过去了。尽量减少自己给人带来的麻烦是叶荫从小就努力做的事情，随着年龄渐长，更会用心抹去刻意的痕迹。

叶荫生日的时候森买了一条装饰项链做礼物。黑色皮绳上系着个黑色的锁头，上面缀满水晶。萍说："锁头好锁头好，就是锁住了。"都知道是这个意思大家谁也没说，她说出来大家更沉默了。她又嘀咕："为什么不买红的，这亮晶晶的玻璃倒是镶得好看。"

森说："老妈你就差说不如给叶荫买点儿吃的实惠。"大家都笑了。

玫瑰知道那个锁不是吃食的价钱，上面像钻石一样耀眼的不是普通玻璃而是水晶。

但她不再嫉妒叶荫。

"快乐的人即使有了皱纹也是笑纹。"叶荫望着给大家张罗饭的萍低声对森说。

"其实，妈妈这一生很苦，只是她从来不说。"森说。

"萍姨是我见过的最美好的人。"叶荫发自内心地赞美。

森喝了很多酒。突然问叶荫："你怕吗？"叶荫摇头："有你在啊，没听人家说先走的人有福？"

森听过，那是说夫妻俩人先走的那人有福。他望着叶荫无语。

叶荫没意识到自己的话有什么不对，突然说："以后还是把弯弯给霄吧。"过了会儿又说，"没有想到事情会变成这样，怪我当时太磨叽，否则孩子不会被连累。"

玫瑰见森到外面抽烟抹了把眼睛，不知怎么劝，只好装作没看见。

17

旭的妈妈去世了。旭极为消沉，在老家待了许久。

临走前旭的妈妈要旭多忍让黄山，毕竟黄山对他真的很好。

为了安慰旭，刘珊珊张罗了一次饭局，只找了几个素日要好的同学，没有通知云舒。

有人提起球场上的旭、辩论会的旭、诗社的旭，自然也提到了叶荫。

旭溜号的眼神让黄山觉得是因为叶荫。她的多心是落下了病根，又无药可治。但她连妈妈也不能告诉。

其实，真的是误会，不是叶荫不是清华，只是旭喜欢的过往的生活。

晚上回到家黄山忍无可忍终于说了出来，旭愣愣地望着她，许久，说："真的不是你说的那样。你要知道，我现在是个孤儿。"

旭申请到北京进修，院里很快批了。送旭到机场时，黄山哭着说对不起。旭笑笑没有接黄山的话，只是说不过一年时间，又离这么近。

18

很巧，旭进修的是叶荫入住的科室。

旭与叶荫静静对望，甚至叶荫笑了时他仍无法牵动嘴角，他想不到他们会以这种方式见面。

　　旭的头发少了些，手术科室男大夫的通病。其他似乎变化不大，更加沉稳温和。

　　叶荫很快就没了初见旭的尴尬，泰然处之是种体面。

　　之前旭一直从刘珊珊那儿听到叶荫的消息，每次她都说叶荫很好，在北京见过一次的她说叶荫比以前更漂亮。

　　其实，刘珊珊的话不假，那时的叶荫确实美，可能是她一生最美的时光。

　　女为悦己者容，其实是为己悦者，此刻看叶荫的打扮就知道她的周围没有她喜欢的人。叶荫不再化妆，女人爱惜自己比天生丽质更重要，在她躺到病床上的时候，这点儿看得更明显。不过五年多的时间她老了很多，或者说是憔悴。看着叶荫床头柜上百合花瓣散落下来，旭的心不自觉地紧缩几下。

　　叶荫觉得旭比以前健谈，聊到自己毕业后的工作，旭的声音里有深深的无奈，他感慨中国父母总是把希望寄托在儿女身上，说尤其是咱们这一代的父母经历了太多的所欲不遂，所以咱们注定要实现双份的梦想。

　　叶荫没有说话。不幸的家庭各有各的不幸。

　　旭接着说："孩子是父母生命的延续，既然是延续就是整体的一部分，连责罚都像是自戕。不知道我做了父母会什么样，但愿能合格。"

　　叶荫问起黄山，旭说："在黄山的心里如果仕途平坦人生就是坦途，她的一切都是为之努力，算是累并快乐着吧。"

　　叶荫说："这样也没什么不好，你会因此更接地气。咱们的性格都有点儿上不着天下不着地，她和你正好互补。"

旭听到她说"咱们"愣了。

叶荫那句话并没有深意。虽然在她心里这是段可追忆的情感，纵使此刻惘然如初。

旭呆了好一阵，黄山打来电话告诉他他被评为省优秀医药人才，他仍是呆呆的，黄山在电话的那侧都感觉到了。

叶荫望着旭忙碌的背影，发现旭的腰背似乎驼了点儿，显然也是职业造成的。刘珊珊说得对，对于旭这种认真的人来说，做什么都会用力过猛。医生这个职业不是他最喜欢的，但既然不能选自己所爱，还是要爱自己所选。人生里所有的选择都该如此理智吧。

叶荫回到床上，长久地盯着窗外的泡桐出神。

19

科主任是旭的带教老师，黄山托了关系才能劳动他亲自带旭。他让旭动员叶荫参加新药实验的治疗组。旭不同意。叶荫并没有用现有的最佳方案治疗过，这么做是不负责任。

科主任强调月底必须完成入组。

旭厌恶这种腔调。

可是没等他劝，叶荫就主动签了参加新药实验的《知情同意书》，也没有和森商量过。

叶荫知道所谓的最佳方案只是一种普通的比较。与那些能确定收到好的治疗效果的疾病相比，自己得的病按目前治疗水平的效果与患者自身条件关系最大。简单说这就是要看运气。叶荫在心底笑笑，安慰自己可以赌运气，情场失意赌场得意啊。所以，问了下动物实验结果就同意用新药了。重要的是，可以省下很多钱。但这个想法她没有和森提一句。

　　旭懂，所以不同意，森因为不懂没主意有些附和旭的意思，但叶荫不让俩人多说。叶荫平静地看着两个无奈的大男人，只说动物实验的结论非常好，自己是人也是一种动物所以就用这个药，根本不解释更多，也不让两个男人再讨论这个话题。

　　旭才发现叶荫是这么固执，固执得和黄山差不多，他气得唉声叹气。森拍拍他表示同情。

　　每次森到医院看到的常常是这个情景，叶荫望着窗外出神，不知是否是担心弯弯。他想叶荫提到弯弯一定会非常痛苦无奈，他甚至设想了自己该说什么承诺什么，但没有，叶荫很平静地嘱咐关于弯弯的事，仿佛只是自己一次意料之中的远行。

　　看到森有点儿吃惊的样子，叶荫的嘴角轻轻翘了翘，说："我该哭是吗？"并不要森回答，她说，"弯弯一定过得比我好，有你和玫瑰我放心。顿了顿，她补充了一句，"她还有爸爸。"

　　森的眼泪突然流下来，意识到不该当着叶荫的面流泪时，他已经控制不住自己，只能快步走出病房。没错，自己有能力照顾弯弯，如果自己一直有能力照顾叶荫呢，在这个假设中他头痛欲裂。

　　叶荫知道森会好好养弯弯，虽然没有母亲的人生是种缺憾，但有母亲的人生也会有缺憾。弯弯有她自己的故事。如果弯弯有自己这种迷迷糊糊的个性也没什么不好。当然，如果能像霄那般冷静清醒更好。

　　在叶荫入院前就想过这些。此刻，并不是因为沉着冷静，叶荫觉得自己的心是麻木的，仿佛自己给自己下了蛊，把那些无力把握的事情轻轻放下，也许是对自己、对别人最好的处理方式。

　　她坚决要求森不要告诉荣，而是给荣留了一封短信，如果自己没能从手术室回到病房，森就把信交给荣。但叶荫知道手术应该不会有什么问题，重要的是术后自己能挺多久。

进手术室前叶荫对森和玫瑰说："如果我回不来，我希望你们都忘了我，大家都好好生活。我希望就像我不曾来过，也许，我真的不曾来过。"说完，她轻轻笑了笑。

叶荫想，把这句话先说完，以后就不用再说了。

旭的状态不好，主任不让他上台，说："关心则乱，我也一样，不是谁的手术都拿得起刀。"

等候时，森看到旭在抖，他拍拍旭和旭出了等候区，递给旭一根烟，说："别紧张，叶荫从小就胆子大，她敢抓那种一指长的硬壳虫吓唬男孩子。"旭笑笑，想了想说："但是她怕蛾子。"两个人对视着笑了。

手术之后是化疗，叶荫在手术前剪了短发，而且早就准备好帽子，一直戴着，独自面对那些脱发。

叶荫病后，玫瑰每天都给叶荫做一根海参。叶荫不肯吃。玫瑰霸气地说："你不看看我们是卖什么的，海参就是我们卖的白菜！家里有的是，咱吃得起，放心吧。"玫瑰向来过得精打细算，但照顾叶荫的时候却很舍得，森什么都不需要嘱咐，玫瑰就会想到，从来没在钱的问题上计较过。

所有没实践过的良善都是吹牛。森觉得玫瑰这句话简直是名言。

没想到新药对叶荫真的很有效。

叶荫开玩笑说："我就是这么成全人。"

被科普过的森明白，癌症患者只要熬过五年，就算为那个实验的存活率做了个分子。

20

　　如果霄不是醉酒提前回家听到茵茵跟姑姑的电话，他们的生活不可谓不平静，只等茵茵生下孩子然后举行婚礼。很明显茵茵仅对婚纱和蜜月感兴趣，对婚礼甚至登记都是一副无所谓的样子，霄觉得这份潇洒也是一个代沟。

　　霄见过茵茵的姑姑，自己的生活中没有出现过的一类女人。美丽世故，有着阅人无数的精明、历经风浪的从容，难得的是她真的爱茵茵。

　　茵茵告诉霄自己父母双亡，一直跟着奶奶，所以跟姑姑最亲。可惜姑姑前些年移民去了澳洲，一两年才能见一次。

　　从荣那里吸取了教训，霄见茵茵姑姑时表现得很努力，因此一切顺利。

　　茵茵靠在沙发的骷髅垫子上告诉姑姑，自己十七岁流掉第一个孩子的时候还以为再也不会有孩子了呢。又说她的朋友羡慕她，玩也玩了，最后还有个好归宿。她嬉笑着问："我是不是像你啊，姑姑？运气好。"

　　霄觉得她笑得像只不明生物，而自己正走进一片漆黑的树林。霄在这一刻想起了叶荫，叶荫对诚实有着太深的癖好，他恨叶荫的诚实。撒谎不好，可带来恶果的实话更不好，以至于他竟然没有对茵茵的谎话有太多的感觉。

　　卧室门开了，霄流着泪走出来。茵茵以为自己把他刺激哭了，其实，霄的泪是为自己流的，甚至不是为叶荫。

　　茵茵的姑姑后来告诉茵茵，当时自己在电话另一头简直快晕倒了。

就像掉进陷阱被绑起来的猎物竟然逃走了。茵茵似乎冷静些，说："煮熟的鸭子也不是飞了这一次。"

哪个少女不希望真情能换此生安稳，但男人们总是比猪蠢却没有狗的忠诚，十七岁时，那个男孩儿坐上飞机才打电话，说要去留学可能不再回来，而自己躺在手术台上没人照顾时茵茵就明白了这点。

她对霄说："我真想和你好好过。"

霄点点头。

世上有很多事情人们都想过，但仅限于想过而已。

后来茵茵告诉霄，自己出现在那架钢琴旁只是一时兴起。实际上自己就住在那个酒店。自己并不是父母双亡，爸爸出轨妈妈卧轨自己才在奶奶家住了几年。因为看见爸爸住在那个酒店，她也在那个酒店包了房，和爸爸养的小三混在一起。爸爸发现她时气急败坏地要她回家。她喜欢看他发疯。从那以后她就住在了那儿，和一个男人的开始交叠着和另一个男人的结束。

抛开报复父亲这个因素，茵茵家境殷实，她的行为只是她自己的选择，谈不上生活所迫。霄不能理解这种把自己作为人肉炸弹的报复，甚至百思不得其解。

霄对茵茵说："青春只能赌明天，不能赌后天。"

不知茵茵听明白了没有，茵茵的年龄只能想今天的事。她告诉霄这个孩子自己必须生下来，是医生说的。

在孩子出生前茵茵就做好了选择，她要出国学音乐。姑姑在等她。知道后悔无意义，茵茵姑姑甚至没有打电话来劝说霄接受茵茵。霄欣赏这种明智。

为了彻底放下，不留恋，孩子出生后茵茵一天也没有自己带。

那是霄在銮身上看到过的决绝。让霄希望她留下的那丝念头终于没有说出口。

茵茵说："我奶奶的口头禅是多好啊，齐齐全全的。孩子就叫齐齐吧。"霄想，真是讽刺，刚出生妈妈就不在身边哪里齐全呢。

茵茵把霄买给她的翡翠戴在儿子身上。霄说："你留着吧。"

茵茵笑笑说："我知道很贵，要十万呢，我问过了。你很舍得。我为什么不在十七岁遇到你呢？"

天知道。

霄不知该说什么。自己十八岁时遇到了十七岁的叶荫，又怎样呢。

茵茵说："我知道你不想让我再见孩子。所以，留这个佛像保护他吧，毕竟是我戴过的。你不要急着送他走，我不会为了看他骚扰你。你把他带在身边吧，别没爸没妈像个孤儿似的。"只有这一句霄听到了一丝哭音。

霄确实想过，如果她闹着见孩子他就把孩子送走。他不能不佩服她的聪明。"你怎么办？"霄问，为她的聪明伤感。

茵茵笑笑，答："好好活着。"

霄突然想明白一件事，自己为什么总觉得叶荫和茵茵像，她们最像的是坚定，不说品质，两个都是能承担任何后果的人。昂着头离开的女人比伏在男人脚下哭哭啼啼的女人让人尊敬。

其实，除了名字她们没什么像的地方。

茵茵安慰霄："我姑姑说罗敷和使君没故事，有故事的是西门庆和潘金莲。你们男人的缺点是太自我太自私，有事就闪了，比电还快。"

霄被她说得笑了。他们在一起曾经很快乐。

霄对茵茵说："一路平安。"

茵茵点点头。

霄为了改善气氛说："年轻真好，生活随时可以重新开始，好运，八九点钟的太阳。"

茵茵撇撇嘴道："你们'70后'真会夸人，仿佛八九点钟的太阳就代表日不落似的。我是远走，能不能高飞谁知道呢。"旋即又说，"远走肯定就是高飞了，对吧，贴着地也飞不远啊。"

霄笑笑："你肯定是鸿鹄不是燕雀。"

茵茵盯住霄："你逼我当鸿鹄的，其实是改良了的燕雀。"

霄突然觉得有点儿对不住她，想说什么却不知该怎么说。

茵茵推他，说："行了，走吧。"然后上了车没有回头。

霄想起来，最后时刻她竟然没再提起孩子。

他觉得茵茵不是新新人类，而是另一类生物。

霄在茵茵眼里也许不是王子，而是另一只水晶鞋。她渴望的不是爱情，而是一份新生一般的生活，只不过她自己大概都不知道罢了。可是，谁又能知道呢。

<h2 style="text-align:center">21</h2>

每天见面，叶荫和旭常常想起无忧无虑的大学时代。重逢让很多当年不能开口的话变成玩笑问了出来。

旭想不明白，为什么自己和叶荫在对的时间对的地方遇到对的人却擦肩而过，他问叶荫为什么。

叶荫想都没想，笑道："缘分呗。"

叶荫很久不写诗，但落笔还是很流畅。

我是一片云

偶尔投影在你的波心

因着那深邃明亮

竟映现当初模样

久已遗忘

欢喜而惆怅

曾想化作浪花随波而漾

风起风落

迷乱的方向

他乡的日子长长

梦醒时梦想

也好

如此相望

思量

总会有些什么

能够飞越这

海天迢渺两茫茫

不是每朵云都愿作阴霾遮阳

你的晴空里

我晶莹成白色的光

　　叶荫想黄山看到这首诗一定会误会，也许，不能算误会，自己对旭确实有过说不清的情愫，只是往事已矣。
　　从蓓蕾到飘散的花瓣，留得住哪个瞬间呢。

晚上，她撕掉了这首诗。

旭仍然是小护士们喜欢的绅士医生，叶荫和旭开玩笑，说："你更像鸦片，止痛、上瘾，除了吸食者别人都说该戒掉。"

旭听了微笑着什么也没说。他知道以叶荫的性格能和自己这样开玩笑，他们永远都是好朋友，只是好朋友。

22

旭劝叶荫回去读研究生，可以读在职的，门槛低但总是深造了，也可以彻底改变生活环境。他想，叶荫回去的话，自己还有刘珊珊就能帮她了。其实，即使不是叶荫，其他的同学他也会帮忙，何况是叶荫。

叶荫说："以后再说吧。"又说，"那些毕业能接着读研的同学好幸福啊。"

一种很普通的拒绝方式。

旭问过森为什么不娶叶荫。他看得出来，森和叶荫的关系仍然没有超越当年在学校他见过的程度。

森看看远方黑漆漆的树林不看旭，自言自语般："对叶荫而言我和你也许是一样的。"

刘珊珊来探望叶荫，看着小心照顾叶荫的森，很感慨。

叶荫望向窗外，森在做蹲起动作，玫瑰一脸笑容看着他，给他数着。刘珊珊问叶荫："你后悔吗？"

叶荫说："我是个不知道后悔的人。"

刘珊珊不甘心地说："我知道你喜欢他，我还知道你情窦晚开，不知道自己喜欢的是谁。"

叶荫说："这世界上总有你喜欢却不能生活在一起的人。谁都可能碰上，不足为奇。就像你我，是最好的朋友却不能生活在一起一样。"

刘珊珊说："你和森不同啊，你们是青梅竹马。"

叶荫摇头道："没有不同。结果说明一切。何况我们从小就是兄妹，就像长在同一棵树上。"

刘珊珊看得出来叶荫不想再继续这个话题，以她对叶荫的了解，明白这不是森的问题，不是爱情的问题，而是，叶荫真的感觉讨论没有意义。随着年岁渐长，刘珊珊明白所有的不理解就是因为你不够理解，能做的是不纠结。她再也不会也不可能更不应该跟当年一样替叶荫做主一件事情。

叶荫对于生活曾经是热情的，只不过她的热情像烟花，需要点燃。森太过珍惜，如同一个收藏者，只一心一意地珍藏。倒是灼，误打误撞地点着了烟花，即使叶荫一再声明那时自己内心对灼有火花，但刘珊珊认为自己只看到了烟。旭呢，旭可能本身也是烟花吧，也等待别人点燃。

23

刘珊珊说最近看到这样一段话：把回忆留给最优秀从而最把握不住的，把一生献给最默契忠诚的，把友谊送给最深情相知的，这就是女人完美的一生。叶荫觉得这样的人生是上帝编辑的。对大多数人来说，完美的东西是神话，现实里这种也是传奇。只和神或神一样的人有关，听听就好。

刘珊珊清楚记得自己在爸爸妈妈好友聚会上听到的一段话，一个阿姨替妈妈惋惜，觉得妈妈嫁给体育老师委屈了。又说爸爸也一样，如果像黄山的爸爸找个有背景的妻子，也不至于一辈子当个体育老师。虽然爸爸妈妈立刻反驳说俩人很好很知足，但刘珊珊却记起爸爸评职称时的委屈窝囊，妈妈想换个工作岗位时爸爸力不从心的无奈，很小刘珊珊就懂得贫贱夫妻百事哀的现实，所以她一直不觉得叶荫和旭适合在一起。现在想想她不禁觉得自己是不是太世俗？也许，对叶荫来说，最好最宁静的人生应该是这样，错过霄，留下旭，一路同行有森。刘珊珊想，那么自己当年没有助力旭是错了吗？旭和黄山并不幸福，很多同学都知道。

　　她鼓起勇气把这些想法告诉叶荫时，叶荫笑起来，说："有谁给霄助力过，就是缘分啊。"刘珊珊叹口气说："有的人总像一个没实现的梦想。"她说的是旭，叶荫以为她指的是霄。叶荫说："这个不算。其实我有很多没实现的梦想，比如想当一个好医生，想做个好妻子，都不能如愿。后来想写一篇小说还是不能如愿。"刘珊珊说："这个可以啊。"叶荫笑笑说："只写了零星的文字就没了心情。其实我想说的是一个普通人就要接受自己的普通，接受哪怕连一个小小梦想都没有实现的事实。我想这是我爸爸教会我的。"

　　看到叶荫很自然地提到霄，刘珊珊问到他们到底是怎么了。叶荫只说了句："阴错阳差。"刘珊珊拉长声音说："应该是阳差在前。"并且把"差"读成四声。叶荫略一迟疑立即明白刘珊珊是说霄差劲，笑道："你这么一胡搅就是学中医的人也听不明白了。"刘珊珊说："他差是他的事，不是你的错。"叶荫笑笑，说："我不知道我做对过什么。"立刻又说，"都过去了。我只想眼前的事情。"刘珊珊看到了叶荫的决绝。这个话题没有继续。

　　有一件事刘珊珊始终没有告诉叶荫，旭有那么一个晚上曾经疯狂地找叶荫。当年她没告诉叶荫的原因是她看见黄山趴在旭的肩膀痛哭，而旭最终没有推开黄山。

　　就在叶荫遇到柳的那个晚上。

那天晚上刘珊珊回家拿东西，父母有应酬不在，她骑车又累又渴就偷拿了爸爸的啤酒喝，结果在沙发上睡到快十点才醒。因为要给叶荫开门她决定不等父母了立即回学校。算算时间有点儿太晚了，她觉得不如找叶荫一起回学校，如果回不去大不了带叶荫回家睡，但是到饭店时叶荫已经走了。

出了饭店没走多远，刘珊珊竟然看见了旭和黄山。黄山对旭说着什么，旭很不耐烦，一定要去饭店的样子。黄山最后抱住旭哭了。后来刘珊珊猜想旭应该是和老师说好了出来找叶荫，黄山虽然同意一起出来却是想说服旭不要再找。她从来没见过旭那么烦躁，更没见过黄山那么失态。

旭给叶荫送来水果，芒果已经切成小块。看看水果又看看俩人，刘珊珊叹了口气。旭这次来京进修的原因在同学中传得沸沸扬扬。刘珊珊觉得和自己亲历的那个夜晚肯定有些关系。

迷宫一样的前世今生，懂得和真相从来没在合适的时间地点相遇。

走前，刘珊珊拿出一张卡片，是云舒托她带给叶荫的，除了写着祝她早日康复，还有三个字：对不起。

叶荫看了一眼卡片然后扔进了纸篓。

24

还在医院时叶荫就想开个书吧，这样不影响带弯弯。出院后她在一所大学对面租下一个小门脸儿实现了愿望。叶荫想就这样寂静地活着也很好。书吧就叫"寂境"。里面摆满她喜欢的书和她那些淘来的小东西。不放音乐。她觉得周杰伦的歌词用来读比唱要好听许多。

摆上雕着菊花的小木雕，仿古的青花瓷里面插上未开的百合，做这些的时候，终于又有了快乐的感觉。

有学生闲坐发呆，也有老师来此谈事情。叶荫的财运还好，虽然挣不了很多，日常开支却没有问题。

森送来一张皮画做开业礼物。在牛皮上烙出的画，一个羞涩轻垂着头的傣族少女，像极了十几岁的叶荫。

坐在寂境里当老板的叶荫已不是那个样子。

叶荫开玩笑道："对不起，生活所迫。"

书吧里的叶荫常常面带微笑，笑容没有抽搐可以定格。

弯弯很安静，是个好带的孩子，像叶荫小时候一样，可以自己待上好久静静地观察着周围的事物。

叶荫总会记起玫瑰常说的那句话：能活好今天就行，明天是计划着的事情，既然不确定的那就不想也罢。

玫瑰告诉叶荫自己很少回忆以前，因为都不是高兴的事情，所以每次它们在脑海里出现她就让自己忙起来。她认真介绍经验，说："知道吗，有一次我把冰柜里所有海参拿出来又重新摆好。森说我这是以累治病。"

叶荫一直牢记玫瑰的"以累治病"，忙碌着不去想太多。

毕竟大病初愈，叶荫有时觉得很累，实在不想动，就任由开败的百合花瓣掉下来。叶荫趴在吧台看只剩下花枝还直直矗立在瓶子里，像一幅颓败的写意画，觉得也很好。后来叶荫对玫瑰说："开心就是你安静地环顾四周，不要动，然后在心里默念'都很好都很好'。"玫瑰大笑起来说叶荫已经出徒了。

森和玫瑰不忙的时候经常来坐一坐，尤其森，应酬后玫瑰总会把车开到这，说跟叶荫讨杯茶醒酒。玫瑰念叨："怎么觉得我们现在就开始养老了一样。"

醉了的森很兴奋，舒服地坐进麻色的懒人沙发，说："这么寂静的地方最适合回忆。人早晚要停下来待在一个地方，不要把哪儿都当作金光大道一路狂奔跟飙车似的。年轻的心最好待在未来，尽情向往美好，中年就待在现在，享受入世的乐趣，老了最好待在过去，只回忆最美的事情。"边说边挥着手，演讲似的。

叶荫想说森真是醉了，表达很诗意可听着别扭，但看玫瑰崇拜地望着森就把话咽回去了。

叶荫想这是自己从来没给过森的。

有时森把自己的一堆旧物件拿来叶荫的店里修理，正好带着弯弯玩，任由弯弯把那些东西抓来抓去。那些东西让叶荫想起和霄一起逛的潘家园。

玫瑰说有段时间森像长在了潘家园。买了一堆破东西到现在还没有修好。花二百元买个破壶再买本二十元的书弄明白怎么修。乐此不疲。

叶荫安静地看森修东西。像小时候看彦做木工，玫瑰没有这份耐心，但也不会来吵森，自己里里外外地帮叶荫干这干那，不时过来给森续杯水，扫一眼森的活计就走开了。

弯弯喜欢森和玫瑰的陪伴。和叶荫一样喜欢。

叶荫给玫瑰讲，森小时候听完评书就一定要演岳飞，结果没人愿意演秦桧，所以最壮烈的那一幕演不了，只能演"岳母刺字"。

玫瑰瞪大眼睛问真的刺吗？

叶荫笑得不行，说："真的刺倒还好了，毕竟算体会到了那种情境，关键是用墨笔写了后蹭到了白衬衫上，森被萍姨打了一顿。"边讲边笑，玫瑰听到最后也大笑起来。

森进来说："你们笑什么？"叶荫说："我正劝玫瑰赶紧嫁你，你们两个安安生生就算报国了。"玫瑰顿了两秒才明白,跳起来挠叶荫的腋窝,叶荫躲到森的背后说:"嫂子饶了我吧。"

森笑了,说:"是啊,她嫂子饶了她吧。"

玫瑰愣住了,盯着森的眼睛笑了。叶荫站在玫瑰身后向森歪了下头,笑了。

是啊,阳光灿烂,岁月静好。

玫瑰来了帮叶荫擦擦这儿抹抹那儿,叶荫觉得每次玫瑰来了水龙头就会焕然一新。叶荫就在玫瑰歇下来时替她轻轻地揉指关节说:"你的手真美,可以做手模。"可惜玫瑰的手护理得不太好,有些粗糙,而且总接触凉东西,关节处有点儿肿。

玫瑰没听懂叶荫说的手模,疑惑地望着叶荫,森笑笑对叶荫说:"别说你的时尚方言,玫瑰不是那个队伍里的。"玫瑰不以为然的样子,说:"难道我老了吗?我可是很追流行的。"

森有事出去了,叶荫解释了手模的意思玫瑰才明白叶荫是夸她的手漂亮,她看看叶荫的手说:"你的手小小的才好看,我的太大了,女人手小抓宝,我这大手天生是干活的。"叶荫再去超市时挑了油脂含量大的护手霜给玫瑰,教她怎么按摩关节,嘱咐她每次洗手都要涂。玫瑰高兴地拍拍叶荫说:"我争取记住。"

晚上洗漱完玫瑰拿出护手霜很认真地涂抹。见森含笑望着她,玫瑰不好意思了,还是硬撑着说:"我长得好看不怕你看。我和叶荫各有各的美,不过,她比较像舞蹈演员。"

森笑笑,玫瑰说得有点儿对,但并不准确,应该说从小背诗写诗听二胡的叶荫很文艺范儿。

看森有些走神,玫瑰问森:"我比叶荫差很多吗?"

森说:"你不完美,但温暖动人。"

玫瑰咽回去一句话:叶荫完美吗?

因为没勇气听答案,所以她的话合时宜地变为:"温暖还能冻到人吗?"

一笑而过,云淡风轻。

也许,生活本该如此。

25

从北京回来后旭的肩膀有点儿风湿,黄山在家给他扎针灸,一直提醒自己肺腧穴千万别扎深了。上大学时,亲眼见到一起医疗事故,一个患者被扎成气胸遭了大罪。可自己为什么会有这个念头?

旭夸她虽然不在临床工作但手法还是这么好,以后在自己身上多练练自己就享福了。黄山笑道自己能像几千年前的巫医就好了,不仅治病还可驱魔。旭当然明白她要驱走谁,却不说话。黄山再次说起的时候,旭说:"难道你想当巫婆?!"

偶尔旭会想起叶荫轻锁的眉头,只是偶尔,只是想起。从以前到现在,什么都没做过。甚至在他回单位后,叶荫和他都刻意地减少了联系。

黄山还是会看出他在想叶荫,她相信自己的直觉。现在,她宁愿他们有过什么,而不是这种余音绕梁不绝不休。

其实,没有叶荫,他们一样会有矛盾,是性格决定的命运。

当一个人刻意容忍时,恨已经翻江倒海了。也许很多人同意,这样的女孩儿没有被放到手心里就是受了委屈。

可旭无论娶了谁都不会放在手心里,而是心里。

叶荫更像个替罪羊。

沉郁不快能让任何本来美丽的女人多一份神秘的气质。

社会关系极多的黄山不乏追求者，一个奇葩的男人竟然用美元叠了玫瑰花在情人节送给黄山，因为不方便把东西还回去，她怒气冲冲地用了一个多小时拆开那些花，把它们投进药房收集零钱做慈善的盒子里。

中午碰到刘珊珊俩人一起吃面，黄山往碗里倒了半瓶辣椒油，真正的红光满面。黄山能吃辣，到四川开会时她吃辣的程度连当地人都吃惊。

刘珊珊说："能吃辣的人大多是胆汁分泌不好爱发火，你可不像啊，脸上也不起疙瘩。"

黄山说："我是内火烧我自己。"

刘珊珊看她郁闷的样子想这可能是真话呢，嘴上却说："那是火烧旺运。"

距离父亲离休的时间越来越长，黄山再升一格的事情遥遥无期。不知是不是因此提前进入了更年期，她常常半夜摇醒旭，问叶荫是不是他心头的朱砂痣，还常常滴血。她说自己的生活像个血光四射的犯罪现场。

一次，旭实在受不了酣睡时被惊醒，他望着披头散发的黄山说："你简直让我觉得生活在鬼屋里。"

黄山哭起来，不出声地哭，趴在床上的样子像个耍赖未遂的孩子一样委屈，旭心里不过意，抱起她，黄山在他的怀里又哽咽了一会儿，两个人不再说话，抱在一起睡去了。

无论多少矛盾不满，共同走过的日子总是时间画出的牵线，割断并不容易。

虽然珍惜也不容易。

黄山偶然看到旭写的一段话：一个不爱回家的人欺人也自欺地说每天劳碌都是为了生活，但忙碌可以填满空虚却不能滋养一个人的生命，所以，最后人也好，家也好，都逃不脱枯萎。

黄山的眼泪滴到桌子上。

那段时间从不喝酒的黄山在需要喝酒的场合来者不拒，她的心事是慢慢燃着的火柴，几杯酒浇下去，成了熊熊大火，常常被烧得口舌生疮，张嘴都费劲。

旭竟然没有想到是因为自己，有点儿心疼应酬多的妻子，买了许多梨榨汁给黄山喝，喝下梨汁后黄山确实好了很多。

黄山的爸爸去世了。旭本来已考上在京的博士，但还是决定在本校读。旭并没有和黄山商量，放弃得毫不犹豫。黄山真的没想到。

如果陪伴是最真诚的誓言，黄山觉得自己似乎应该满意。她想，也许，旭的那段话只是对生活的一个警醒而不是绝望的总结。而且，就算是总结，自己也可以修改。

想明白了的黄山恢复了大气。

早上难得黄山做了炒菜和粥，两个人不用去食堂吃。

旭想起中年的王朔说过自己离梦想还像童年时那么遥远，不同的是他再也不想实现它了。旭把这句话告诉了黄山。

是啊，谁不是这样呢，黄山想，但旭不该说出来，这让她不舒服，因为他是她的男人，她的男人应该顶天立地，应该气吞山河，但她突然笑了，那样的男人是她梦想的一部分，也实现不了了。

旭问她笑什么，她说："你说得对。"旭说："是王朔说得对。"

26

接到晴晴的电话叶荫很意外。晴晴离婚了。

晴晴曾经怀过两个孩子都没有想要，后来因为生病一侧输卵管切除，生孩子的概率也减半了。

晴晴告诉叶荫她怀孕那两次都在结婚前，她的男友也就是后来的老公说不敢让他妈妈知道就要求她流掉。晴晴说自己当时年轻本来也不想那么早生孩子，所以就同意了。婚后想生却怎么都怀不上，做试管婴儿没少遭罪但也不成功，后来看到生殖中心几个字自己就发抖。

离婚的晴晴看不出悲伤，却安静不少。

离婚是晴晴提出来的，叶荫倒是没有想到。

晴晴"哼"了声不知是答应着还是冷笑，嘟囔道："我能生时他不要孩子，不能生时他不要我。"然后大声很解气似的说，"我被我妈在手心里捧大为什么要受那种窝囊气?！离了清静。好在给我的补偿也够我潇洒活着了。"

过了会儿晴晴似乎冷静了些，说："婆婆是全心全意地渴望后代，半真半假地心疼我，每天燕窝海参吃着，肚子却没动静，老太太的嘴角都起泡了，我实在不好意思再待下去。但是我也理解婆婆，总不能看着香火在儿子这儿断了。"看叶荫呆呆地望着自己，晴晴笑笑，说，"你肯定以为按我一贯的做法会继续过下去吧？为了一份好生活我能努力调整自己的态度，但不能什么都忍。在他们还顾惜我也想保留他们自己的颜面时离开，比拖延时间让人家丧失耐性没了爱心时再走，要好很多。成全总会得到感激，否则撕破脸对谁都没有好处。"叶荫想想似乎是这个道理。无论什么时候晴晴总能思虑周详，晴晴对自己和他人从来都是了解的。

叶荫也给晴晴讲自己和霄的故事，讲得很细。讲给玫瑰时叶荫状态不佳，也或者有所保留，所以那个故事断断续续，玫瑰只听懂大概。唯有识于少时的晴晴听得明白叶荫的那些省略句。

晴晴静静听完，说："我想找霄谈谈，可以吗？"

叶荫摇摇头："你要说的他肯定也想过，所以没必要重复一次。我想一切也许刚刚好。我和自己爱的那个人生活过，还有了孩子，人要知足啊。我不像你反应那么迅速，我总是后知后觉，但这也让我能更准确了解自己的真实想法。"

晴晴笑了，说："咱俩从小就不一样。我永远叽叽喳喳，你就是一声不吭。"

叶荫说："我最爱的是爱情，已经得到了，还有什么好抱怨的。大家都觉得我是因为霄不开心，因为他生病，这么想其实他是很冤枉的。"

是的，所有人都以为叶荫对霄念念不忘，他像根刺扎在她的心上。但大家都不知道，彦才是。

晴晴说："我知道姑父去世你就变了。"叶荫想，竟然只有晴晴懂她。

看到弯弯，晴晴流泪了，说："姐，咱们肯定能把弯弯养得好好的。"

至此，寂境里又多了一个有经验的老板。叶荫有了充裕的时间陪弯弯。

在弯弯身上叶荫看到，孩子爱妈妈是种天性，甚至因为纯真那份爱深切而勇敢，丝毫不少于母爱。叶荫更加了解自己也了解荣。

是的，从领悟的角度讲，叶荫非常感激弯弯。

让歌颂归歌颂，唾弃归唾弃，而领悟归自己。

叶荫常不知对弯弯说什么，想学萍，又学不像。晴晴说："别人都不是弯弯的妈妈，你就做自己好了。"叶荫笑道："从小到大你都是那个给我提供掌声的人。"弯弯似乎听懂了叶荫的话，对叶荫拍了拍小手。叶荫对弯弯说："谢谢你爱妈妈。"弯弯自然地抱住叶荫的脸亲了亲，说："妈妈爱宝宝，宝宝爱妈妈。"叶荫想也许这是人间最美的交织和循环吧。

弯弯喜欢画画，却对轮廓没有太多概念。叶荫对她没有什么要求，只是随她画着玩。在弯弯的画中，草地是蓝色的，而天空是绿的。问她为什么，她说站在草地上自己就是小鸟了。

叶荫说："弯弯不是梦想家，她本身就是一个梦想。"

玫瑰很羡慕叶荫，说自己也想成为这样心情轻松愉快的妈妈。

晴晴说："你先有了娃再说。"玫瑰的脸红了。

那天晚上，叶荫把李姥姥送给自己的那枚古老的金戒指郑重地送给了森。森在玫瑰生日时把它戴在了玫瑰的手上。

27

缘分盼不来却会不期而至。

晴晴嫁给了森那个喜欢过玫瑰的同学路。

晴晴第一次见到路，路正给大家讲同学聚会时自己遇到了前女友和她老公。路像喜剧演员一样表演着前女友的老公最有个性的举动，点毛血旺时告诉服务员不要辣的，听服务员的解释极不耐烦和各种瞧不起。又演服务员眨着眼睛像雕像一样定在那儿，下一刻再现机灵的老板，愣了下立刻答应了，过了一会儿端上一盆麻椒煮菜。大家笑翻了。

玫瑰说自己要是遇到这种客人就直接说不会做，爱吃不吃不吃走人。

晴晴挑起一侧眉毛笑道："老板那盆麻椒一定相当麻，因为他是故意的。遇到懂礼貌的咱就以礼相待，遇到这种人那就顺势而为，他只说不要辣那肯定是麻不怕。"路看着晴晴的眼睛立刻闪亮。

后来一起吃饭，路说自己这样被抛弃的一个人，和晴晴是同病相怜，然后非常自然地对晴晴说："你这么善良要不把我收了吧。"晴晴白他一眼说："谁和你同病相怜？！又捡陈芝麻干吗，还想着她？我这辈子就没得过相思病，我只得手！不得手就放手，我才不得什么相思病！"森被逗乐了赶紧打圆场，说："路可没想谁，都是被想，颖嫁给曹老师确实难免有点儿想路，珠玉在前嘛，属于身在曹营心在汉。"晴晴翻翻眼睛，说："是身在曹营心在汉子。"大家嘴里的酒立刻喷了一桌子。路兴奋地搓着手，说："好久没遇到这么有趣的人了。"

玫瑰曾说路个子矮却脾气暴躁。和晴晴在一起后倒是从未见他发脾气，心甘情愿地被晴晴呼来喝去。森想这是一物降一物。

叶荫担心路和晴晴两个多动又没纪律的人在一起能行吗。森却认为路和晴晴正合适，他说："他们两个都是一个人身上有一根绳子，自己系不起来还害怕被人牵住绳子，然后俩人系到一起完美了，有约束又互相加持，很好。"

又是两个男人喝醉了来寂境醒酒的下午。晴晴没在店里，玫瑰在，把俩人骂了一顿才去泡茶。

被骂时面无表情，玫瑰一转身俩人立刻舒展了。路小声说："你知道吗，以前我喜欢玫瑰是因为她够烈，烈就是忠贞啊。"说完哈哈大笑。

森当然知道这不全是玩笑。路被学校开除时颖避而不见,在那之前俩人甜蜜得让路多次向自己的哥们儿大声宣布,自己先于大伙齐家了。再后来为留京,颖和一个同学们都不待见的助教曹老师闪婚。

但路很快就决定和晴晴结婚,森还是有点儿意外。

晴晴的性子看着和玫瑰有几分相似,可森对她的印象仅限于小时候的几面并不了解。他觉得那不是和玫瑰一样的烈法。路倒是想得开,说:"不就是过日子吗,这年龄再遇到的考验不多了,无所谓什么烈法。重要的是晴晴不仅烈性还有趣,人生无聊和有趣的人在一起很重要。"森觉得路这么想没错,又不自觉地想玫瑰应该也算是个有趣的人。

玫瑰端茶过来,在一边叽叽喳喳地唠叨森,森低声说:"真不如光棍清静。"路说:"始作俑者其无后乎,已有的事后必再有。中外先贤早教育过你了。"正扶着弯弯走路一直没过来凑趣的叶荫正巧听到,惊道:"路好有学问啊,平时不露相呢。"森对叶荫说:"你以为呢,人家上学年年奖学金。早早就修身了,齐家稍差了一步,本来是等着治国平天下的。"

路怕森说出自己的全部革命家史,跟森使眼色。森说:"你放心,玫瑰听不懂这些,叶荫听得懂但不好打听,至于晴晴,那是从小就不好这口儿。"

叶荫笑起来,每个人都有自己的故事。

没想到婚后不久晴晴竟然怀孕了,被确诊怀孕概率不大毕竟不是不能怀孕。而且生了个男孩儿。路乐得一直念叨:"这不科学啊。"

一家三口总是乐乐呵呵,让人羡慕。

惠来帮忙照顾月子,笑得合不拢嘴,说了好几次因祸得福。

叶荫发自内心为晴晴高兴,晴晴笑笑,说:"太阳底下哪儿有什么新鲜事，不过是凑巧生了个娃，你只要记住，高兴是一天不高兴也是一天就行。"

说这话时，晴晴和叶荫泡了奶茶，玫瑰和森还有路正聊得兴高采烈。路劝叶荫也赶紧把自己嫁了，正好是三家人。晴晴再次提起了霄，仍不死心要和路去找霄。叶荫知道晴晴若知道霄在哪儿恐怕早就找去了。她很庆幸晴晴只见过霄一面而且不知道霄在哪儿。

被晴晴逼得紧，叶荫一着急胡乱说道霄喜欢的是他前女友那种霸气型的，不是自己这种，让晴晴别捣乱。

晴晴狐疑地问："什么霸气，难道是我这种？"

叶荫回答："你只能算厉害，那是个能说出凤在上龙在下的女孩儿。"

晴晴说："甭信，那叫霸气？那是骚气！没准她说的是体位呢。"

在座的除了她自己全体笑喷了。路夸张地捂住晴晴的嘴，森说："这绝对是年度最黄的段子。"

叶荫说："可怜了我这进口脱脂奶泡的正宗锡兰红茶。"

唯一一次公开正式提起霄就这么被恶搞掉了。

终于叶荫可以平静地去想霄，接受了离散。

路有两个朋友未婚，人也很好，晴晴希望他们中的一个能和叶荫成为一对，森不鼓励也不制止。

晴晴不仅请吃饭还热情策划，路说："我们几个男人抱团的智慧还不如你？不科学呀。"晴晴撇撇嘴，说："你们再怎么抱也是儿童团。"

森气得嘎巴了两下嘴，说："别说，晴晴这话说得挺有味儿。"路说："我在家从不顶嘴。"

但就像森猜到的一样，那两个朋友最后和叶荫都成了朋友，普通朋友。

28

晚上叶荫接到晴晴的电话说奶奶病重。

自从惠再婚住到北京，叶荫的姥姥就一直自己在老家生活。无论跟着惠还是和晴晴一起都不太方便，最好的安排是由荣来照顾，但荣没等别人提起就先堵死了这个话。理由是自己年纪也不小了，而且年轻时自己付出足够多，已经经不起操劳，说得惠和晴晴都没法再开口。那时叶荫的姥姥生活还能自理，不指望荣也可以。如今老太太病了又经常忘事就不能再一个人过，所以晴晴跟叶荫商量要给她找个好一点儿的养老院，大家轮流回老家住些天，每天到养老院陪陪她。晴晴说这也是奶奶的愿望。叶荫明白姥姥是不希望给大家添麻烦。

晴晴和叶荫安排好店里的事情回了趟老家，路和森也一起回去。到了姥姥家才知道荣已经把老太太送到了一个条件不错的养老院。叶荫见到姥姥说："打电话告诉我妈一声吧。"不想老太太清楚地说："不用。"叶荫愣在那儿。晴晴说："姑姑去南方后我们都没有她的电话，上次她回来我向她要电话她没有给，奶奶也没有，还说有什么事找你就行。"叶荫没出声。倒是接通惠的电话聊了好久，惠说等晴晴返京自己就回老家住段日子。叶荫听姥姥一再嘱咐惠好好过日子不用担心自己。

小时候叶荫听人说过舅妈的身世，年幼时家里孩子多她被送了人，养父母家很穷后来又生下亲生儿子，对她并不好。她嫁给舅舅日子才算好些，亲生母亲后来又找到她，她虽然也恨自己被送人的事，但还是一直接济娘家，年节时常有来往。荣也说过惠就是心大。

叶荫想，同样都是被命运亏待的孩子，却可以成为不同的人。她觉得这是自己要牢记的。

晴晴和叶荫离开时老太太告诉两个孙女，自己的房子已经卖掉，荣拿走了钱。晴晴愣住，问为什么要卖，老太太叹口气什么也没说。叶荫明白一定是荣逼她卖的，理由无非是自己这辈子搭娘家太多，没钱付给养老院。

从养老院出来晴晴捂住右腹蹲下了，说肚子疼，看来是气的。叶荫嗫嚅着说："我把钱还你吧。"晴晴终于哭出来，说："这是钱的事吗？我在那长大，我爸爸在那儿没的，我就想留个念想。姑姑太过分了。"

叶荫懂。

晴晴说："你不是说姑姑是个好人，虽然脾气不好但对你爷爷很好吗，为什么对自己家人这样？"

这话不过是发泄，晴晴比叶荫更懂荣。她并不指望叶荫回应她。

叶荫说："有些人心里大概也住过天使但最终她跟魔鬼走了。"

森想起荣以前对奶奶还算不错，也听叶荫说过荣对叶荫的爷爷很好，这大概就像毛姆描写复杂人性的一句话，卑鄙和高尚、凶恶和仁慈、憎恨和爱恋是能够并存于同一颗人类的心灵的。

几个人情绪都很坏，无意探讨心中所想。所以也没有牵出另外一个话题，善良如果没有成本，也许有些人愿意做做样子。

路去找买房的人交涉，但对方不肯卖，即使路加了钱。晴晴说："算了，都是缘分吧。"她闭上眼睛，说："我相信家一直跟着我，我爸爸妈妈无处不在。"那样子叶荫羡慕至极。

回到家，荣不在，看样子应该有几天不在家了。叶荫发现楼上漏过水，屋子一角被淹过，那里放着一个老旧的桌子。打开抽屉，把东西拿出来擦干净，竟然翻出几张老照片，荣自己的，还有和彦的结婚照。有一张荣十岁左右的样子,如果不是因为俩人的至亲关系,叶荫一定认不出来荣。荣剪着男孩子的短发,眼神桀骜。是的,就是家里人开玩笑时说的强盗的样子。可以想象她冲到人家婚礼上要欠款的情形。

在那条街荣最出名的一件事就是她替妈妈出头要回欠款。一个人欠了家里的钱一直没还,后来荣的爸爸死了那人以为赖账就赖掉了。荣从记事起就听妈妈讲过这件事,那年安得了重病家里再拿不出一分钱,妈妈急得一夜白发。欠钱的人家却高高兴兴准备给儿子办婚礼,就在婚礼当天新媳妇抱着新脸盆要跨进婆家大门时,荣在门外大声要他们还钱。钱要得很顺利,安也救了回来。

荣和彦的结婚照里荣很温柔的样子,叶荫到了这个年龄已经能理解荣的无奈和失望。尽管生活是自己选择的,但没走过的路谁能真的知道它是什么样子。

当然理解不等于接受。

森安静地陪着叶荫,叶荫没有任何倾诉的愿望。

森明白叶荫的感受。那些无法给予彦和李姥姥的爱,她多么希望能给荣。但如同与一条被堵死的通道连接着,能感到的只是憋胀窒息。当不得不和这个通道斩断连接,又会像泄了气的球无精打采。

叶荫开玩笑时说过,每个瘪下去的气球都有未完的心事。

森想起一句诗,从来到人世,就揣着一封无法投递的信。说的是叶荫吧。

爱似乎是叶荫与生俱来的理想。当理想被践踏,应该有恨吧。森也不十分清楚。

好在今天的叶荫知道看轻比看清重要。

收拾房子时还找到些早已遗忘了的东西,彦的刀具和她小时候积攒了各种叶子的本子。大多数叶子都碎了,刀具还是老样子。

叶荫取下墙上的二胡,拉了几下,二胡发出很涩的声音。叶荫仿佛听到呼唤,寻觅了很多年,不是不疲惫,是疲惫时也念念不忘地不肯绝望。

叶荫说:"还是爸爸拉得好听。"擦好又重新挂上,她转向窗外,阳光明媚,柳叶荡到窗前,很美的景致,比小时候的家环境好很多,但她更怀念那里。

两个人回了趟老宅那边,已经认不出这个他们出生成长度过了孩提时光的地方。一切陌生得不能再陌生。平房早已不在,都是些高楼。只有附近一棵年久的老树因为不允许砍伐还在,提醒他们这里确是他们曾经的家。

森想起奶奶。他知道奶奶到死都盼着能和自己在一起,自己的感受不是一句子欲养而亲不待就能概括的,他觉得眼睛胀痛,却流不出泪来,只觉得此刻的阳光太过刺目。

29

弯弯五岁,汉姆死了。大家都很伤心,森偷偷哭了两次。

弯弯不肯吃饭,哭了好几天。叶荫给她讲死亡和分离。

弯弯突然说:"妈妈你活着,让癌症去死吧。"

叶荫愣愣地望着弯弯,不知该说什么。

森抱起弯弯,问:"你听谁说的?"

弯弯说:"我听见玫瑰和姥姥说妈妈要死了。"好在弯弯还小,很多东西搞不懂。

森放下弯弯往外走,被叶荫拦住,叶荫说:"没有人会当着弯弯的面说这话,况且这话没错。"森颓然地坐到椅子上,摸着弯弯的头,说:"对不起。"

有时叶荫不理弯弯的哭闹。森着急说:"你小时候还有我这个出气筒,弯弯却什么都没有。"叶荫说:"再小的孩子也有她的情绪,只要发泄出来就好了,不理她能让她自己平静,人生往往需要这样自己调节。"森不知她说得对不对,大了点儿的弯弯似乎并没有脾气不好。

弯弯有时会像成人那样刻意地讨好了,比如往蹲着干活的萍的屁股下塞个小凳,或者在叶荫咳嗽时递来一张脏兮兮的纸。不能否认孩子的善良,但叶荫觉得,有时孩子这个小小的安全感尚未建立的个体,是靠这种方式来获取肯定和赞美,那是她需要的一种关爱。所以,每当弯弯有这种举动,叶荫就会说:"谢谢。"然后抱抱她。森不以为然,说:"不要引导孩子讨好人。"叶荫愣住,问:"这是引导吗?我不想引导啊。"玫瑰说:"你们俩烦不烦,她想怎样做都很自然,随她好了。"弯弯会在三个人不同的态度里有点儿茫然。

萍这时会笑着领走弯弯,说:"你们三个好好讨论下再告诉弯弯吧。"又笑道,"你们也没长大。"三个人听完愣愣的,弯弯第一个大声笑起来。

叶荫希望能看着弯弯成为一个自信有足够安全感的孩子,这笑声让她放心。

30

弯弯从小运动后就会显得疲惫,叶荫以为是自己体弱造成的孩子先天不足,在饮食上很用心地给弯弯调理。但弯弯的情况还是越来越重。森和晴晴陪着叶荫带弯弯做检查,竟然是一种先天性心脏病,即使手术也不能根本解决问题。

几个大人急得一直追问医生，医生解释说这是原因不明的疾病，列举了很多可能的病因后无意地加了一句，以前这种病可能更多，因为近亲结婚多。叶荫茫然地望着医生。森的心不禁一抖。

叶荫决定给弯弯手术，医生叹口气说要尽快安排。因为之前陪着叶荫看病，森非常明白医生叹息的含义。叶荫作为曾经的医生也明白。

叶荫像对大人那样和弯弯讲她需要做手术，并且告诉她为什么要手术，弯弯吓得哭起来，但很快就勇敢地同意了。大家不禁松了一口气。可旋即弯弯又问叶荫自己能不能提一些要求，晴晴笑起来，说："小人精，我就知道没那么简单。"其实，都是些小小的要求，比如多坐几次旋转木马，放一次烟花。森也笑起来，说："真是叶荫的闺女，你妈也喜欢这些，舅舅给你找烟花去。"

森拿来的烟花吓了叶荫一跳，说："怎么这么多。"森说："没事，慢慢放。"

弯弯似乎很累，看到烟花非常高兴却欢实不起来。叶荫抱起弯弯放进她的小车里对森说："咱们现在就去吧。"

烟花升起，离神很近，却不知道向谁祈祷长久。

似乎，美丽和长久从来都是悖论。

森指着天空对弯弯说："瞧多美，是你最喜欢的那种烟花。"他自己也看得出神，仿佛又回到了他和叶荫牵手仰望夜空的童年。

再看弯弯时，她已经睡去了，永远。森一直抱着她，直到烟花散尽天空逐渐幽暗下来。夜空像块自带橡皮擦的背景布，很快就干干净净。

萍说："弯弯这时候走还好，养得时间长了叶荫更受不了。"森不解地望着萍，萍说："母性是母性，感情还是要培养的，叶荫慢热，你不知道吗？"

森意外的是叶荫比想象中坚强，晴晴却哭晕了两次。

萍对森感慨："叶荫心硬啊。"

森说："是硬还是早就碎了谁知道呢。"

萍说："在你眼里她总是好的。"那语气似乎有些苛责。森看着妈妈愣住，但萍没有继续说下去。

在一个个靠在窗边静坐挨过去的夜晚，叶荫一再想起童年时自己的那个道理，死亡也许能够让人再不分离。

被厄运一再袭击的叶荫身体更虚弱，却始终保持着平静，至少姿态如此。

路说叶荫是他见过最自持的女人。晴晴说："我倒希望她骚扰我，哪怕把我弄得心烦。她可真不像我姑姑的女儿。"路轻轻笑了笑说："那是像你姑父吧。"

森陪叶荫把弯弯的骨灰带回老家，草葬在离河不远的地方。

坐到河边的树下，森故意找话和叶荫说。他问叶荫："你还记得小时候咱们在地震棚里藏猫猫的事情吗？"

叶荫点头道："那时咱们和弯弯年纪相仿。"然后说，"也好，她的记忆永远留在了最美的时候。"顿了顿，叶荫又说，"我那时大概要比弯弯还小。"

"我本来满院子乱跑，突然听到一声猫叫似的声音，"森学着小时候的叶荫，慢声细语地说，"帮我翻个身吧帮我翻个身吧。"

叶荫也想起来，说："是啊，我对地震没什么印象，只记得自己一直躺在那个儿童车里，旁边放着水壶还有家里比较值钱的物件，压得我连翻身的力气都没有。对了，你还给了我压缩饼干，之前我从来没吃过，当时觉得特别好吃。"

说着说着森却有点儿走神了，他突然记起，那应该是他第一次见到瑾，瑾交给树一包东西就走了。地震时物资紧张，她送的好像就是压缩饼干。瑾还领着一个小男孩儿，肯定是霄。只不过正是冬天，霄戴着帽子，森看不清他的样子。

不知为什么，在得知弯弯的病情后森常常想起霄。

那些天，叶荫大部分时间都在河边。

望着河水，李姥姥和林眉雅仿佛就在河中那些磐石上与她隔水相望。叶荫熟悉那些大石的地方。河流在磐石上旋转着离开流向必然的远方。

森说："知道吗，大的石头因为水流的原因会不断向上游移动。"

叶荫点点头没有说话，她想，追寻，逆流而上，而后终会遇到。很好。

叶荫相信李姥姥应该见到了她总提起的姐姐见到树见到彦。想到彦和弯弯，叶荫觉得，旅程结束，返航，也很好。

31

弯弯走后，叶荫常觉得头晕，胃也不好。又一次复查时，主治医生要叶荫办理入院做进一步检查确定是否出现转移。叶荫放弃了。她知道如果她不强烈反对，森会不惜代价让她周身插满管子多残喘些日子。她不愿意。

叶荫清楚地记得实习时曾在一个临终的患者床前观察许久，他全身管子发出琐碎的声音掩盖了他的呼吸声，她一直盯着心电图判断他是否还在。

　　她不能接受自己变成机器的一部分让其他零件带着自己运转，直至它们也无能为力。

　　叶荫并不真的确信还有另一个世界，即使她盼着和爸爸、李姥姥重逢。曾经不敢深信是太怕失望，怕见不到他们。随着年龄渐长，她对这些反倒安心了，拥有过的一切不失不忘就是守恒定律。

　　叶荫经常梦见弯弯。梦里的弯弯坐在李姥姥家的那棵树上，悠闲地望向远天荡着两条腿。叶荫并不叫她，只静静看着她。

　　只有一次，她喊弯弯，弯弯轻盈地跳下树跑到叶荫身边，但叶荫仔细看却是虎子。

　　醒来的早晨叶荫把书吧托付给晴晴照看，说自己想回老家住段时间，之前每次回去都太匆忙。

　　来到曾经的小学。毫不奇怪，小学也只剩校名如故。塑胶操场整齐干净，小时候玩得尘土飞扬的校园只在记忆中。人们总说物是人非，如今物也不是了。

　　叶荫坐在初次和霄相见的地方，记忆中最清晰的仍然是那个被吓到灵魂出窍可举止还保持着镇静稳重的小男孩儿。

　　在这熟悉又陌生的地方叶荫不知坐了多久。

　　叶荫觉得，自己是被时间放逐了。

　　空空的操场万籁俱寂听得见心跳，她突然清醒了。叶荫想，她希望，这是她最后一次这样思念霄，在最初相识的地方道别。

　　离开前她把弯弯最喜欢戴在头上的一朵小花放在了别人不易察觉的角落。

当年林眉雅救活叶荫时，等在屋外的人向她感谢，她笑笑，说："小娃娃长大了还不知道怎么说呢。"

李姥姥记住了这句话，后来无意间说起，那时叶荫还不能完全理解那句话。少年时真的恨过救活她的人，因为人生有太多她无法承受的痛。此刻她又有点儿感激那个人，因为她毕竟走了这一回。未必无怨无悔，但经历怨和悔也许就是一种意义。

32

陪齐齐去早教班，霄竟然在亲子课上睡着了。老师无奈地说另一个孩子的父亲来了次次睡觉。没有理会霄的尴尬，她正色道："一个成功人士首先得是一个合格的家长，不仅要付得起学费还要能给予陪伴的时间，否则错过了就补不上。孩子要是教育不好，总有一天家长会明白自己的成功有多脆弱。"

齐齐太小，霄觉得老师有点儿危言耸听。不过他抓住了几个关键词，自己谈不上多成功，最近有点儿脆弱倒是真的。落地镜里衣冠楚楚的自己没法跟任何人说这句话。听着像笑话，更像在笑话人。

恍惚间霄想起了瑾。陪伴自己，和自己像孩子样玩在一起的妈妈。她成功吗？

霄和柳约好清明回老家给瑾扫墓，到公墓时遇到了正要离开的晴晴和路，他们回来给安扫墓。

虽然很久前只和霄打过一次招呼，后来因为叶荫希望弯弯见到霄的时候不那么陌生，就一直把霄的照片放在弯弯的床头，所以晴晴对霄的样子非常熟悉。迎面走过的霄让晴晴稍有迟疑，立即反应过来，她跟着他走到瑾的墓碑前，立刻确定了这是霄。在叶荫那儿她听过瑾的名字。

　　看到霄抱着的孩子竟然和弯弯故去时年龄差不多，晴晴没有和路说一声就冲到了霄的面前，霄以为晴晴认错了人，刚想躲开，却也很快想起了眼前这个一脸怒容的人是谁。

　　晴晴连珠炮一般提问，让霄回答这是他的孩子吗，他什么时候结婚的，霄叹口气说自己没结婚，但这确实是自己的孩子。又立刻问晴晴叶荫在哪儿，并且向晴晴身后张望。晴晴身后只有路。

　　晴晴"哼"了一声，说："叶荫没来，我只想告诉你一声，虽然你没婚，但你有两个孩子。"霄目瞪口呆，他抓住晴晴的胳膊让她说清楚。路已经猜到他是谁，不想让晴晴再继续说下去。这些年路和森心里再清楚不过，只要霄想找叶荫，肯定找到了。感情的事说不清楚，可男人终究是了解男人。

　　但霄拉住晴晴不肯松手，霄怀里的孩子吓哭了。柳接过孩子也问叶荫在哪儿，晴晴不顾路的阻拦，告诉霄如果想看自己的孩子就去河堤，孩子生病已经去世葬在那儿了。

　　晴晴看着霄变白的脸，心里多少有出气的快感。

　　霄曾经认为自己的世界很大，叶荫只占了一小部分。后来她走了，他突然发现了一个事实，那一点点的面积在世界的中央，没有她，残缺如此明显。

　　发现这个事实，是在无数次梦到叶荫之后。叶荫的脸始终看不清楚，无论他怎样喊她，她都不肯走近他。

　　也许叶荫知道他的想法会说，即使在世界的中央，可也只是那么一点点而已。霄想。

　　柳知道俩人的情况后，让霄和叶荫好好聊聊，霄笑笑："爸爸，你如果百分百了解妈妈还会那么爱她吗?"柳沉默了一会儿说:"不知道,但我们这一代人认同责任也是爱。"霄笑起来摇摇头说:"叶荫太骄傲了。"他说不下去了。良久,他调侃自己道:"在叶荫面前,我会像一个裸体的人,不是美术馆里的而是接受检查那种。"他陡然收起笑,望着柳道:"叶荫不再爱我,所有的牵绊都是纠缠。"

霄没有告诉任何人刚认识茵茵时荣和自己通过电话。

那时荣从老朋友那儿听到瑾的事,虽然没有扯上树,但已经很让荣吃惊,精神不好是要遗传的。她庆幸叶荫和霄分手了。所以,她打电话给霄没有哪句话好听。霄甚至没来得及为母亲辩白她没有精神病,更插不上嘴给荣讲一讲心理问题不是精神病。他被荣的气势打晕了。像当年他的舅舅闹到树的家里,树一家无从招架一样。不比口才不比武力,不讲理的人自带阴风能吹散所有和煦。

霄放下电话痛哭了一场,也许不只为了叶荫,更为自己以前经历的种种。哭,算是释放,也是放手。

霄坐到瑾的墓前看着瑾的照片发呆,突然哭起来,开始还是无声的,后来痛哭起来倒在地上,像不被理解的无助的孩子。

和大多数扫墓的人带着花束不同,柳带来一盆紫罗兰。他默默地擦拭着瑾的照片。照片里的瑾淡淡望着远方。

路想起《百年孤独》里的一句话:过去都是假的,回忆是一条没有归途的路,以往的一切春天都无法复原,即使最狂热最坚贞的爱情,归根结底也不过是一种瞬息即逝的现实,唯有孤独永恒。

路没有讲给晴晴,只是揽紧了晴晴的肩膀。离开时他又看了霄一眼,他猜在叶荫少年时代那些孤寂的时日,叶荫是把霄当作信仰来爱的。

33

端午节叶荫打来问候电话时森和玫瑰正陪着萍吃饭,聊了几句叶荫说不耽误他们吃饭就放下了。

玫瑰说:"森你这鸭蛋是公鸭子下的吧这么小的蛋黄。"萍虽然习惯了玫瑰模仿森的说话方式,但还是说:"玫瑰别跟森学一嘴怪话让人笑话。"玫瑰立刻答应着说:"好的,妈妈。"然后冲森吐吐舌头,两个人同时笑了。

萍很满意玫瑰,玫瑰对森和她的好不是讨好,而是来自一种家教,一种传统,就像萍自己从小受的教育,看男人是家里的天而婆婆更是九重天。想到这儿,她把眼前的果酒一口喝下,觉得口里心里都舒坦。

森不得不承认,一生有诸多束缚又多灾多难的母亲,真的需要玫瑰这样大气不计较、天性乐观的人做儿媳妇。

森每次遇到为难的事情,玫瑰总会说:"一元硬币有没有啊?"她的意思是抛硬币决定。实际上她不只这么说也真的这么做。

森第一次知道时眼睛瞪得老大。玫瑰只是若无其事地眨眨眼睛。

萍看着吃完饭麻利地收拾着厨房的玫瑰,不知怎的想起了叶荫,随口对森说了句:"玫瑰真是能干,叶荫一点儿比不上她。"其实是感慨自己一辈子只有挑儿媳妇这件事满意的意思。

森不高兴,没来由地说了句:"你不愿意接奶奶来这儿,还不是叶荫照顾她。叶荫怎么不好?!"也许这句话他一直憋在心里。

萍愣一下哭起来:"我怎么不愿意接她?我们自顾不暇怎么照顾她?"

争执偏离了方向,无关叶荫。也许因为端午是一个和思念有关的节日。

森不说话走了出去。

萍犹豫很久决定和森谈谈。她觉得儿子一直误解自己，如今既然说什么都无妨，择日不如撞日。推动萍直率起来的也许还有路送来的他老家的杨梅酒。

萍问森："你还记得奶奶常跟你和叶荫讲的故事吗？"森摇头，说："奶奶讲过好多故事，不知道你说的是哪个。"

萍说："二丫的故事，二丫的名字叫红秀。"

森愣住，奶奶的名字就是红秀。不过，这是奶奶到了这个子城登记名字时别人写的，在此之前他叫红袖。

萍说："前面的故事你听过很多次了。"森问："后来呢？"萍接着讲。

奶奶在家里没有名字，叫二丫。瑶品给她起名红秀，是因为瑶品爱读书，就戏谑地在二丫给自己的茶杯添水时起了这样的名字。大家反而忘了二丫最初来时瑶品母亲给起的名字。

瑶品结婚后跟自己的丈夫过得非常和美，二丫也是，瑶品的孩子快出生时，二丫也怀孕了。但瑶品的孩子刚生下来，瑶品的丈夫被村里的人打死了。那时二丫从军的丈夫也传来死讯。于是瑶品让还没显出身孕的二丫当着大家的面抽她的耳光，骂她这个地主婆害了自己然后决绝地离开了村子。走的时候，瑶品告诉二丫只要记着和父母从哪儿逃荒的就行，不要再提起这个村子。如果人家知道她怀孕了，就说自己是个丫鬟，嫁也是小姐逼着嫁的。

二丫遵照瑶品的话做了，离开，从此守口如瓶。后来嫁给了一个卖酒的男人，二丫生下孩子，随了这个男人的姓，有了一个不错的出身。

森在心里默念着奶奶，二丫，呆呆地望着萍的嘴张张合合。

萍说："因为答应老伴儿不告诉孩子他不是孩子的亲生父亲，二丫一直信守诺言，所以她的儿子到死都不知道自己的身世。但这也是二丫的心结。"

讲到这里，萍换了人称。

"你奶奶始终惦记无人照顾的婆婆，后来回去过一次，没有找到，邻居说她的婆婆后来改嫁到很远的地方了。她在丈夫离家时答应过照顾好婆婆，就算为了肚子里的孩子远走，这辈子她仍然觉得亏心。后来她把这些告诉了我，希望你长大能回海边的老家看看。但我觉得你爸爸没了，你已经很伤心，就不想再让你管过去的事情，而且连父亲都不知道的事情儿子何必知道。再后来你奶奶告诉我彦就是瑶品的儿子。瑶品是小名，她叫陆有棻。"

森想起彦和爸爸的名字：叶道彦，李正树。应该是取自"就有道而正焉"吧。

萍讲完这些流泪了，说："我承认我有私心，我想要个孙子，要个健康的孙子，这样才对得起你爸爸。如果我早说了，也许你会想你和叶荫不要孩子就可以了。"

森终于明白为什么妈妈不愿意让自己回老家，一直催促自己和玫瑰结婚。至于奶奶从来没有明确表示不希望自己和叶荫在一起，森想，以奶奶的年龄，她一定对近亲不能结婚这件事不以为然吧，她们相信的是姑表亲辈辈亲。

知道这些后，有一件事森仍然不打算告诉萍。当然，他自己也并不确定霄到底和自己是怎样的关系。

晚上，玫瑰看森拿了本书却许久不翻，不时用手去抚一下似乎不平的书页。森放下书走到阳台吸烟时，玫瑰拿起书看到一首自己似懂非懂的诗。

> 有一片田野
> 它位于
> 是非对错的界域之外
> 我在那里等你
> 当灵魂躺卧在那片青草地上时
> 世界的丰盛，远超出能言的范围
> 观念、语言甚至像"你我"这样的语句
> 都变得毫无意义

森呆呆地望着远方，想，是非之外如果真的有座花园，弯弯就是里面的月亮。

34

森和玫瑰婚后生了个女孩儿。十月出生，森说："小名叫十月吧。"

萍抱起孩子低沉地惊叫了一声，森问怎么了，萍摇摇头。

孩子胸前有颗红痣。

萍低声说了两个字"也好"。她想起了叶荫胸前的痣。

森不明白妈妈为什么叹息，他想也许因为不是男孩儿吧。这倒让他突然想起叶荫的话，她觉得可不可以生孩子其实应该经过测试。如果放一排试管婴儿让父母选一个，觉得哪个都可以的人，才可以养孩子。那种恨不能带个算命先生来，挑剔学习好不好、未来有没有前途、合不合自己心意的，不会是好父母。

把叶荫的话告诉玫瑰，玫瑰说："叶荫似乎说的有道理，但孩子得到父母的爱，相应地承担父母的希望，好像也可以理解。"

森想，玫瑰的话虽然不无道理，但父母的希望用什么考量它是不是正常的？当年自己考上大学妈妈兴奋地哭了，没有念完大学，只能去卖货，妈妈觉得也很好。森很确定无论自己是什么样子萍都爱他，自己没有过负担。

来探望玫瑰的晴晴听见俩人的讨论，说："其实就是一个很简单的道理，以心换心，孩子的童年就是父母的晚年啊。"

森对晴晴竖起拇指，觉得晴晴的话包含了自己想表达却没总结到位的内容。

路说："其实这和任何两个偶然相遇的个体相处没根本上的不同。遵守这个原则大概不会错。"看晴晴若有所思，路笑道："不过，抛开天性不讲，父母因为年纪大，终归是先明白事理那个，也是做得好的那个。孩子是有样学样。"

晴晴说："你见了我姑姑就会知道。孩子是妈妈身上掉的肉，大多是心尖上那块。可还有一丢丢是息肉，或者阑尾啥的。"见路从愕然到明了的表情，晴晴不想再说起过往，只是说道："我有时候没心没肺，你要看好我。"

路半真半假地说："当然，我是天生要保护弱者那种，你必须表现得好。宝宝那么弱小。"晴晴觉得这话有点儿逆耳，但理却是这个理，又想起了叶荫，不再说话。路以为晴晴会回怼自己的要求，没想到她不说话了，猜到她在想什么，也不再说话。

晴晴看着在躺椅上闭目养神的萍，还有窗户上映出的森和玫瑰的影子，不禁想，叶荫也这么幸福该多好。

孩子出生后，玫瑰花钱添了金子连着融掉的戒指给孩子打了个手镯。

森知道非常生气，说："戒指在叶荫那儿放了二十多年都好好的，到你手里就没了。"玫瑰愣住，眼泪掉了下来什么也没说。

晴晴知道了劝森说："你以后不要再提我姐了，你不是想让玫瑰和她一样伤心吧。"

森垂下头。

晴晴问："十月这两个字和我姐的名字有没有关系？"

森愣住。

晴晴说："没关系最好。否则我姐就白走了，走了也不安心。"

森想想，要说什么却没说。

后来玫瑰对晴晴说："霄是叶荫的梦想，叶荫是森的诺言。我能理解，理解也是缘分吧，是我和叶荫的缘分。"

晴晴对路说："现在一切尘埃落定，叶荫回到这儿也无所谓。"路说："你想她就去看她，她也可以来看你，不是很好嘛。"真正想说的话被他咽了回去，他明白如果过去的一切痛苦能在岁月中淡化，那些痕迹仍然是一种喧嚣。叶荫下定决心以这种方式和大家告别。不得不说，决绝也是种体面。

35

叶荫没有再回京，只告诉晴晴和森自己想多去几个地方走走。

其实，很多时候叶荫就住在老家。姥姥已经不太记得叶荫，她们的对话经常前言不搭后语，却能聊好久。

叶荫想起和霄一起看夏加尔的油画《俄罗斯家乡》，霄认为画面的种种印记都表现出一种挣扎着的热爱，画家渴望回去。叶荫却觉得为什么马车会和主路完全垂直？这说明无论多留恋，都是过客，连逗留的痕迹都没有。霄想想开玩笑道："也许逗留了一下又起程了，这是刚刚起程的状态。"然后说道："有人说故乡是回不去的地方，其实，即使回去，故乡仍然没有等到故人，有谁是不变的呢。"

叶荫记得画上的每个窗子都紧闭，而且黑漆漆的，像关紧的门。不知为什么，叶荫突然想如果当时决定在家乡读中专做个老师，一直和李姥姥在一起，还有彦，一切都会不一样吧？

是的，当命运给你选择的机会，你根本没有资格说不。

晴晴和森间或会接到叶荫的短信，可是打给叶荫的电话她常常不接。偶尔也会收到她写的诗。

叶舞无声
沉默
也许不是特殊的音符
听懂却是缘
以各种曼妙的姿态辗转
然后
轻轻地
给泥土签名

如果恰巧来到小河边
是否
荡起的那片涟漪
就是 它的脉络

所以，大家觉得叶荫过得还好。

晴晴问这是不是就是文化人常说的采风。路点头应着。

森明白，叶荫希望大家减少对她的关注，以这种方式退场，是对所有人的成全。他也懂得关心而不打搅同样是成全叶荫的方式。

其实，那些诗都是叶荫以前写的。

36

叶荫喜欢坐进李姥姥留下的一个空柜子里，像个佛龛。那是当年流行的叫"高低高"的组合家具中的一个。因为叶荫小的时候那里装满衣物，她没有机会坐进去过。

那是李姥姥留下的唯一物件，当时森把它搬到叶荫家，荣没有反对。后来搬到新家，荣也带上了它。

叶荫常常安静地坐在里面一坐就好久像入定了一般，回顾之前的岁月，她觉得自己似乎没有做对过什么，虽然看起来也没什么大错。自己仰慕林眉雅，却没有学习她对事业的热爱，更不要说出类拔萃。自己亲近萍，也没有受教她将顺生活的能力。不得不说，活得一地鸡毛的人，大多是亲手拔了自己的翅膀。

叶荫在找工作的同时开始找房子。荣说自己在外地有了工作不能常回来，早晚这个房子都是叶荫的，为什么还要住在外面。叶荫还是不想住在家里，她更愿意在另一所房子里偶尔想它。

叶荫喜欢各种漂亮的杯子，以前收集的那些都留在了寂境。在租来的小房子，新买的杯子成为最亮眼的装饰。叶荫把枕套换成蚕丝的，并不追求花色，看得过去就好，这和二十岁时非常不同。失眠的夜晚，她的腮轻触它像彼此的抚摸，又似自己身体的一部分那样熟悉。

叶荫有了个新朋友，一只流浪猫。小猫想来时会在门口等，吃完叶荫准备的猫粮就安心睡下，但叶荫出门时，它会跟着一起出去，不肯留下来。也许是天性爱自由吧。叶荫随它，很像偶尔聚会的好朋友。

叶荫接到刘珊珊的电话说大家在商量同学聚会的时间。

叶荫说不知道自己是否能赶回去。在网上看到了旭正约稿，有的诗社成员已经完成，叶荫看到了黄山的诗。

心甘很美

如果你是一只鸟
愿在谁的天空飞
如果你是一条鱼
想畅游在哪片水
如果你是一朵花
为谁吐露芳蕊
如果你是一棵树
会替谁遮挡刺目的芒辉

在某个故事里饰缀
所有因为似乎都含泪
不说心甘很美
回忆是蓄满的茶杯

生命里每次潮涨潮退
不容后悔
有时候再多的付出
也是无字碑　不悔不愧

若想留住　不妨一场醉
梦里忆追
何必问
长长的睫毛为谁低垂

在某个故事里饰缀
所有因为似乎都含泪
不说　心甘很美
回忆是蓄满的茶杯

不说　心甘很美
回忆里　长长的睫毛低垂

叶荫觉得诗很美，这似乎是黄山写得最好的一首。

另一个同学写的一段话让叶荫很感慨，却不知不觉笑了出来："到了一定年龄才发现，曾经以为用力振动的翅膀已是脚下的一地鸡毛，从不甘心到静下来的日子如此漫长又仿佛过得毫无知觉。如今安置鸡毛的同时还要去打扫越来越多的蒜皮。人生大致如此。"

那些年轻的面庞在叶荫眼前再次生动起来。

37

刘珊珊催叶荫把诗给自己。叶荫写得很快，快得就像一直存于叶荫的记忆里只需要抄录下来很快就完成了。但叶荫没有发给刘珊珊，而是告诉她过两天见面给她，刘珊珊很吃惊，但叶荫卖关子没有告诉她具体时间。在刘珊珊到叶荫的老家参加一个基层培训时，谜底揭晓了，叶荫已经应聘到一个诊所做了医生，和刘珊珊参加同一个培训。不过刘珊珊是培训的老师，叶荫是培训的学员。对于这个有些人会觉得尴尬的对比，叶荫和刘珊珊哈哈大笑，要求主办方把两个人分在一个房间。

相比高大上的医院，叶荫很喜欢目前就职的这个小诊所，也喜欢其中的小儿推拿项目。如果一定说叶荫是喜欢孩子才选择这里，是种误解。这只是一个工作，适合她找工作时的状况。说她喜欢诊所里这种简单而热闹的日常倒是没有错。老板是退休多年的老中医，而且是她们的校友。叶荫一直在喝他的方子，觉得很好。白天上班，晚上给自己煎药。

刘珊珊觉得叶荫的状态还不错，很欣慰，说要去拜访老校友。叶荫笑起来，知道刘珊珊想像自己的家长一样去托付一番，故意逗刘珊珊说："好，等我们诊所什么时候豪装了请你去剪个彩。"但心里暖暖的。

午休时一个戴着眼镜看上去很温和的男人给叶荫送来一件外套，叶荫迟疑下没有多说什么接过了衣服，没有介绍给刘珊珊。

男人走后，叶荫告诉刘珊珊这是自己的中学同学，施华年的同桌。妻子去世后他一个人带着孩子，白天工作忙，只好晚上带孩子到诊所看病，两个人就遇到了。孩子消化不良，她给治疗几次好多了。

刘珊珊说他看上去很可靠的样子。之所以这样说是她明白，对叶荫来说信任带来的安全感是幸福的重要来源。

叶荫平静地说："以前一旦怀疑一个人一定会放弃，无论友情还是爱情，可能是不愿承受失望吧。"

刘珊珊笑道："也许是骄傲。"

叶荫也笑了，不置可否，接着说："现在不会了，因为深信的一切也可能让人失望，不如把怀疑的交给时间。"停顿了一下又笑道，"万一不失望呢。"

过去的"如果"已经来不及了，未来却可以有"也许"。

刘珊珊沉默了一下认真地说："亲爱的，无论你做什么，我都挺你！你喜欢谁我就认谁当妹夫。"

两个人同时爆发出大笑，像多年前在学校一样。叶荫说："亲爱的，你想多了，就是朋友，当年他喜欢的是华年那种女孩儿，估计现在还是。而我对极端现实主义的考虑都不予考虑，你是知道的。"

刘珊珊哑然，过了一会儿刘珊珊道："叶荫，不是因为你是我的好朋友我才说我欣赏你。你真的很好，始终忠于自己的内心。从来没有变过。"

叶荫说："如果我有你的智慧，忠于才有现实意义。"

刘珊珊觉得俩人的话题开始沉重就调笑叶荫道："每个时刻的痴呆都是叶荫专属的痴呆。"顿顿又说，"痴情的人都是呆子吧。"看叶荫一脸好笑的样子，刘珊珊认真地说："我可没说情就一定是爱情。"叶荫的笑容慢慢淡去。刘珊珊知道叶荫不想说下去就道："反正我一直对你是既了解又不够深入，也不差这一次了。"两个人相视莞尔，没有再提起这个话题。

叶荫说："华年离开家时想到咱们学校见我一面，然后从咱们那离开，当时没有火车了，这个男生家里有车，所以华年想让他陪着，他怕华年的男朋友报复没敢去。"顿了顿，叶荫说，"逼走华年的人死了，吸毒死的。但是这些年没有人知道华年的消息。"

刘珊珊记得华年，一个美得有点儿像港星利智的女孩儿。也知道叶荫这些年一直想念华年，希望能再见到她。

坐在回家的车上，刘珊珊打开叶荫交给她的信封，里面是叶荫的诗。

也　许

若没有那么多阴错阳差
也许就没有纠葛一生的刹那
梦从来那么任性
不期而遇　却匆匆没有说再会了

从何处来的人往何处去
长发像柔曼的轻纱
谁调皮地说好想长眠啊
温暖如家

所有怀念可抵得过
多年后递到手中的那杯热茶
遥远得只能入梦
是否会无情推开它

懊悔和执着间
嘻哈流泪长大
聚散　只是记忆突然刮起的风沙
总要习惯吧

牵过的手安慰别怕
那个人在哪
岁月教会淡定不惊诧
可还惦记发出的好人卡

也 许

谁嘲笑谁说过
想念不如陪伴
相信吗
总有人珍爱自己当年的傻

年少时的天真
是又爱又恨的婴儿肥
多年后轻抚面颊
失而复得得而不忘的那些才无价

有人问起　没有那么多阴错阳差呢
若无语　就是也许吧

2021 年 7 月三稿